诺贝尔文学奖获奖者小说丛书

最初的吻

[意大利] 黛莱达 著
萧君 陆靖沂 译

I Primi Baci

GRAZIA DELEDDA

江苏凤凰文艺出版社
JIANGSU PHOENIX LITERATURE AND ART PUBLISHING, LTD

图书在版编目（CIP）数据

最初的吻 /（意）黛莱达著：萧君，陆靖沂译. —南京：江苏凤凰文艺出版社，2014（2022.8 重印）
（诺贝尔文学奖获奖者小说丛书）
ISBN 978-7-5399-7483-5

Ⅰ. ①最… Ⅱ. ①黛… ②萧… ③陆… Ⅲ. ①中篇小说－小说集－意大利－现代②短篇小说－小说集－意大利－现代 Ⅳ. ①I546.45

中国版本图书馆 CIP 数据核字(2014)第 134812 号

书　　名	最初的吻
著　　者	（意）黛莱达
译　　者	萧　君　陆靖沂
责任编辑	孙金荣
出版发行	凤凰出版传媒股份有限公司
	江苏凤凰文艺出版社
出版社地址	南京市中央路 165 号，邮编：210009
出版社网址	http://www.jswenyi.com
经　　销	凤凰出版传媒股份有限公司
印　　刷	三河市燕春印务有限公司
开　　本	880 毫米×1230 毫米　1/32
印　　张	8.375
字　　数	180 千字
版　　次	2014 年 8 月第 1 版　2022 年 8 月第 2 次印刷
标准书号	ISBN　978–7–5399–7483–5
定　　价	49.00 元

（江苏凤凰文艺出版图书凡印刷、装订错误可随时向承印厂调换）

目　录

母　亲

一

那天晚上，保罗又准备出门了。

他的母亲就住在隔壁的房间里，她听见他那边传来鬼鬼祟祟的声响，似乎正准备出门。她熄了灯，但没有入睡。

她坐在门后，双手不安地握在一起。那是一双女佣的粗糙的手，上面还沾着洗碗留下的水渍，两个大拇指用力地按在一起。随着时间的流逝，她越发地不安起来，她还是固执地希望他的儿子能够保持安静，就像以前那样读一会儿书后就上床睡觉。事实上，几分钟之后，这位年轻神甫鬼鬼祟祟的动静就消失了，只听见外面传来阵阵风声，长老院的后面，高地上的树木在风中沙沙作响。窗外的风刮得并不猛烈，但一直单调而沉闷地持续着，就好像有一条无形的带子把这座屋子逐渐包围了起来，并且缠绕得越来越紧，似乎想把它连根拔起再抛到一边。

为了阻挡魔鬼的入侵，母亲用两个交叉的门闩把大门关了起来。那些魔鬼在起风的夜里四处飘荡，寻找魂魄，企图闯进别人的家里。其实她并不怎么相信这类事情，现在她的心里只剩下深深的苦闷和无以言表的自嘲。她痛苦地想到，那恶灵已经潜入这座小教堂里，一边喝着保罗水壶里的水，一边在那面挂在窗边的镜子旁徘徊。

然而，保罗再次半夜偷偷出门。她觉得此刻他或许正站在镜子前，尽管神甫是不可以照镜子的。可是，自打保罗在这里当神甫的那一天起，又有什么能够阻止他这么做呢！

母亲想起保罗最近经常会做一些令她大吃一惊的事情。就在前段日子里，他经常久久地站在镜子面前，像女人一样仔细地修理自己的指甲，向后梳理他那长长的头发，用来掩盖他头顶削发的痕迹，就像是要隐藏他神甫的身份一样。他还会喷些香水，用牙粉清洁牙齿，甚至还会用小梳子轻轻梳理他的眉毛。

现在，这些情景历历在目，十分清晰，两间卧室的隔墙似乎消失了。保罗黑色的身影映在那间全白的房间的墙壁上，他高高的个子显得有些突兀。他无精打采地在房间里踱步，就像一个小男孩，虽然步履蹒跚，但还是一直极力保持平衡。他细长的脖子支撑着大大的脑袋，脸色非常苍白，他的额头凸出得厉害，这使他不得不皱紧眉头，细长的双眼也一直保持着半睁的状态。他有着壮硕的下颌，厚厚的嘴唇以及棱角生硬的下巴，它们似乎都在愤怒地反抗额头的压迫，但却找不到任何解决的方法。

现在，他正站在镜子前。镜子里，他的整张脸都变得容光焕发。他抬起眼，那双清澈的栗色眼睛如同钻石一般闪闪发光。

看见这样一个帅气而又朝气蓬勃的儿子，母亲打心底里为他感到高兴。然而此刻，他鬼鬼祟祟的脚步声也再次令她感到焦虑。

他不再犹豫，打开房间的门，走了出去。不一会儿，他再一次停下脚步，或许他正在倾听周围的动静，然而在夜晚的寂静里只能听见风不断地吹打房子发出的声音。

母亲很想站起来，对儿子大喊：

“我的儿子保罗啊，求你快点停下吧！”

然而，某种更为强大的力量阻止了她。她的双膝颤抖着，似乎想要反抗那股可怕的力量，但是她的双脚却连一步也挪动不了，就好像有两只强有力的手牢牢地抓住了它们，她被困在原处，动弹不得。

就这样，保罗静悄悄地走下楼，打开大门，溜了出去。外面的风依旧持续不断地刮着，仿佛要把他吹走一般。直到这时，母亲才有力气站起身来，想重新点起屋子里的灯，然而这个小小的动作对她来说都是困难的。她朝墙上不停地擦着火柴，火柴在墙上留下了紫色的痕迹，却一直没被点燃。

终于，那盏小小的黄铜油灯散发出了淡淡的光芒，照亮了这间不做装饰破旧不堪的小房间，就像女用人的住所一样破旧不堪。她打开房门，把身子探了出去，听着外面的声音。她微微颤抖着，缓慢地向前移动着，动作僵硬。她的个子偏矮，但身体还挺结实。她身穿一件褪色的黑色衣服，那布料就像是从栎树的树干上削下来的树皮一样。

从她的房门前向下望去，陡峭的石板楼梯在白色的墙壁中显得格外引人注目，大门上的链子被风吹得摇摇晃晃。她看见被保罗移开的门闩倚靠在墙边，不由得怒火中烧。

不！她一定要打败内心的魔鬼！她站在楼梯上将灯熄灭，接着走下来，打开大门，走了出去。

外面的风猛烈地向她吹来，她的头巾和衣服都被吹得鼓了起来，像是要把她再次赶回家里似的。但她依然把头巾牢牢地扎好，在下巴下面绑上一个结，然后她低下头，顶风前行。就这样，她慢慢地朝教堂的方向走去。她走到一片果园的围墙前，在那里能够清楚地看见教堂的正面，接着她走到一个拐角处，停下了脚步。保罗刚刚从那里转弯了，他如同一只黑色的大鸟一般迅速地穿过那片草地，他的斗篷就像是空中舞动的翅膀。草地在一座古老的房子前延伸开来，黑夜中，房子巨大的轮廓几乎遮住了远方的地平线。

夜空中，巨大的云层被风推动着前行，月亮穿行其间，一会儿透出深蓝色的微光，一会儿透出黄色的光芒，照亮了这片茂盛的草地。教堂和小修道院前有一个小广场，一条路的斜坡边，两排简陋的小屋蜿蜒着向前延伸，最终消失在山谷的丛林间。小河就像一条蜿蜒曲折的灰色小路，与其他的河流、道路相交。在这片绝美的景色中，厚重的云层被风推着行走，它们一会聚拢在一起，一会又分散开去，在那远方河谷入口处的上方的天际，随意飘荡。

此刻，这座小村庄里最后一线灯光和烟影都消失不见了，人们都已经入睡。破旧的小农舍顺着那丛草蔓生的山坡向上延伸，一座矮小的钟楼被笼罩在教堂的阴影下；教堂的拱门下，一个牧羊人正倚靠在他的柳条鞭上。

教堂广场的围栏前，成排的胶桤木在风中剧烈地摇晃着，如同一群不安的黑色怪物。伴随着它们的窸窣声，山谷间的杨树和芦苇也在风中哀叹着、悲鸣着。在这夜晚所有的痛苦里、在风的喘息中、在迷失于云间的月亮的照耀下，这位母亲正在寻找她的儿子，她内心的焦虑和痛苦使她变得越发慌乱不安。

即使那一刻，她还一直沉浸在自己的幻想中，希望他外出只是为了去探望某位病人。然而现在他却像受到恶魔的驱使一般，朝那座古老的房子飞奔而去。

在这所高地下的老房子里，住着一个年轻、健康而孤独的女人。

他没有像普通的访客那样从正门进屋，而是径直走到果园的小门边，打开门走了进去，接着就看到门在他的身后关上了，他的身影立刻被无尽的黑暗吞没了。

母亲沿着他在地上留下的痕迹奔跑着穿过草坪，来到那扇小门前。她用尽全力想要推开它，然而它却一动不动，就像拥有某种排斥力一样，使别人没法打开。母亲不禁悲痛欲绝，甚至几乎情不自禁地想要大声喊叫。她一边向上望去一边摸着外墙，就像在检查它究竟是否结实一样。最终，她还是绝望地放弃了，只好侧耳倾听里面的动静。然而，她只听见果园里的树木在风中沙沙作响的声音，在她看来，这些树木就像是它们女主人的帮凶一样，遮盖住周围所有的声音。

然而母亲不想就此放弃，她想听见里面的动静，她想知道真相，或者说她只是想更加清楚地了解真相。其实她早就知晓了真相，她只是想继续相信自己的幻想，继续自欺欺人罢了。

她并没有偷偷地躲在一边，而是沿着果园的外墙，向老房子的正面走去，一直走到院子的大门前。她仔细地摸着门上的石砖，好像是想在其中寻找一块松动的石头似的。如果能搬开那块石头，她或许就能偷偷地溜进去。然而所有的石头都是那么坚硬而结实，她无法进门。大门、正门和所有的窗户都装着铁栅栏，看上去就像是一座防备森严的堡垒。

这时，月亮的影子倒映在一片深蓝色的湖面上，月光照射在藤蔓丛生的屋顶上，泛出微红的光芒。玻璃窗户的外侧没有装百叶窗，里侧的窗棂格紧闭，看上去密不透风。玻璃窗在黑夜里闪闪发光，就像是无数面苍白的镜子，映照出天空中厚重的云层、云间深蓝色天空的裂缝和高地上摇摆不停的树木。

母亲向后退了几步，走到围墙里用来拴马的铁圈边。她再一次停住脚步。这扇高高的门前有三级花岗岩做成的台阶，上方是一座镶着铁边的哥特式拱门。她不禁觉得有些丢脸，感到自己无力取胜。当她还是个孩子的时候，她经常和村子里别的穷孩子一起在这里玩，一直逗留到很晚，等待着房主出门的时候丢给他们一些钱。

在很久很久以前，那扇门总是敞开着的，人们可以从外面看见房子里昏暗的玄关、铺着石砖的地面和一旁石头砌成的座椅。孩子们一边大声喊叫着，一边跑到门前，他们的声音在房子里面回响，就像在山洞里回荡一般。这时，一个女用人跑出来驱赶他们。

“玛利亚·玛达莱娜，你怎么也跑来了？和这群野孩子一起疯玩，你不觉得害臊吗？”

她害怕地跑开了，但她还是好奇地扭过头来，想看清楚那座神秘的房子里面究竟是什么样。而现在，她的双手绝望地拧在一起，她转过头看着那扇小门，保罗就是在那里消失不见的，在她看来这简直就像是个陷阱。然而最终她还是决定回家，她很后悔刚才没有在门前大喊大叫，没有朝门上砸石头，因为那样做的话她或许还能把儿子带走。她非常后悔，驻足原地，不知所措，心里依旧充斥着莫名的焦虑和犹豫。最后她还是竭尽全力做出决定，朝家的方向走去，就像一只受伤的野兽一样逃回了自己的洞穴。

二

她一关上门就立刻倒在了楼梯边的椅子里。

挂在楼梯顶上的油灯散发着微弱的光芒，微光倾泻在她的身上，在这安静得仿佛静止了的时间里，这座屋子就好像是一只建在岩石间的巢穴，在微光的映照中静静地摇晃着。现在岩石的根部似乎已经松动,中间的巢穴也快要倒下。

外面的风刮得愈加猛烈了,魔鬼折磨着修道院、教堂以及基督教世界的一切。

“上帝啊! 上帝啊!”母亲痛苦地呻吟着,她此刻的声音仿佛不像她自己发出的。

她看着自己映在墙壁上的影子,不禁摇了摇头。是啊,她并不是独自一人。于是,她开始与墙上的影子争辩起来,就好像真的有另外一个人就站在她的面前,能听见她说话的声音,也能回答她的问题。

“我该怎么做才能拯救他呢?”

“就在这里等他好了。等他回来后,直接向他表达你的想法,不要再犹豫了。你一定要趁还来得及的时候做好这件事情,玛利亚·玛达莱娜!”

“可是他一定会生气的,而且他也一定不会承认的。或许我还是去求主教把我们送到别的地方比较好,这样我们就可以远离这个令人堕落的地方了。主教是上帝的代理人,他无所不知。我愿跪在他的脚边。我现在仿佛就看见他穿着一身白衣,站在那红色的大礼堂里,胸前戴着闪闪发光的金色十字架,两根手指交叉着,正在向上帝祷告,就像耶稣亲临人世一般。我将这么对他说:‘大人,您知道吗? 阿尔教区不仅是这个国家最贫穷的教区,而且还受到了诅咒。几百年来,我们连一个神甫都没有,生活在这里的人们早就遗忘了上帝的存在。之后终于有一个神甫来到了我们身边,但是尊敬的大人啊,您知道他究竟是怎样的一个人吗? 直到五十岁之前,他都是心地善良、受人敬仰的。他自己出钱重新修建了当地的修道院和教堂,还为我们修桥。他有时去打猎,过着如同牧羊人和猎人一般普通的生活。然而就在某一天,他突然间完全变成了另外一个人，变得像魔鬼一样可怕。他沉迷于巫术，整天酗酒，专横而暴力。他一边抽烟，一边不住咒骂，和村里最为臭名昭著的无赖们一起坐在地上打牌，因此那些恶棍一直爱戴并拥护他，其他人则因此而远离他。前几年他整天把自己关在修道院里，独自一人，身边连一个服侍他的女佣都没有。如果不是为了做弥撒，他绝对不会从里面出来，他通常在天还没亮的时候就开始做弥撒，因此没有人会去参加。据说他是醉醺醺地做弥撒的。教区的教民们都不敢控告他的种种恶行，因为人们都说他得到了魔鬼的庇护。当他生病时，村子里没有女人愿意去照看他，在他生命即将结束的最后的日子里，也没有任何人去看望他。然而，有人在那几天的晚上看见教堂里一直灯火通明，人们都说，魔鬼在地底下挖了一条隧道，从河边一直通往教堂，他将前来带走那死去的神甫的尸体。正因为这条隧道，神甫的灵魂在他去世之后才再次回到这里，留在教堂里不肯离去，以至于别的神甫都不愿意住进那里。曾经有一位神甫，每个周日都会从另外一个村子过来做弥撒、埋葬过世的人，然而一到晚上，从前那位神甫的鬼魂就会出来兴风作浪。从那之后的几十年里，这座修道院一直没有神甫，直到我的儿子保罗来到这里。我同他一起来到这个村子。开始的时候，他发现这个村子一片荒芜，这里的居民未受教化，没有信仰。然而在我的儿子保罗来到这里之后，一切都开始变得生机勃勃起来，这片土地仿佛又迎来了一个崭新的春天。但是迷信的人都说，不幸将降临在新的神甫身上，因为那个鬼魂还一直住在修道院里，没有离去。有些人还说，其实他根本就没死，他一直住在与河流相通的地下隧道里。我说的都是实话，我一点儿也不相信那些传言，而且我也从来没有听到过任何从地下传来的声音。整整七年，我和我的儿子保罗一起住在这里，过的是如同修道院一般的生活。一直到前段时间，保罗还像一个单纯的孩子，每天学习、祈祷，事事为了教区教民们的利益着想，闲下来的时候他还会吹长笛。他的性格不是很活泼，他是个安静的孩子。在这七年的生活里，我们感受到平静满足，就如同圣经里描述的那样。他从不喝酒，不打猎，不抽烟，也从未正眼看过任何一个女人。他用自己辛苦积攒的钱为村子修桥。现在我的儿子保罗已经二十八岁了，诅咒似乎降临在了他的身上，他被一个女人迷住了。尊敬的主教大人啊，请您把他派遣到别的地方吧，请救救我的保罗吧！否则他会像从前的神甫一样迷失心智的。那个女人也需要得到您的拯救。她是一个独身女人，这个村子里没有人能配得上她，在那座被无尽的孤独包围的房子里，在这座荒芜的小村子里，她无时无刻不身处于各种诱惑当中。主教大人啊，您是认识她的，当您来我们这儿视察的时候，她曾经殷勤地招待过您，而且那座巨大的房子里有数不尽的财物。她富有、独立，但同时也很孤独，或者说是太过孤独。她有兄弟姐妹，但他们早就成家立业了，住在离她很远的地方，只有她一个人留在这里，照料这座房子和他们的财产，平时很少外出。直到不久之前，我的儿子保罗还根本不知道她的存在。她的父亲是个有些古怪的老人，他有时像个规矩的绅士，有时又像个没有教养的乡下人。他喜欢打猎，是个不折不扣的异教徒。我只需说他曾是那个老神甫的朋友，您就一定能明白我的意思了。他从来不去教堂，但是在他得了绝症之后，他还是把保罗叫了过去，之后保罗就一直在他身边照料他，直到他去世。他的葬礼举行得非常盛大，是我们这个小村子里的人见所未见闻所未闻的。村子里没有一个人缺席这场葬礼，就连那些襁褓中的婴儿也被他们的母亲抱在怀里，参加了这场葬礼。后来，保罗继续去他们家拜访，看望那个家里剩下的最后一个人。她独自生活，身边的仆人都心肠歹毒。有谁来引导她、劝告她呢？如果我们不去帮助她的话，还有谁会去帮助她呢？'"

然而母亲心里的另一个自己问：

"玛利亚·玛达莱娜，你确定要这么做吗？你确定你想的那些事情都是真的吗？你真的能在主教面前说起你儿子和另外一个人的事吗？但是，如果你说的这些都不是真的呢？"

"哦！上帝啊！上帝啊！"

母亲用双手掩住自己的脸，她一闭上眼睛仿佛就看见保罗和那个女人在那座老房子的地下室里独处的场景。那是一间有着拱形圆屋顶的大房间，面朝一片果园，水泥地上散落着形状各异的贝壳。一面墙上镶嵌着一个巨大的壁炉，壁炉两侧放着两把座椅，座椅后面有一张古老的长沙发。雪白的墙壁上挂着各种武器、长着长角的鹿头和油画，油画的画布已经发黑了，破破烂烂的，上面只能依稀看见一些模糊的轮廓：几只土黄色的手、不清晰的面容、女人的发辫和几个水果。

保罗和那个女人坐在炉火前，紧紧地握着对方的手。

"哦，上帝啊！"

为了赶走脑海中如此可怕的画面，母亲立刻想到另外一幅场景。这是同样的一个房间，窗外有一大片青翠的草地，浅绿色的光线透过打开的窗户照进屋子里，站在大门前，可以看见果园里郁郁葱葱的树木，湿漉漉的树叶上沾着秋露，在阳光下闪烁着。几片枯叶被风吹进屋里，在地板上滚动着，放在壁炉台上的黄铜灯的灯链也在风中摇晃着。

从一扇半掩的门边，她隐约看见了屋里其他的房间，所有的窗户都紧闭着，看上去有些昏暗。

母亲站在那里等候着，手里拿着保罗送给女主人的礼物。没过一会儿，女主人出现了，她几乎是小跑着过来的，看上去有些不自信。她身穿一身黑衣从那黑黢黢的房间里走出来，苍白的面孔不自然地紧绷着，梳着两条麻花辫。她雪白瘦削的双手与周围的黑暗形成了更为强烈的对比，就像墙上挂着的那些画一样。

尽管她整个人都被屋内明亮的光线笼罩着，她瘦小纤细的身体看上去仿佛还抱有某种不确定和怀疑。她忧郁的大眼睛立刻注意到了放在桌子上的果篮，接着她那深邃的目光就投在母亲身上，匆匆一笑，这微笑似乎是发自内心的喜悦，但又像是一种自嘲，如同一道明媚的光芒照亮她那悲伤但迷人的嘴唇。

那一刻，母亲第一次心生疑惑，尽管她也不知道其中的原因。

虽然母亲还是不太明白，但她依然记得那位少女热情地迎接、招待她的场景。她坐在母亲身边，向她询问保罗最近的情况。她喊他“保罗”，就像叫自己的哥哥一样亲切，然而她对母亲的态度却不像是对待一位普通的母亲，她几乎把母亲当作了自己的竞争对手，对她大献殷勤以此来麻痹她的防备心。

她叫一个女佣把咖啡端来，女佣光着脚，像阿拉伯女人那样在头上裹着布，她把咖啡装在一个银质的大托盘里端了过来。她谈起她的两个很有权势的兄弟，很是得意，就像是他们在支撑着她的独居生活一样。最后，她带母亲走到房门前，向门外的果园望去。

紫色的无花果、闪烁着银色光泽的梨子、一串串金色的葡萄，在绿色的乔木和橄榄树间若隐若现。既然这样，保罗为什么还要把水果送给一个已经有享用不尽的水果的人呢？

即使是现在，在楼梯边晃动着的半明半暗的光线里，母亲依然清楚地记得，女孩向她道别时，那温柔的目光看上去略带嘲讽，她垂下那双忧郁的眼睛，好像害怕自己的感情会从瞳孔中泄露出来。

那双眼睛充分地表达了她的真挚和诚恳，但一转身她就关上了自己的心门，简直和保罗一模一样。因此，在接下来的日子里，当保罗的行为举止继续令她生疑、令她恐惧的时候，她并不憎恨那个诱惑他的女孩，相反，母亲想拯救她，就像拯救她的亲生女儿一样。

三

秋冬平静地过去了，母亲猜疑的事情并没有发生。伴着三月的春风，又一个春天到来了，魔鬼也开始蠢蠢欲动了。

保罗又在晚上去那座老房子了。

“我该怎么做才能拯救他们呢？”

屋外的风吹打着大门，像是在嘲笑她的问题。

她又想起她和保罗刚来到这座村子时的情景，那时保罗刚当上神甫。在这之前，她当了二十年的女佣，为了激励儿子并为他树立一个好榜样，她一直清心寡欲、省吃俭用。后来他们来到这里，她还记得那天路上，一阵强风蓦然而至。

当时也正值春天，然而山谷的轮廓似乎依旧笼罩在冬日的严寒中，显得格外萧瑟。目光所及之处，满山都是蜷缩的树叶和弯曲的树木，它们仿佛正惊恐地仰望着发光的阴云，那些阴云正从地平线的每一个角落不断地迅速升起，就像是一支支战斗的军队。空中落下巨大的冰雹，把脆弱的树叶打得千疮百孔。

山谷耸立在道路的转角处，山脚下，一条河流流过。狂风猛烈地吹打着过路的旅人，以至于他们身下的马也不由自主地停下脚步，在风中嘶叫着，耳朵因为恐惧而竖了起来。这狂风就如同凶狠的歹徒一般凶狠地拉住了它们的缰绳，想要袭击它们背上的旅人。就连一直心情很好的保罗也不禁有些迷信地喊道：

“一定是那个老神甫的灵魂发怒了，它想把我们赶回去！”

他的话刚说出口就立刻被狂风吞没了。他试图歪着嘴露出一个嘲讽的笑容。他悲伤地凝望着这座依山傍水的小村庄，眼前的风景如同一幅画，在布满厚重云层的天空下，山坡上蔓草丛生，河中水流湍急。

穿过那条河后，风似乎渐渐平静下来。村里所有的居民全都聚集在教堂前的广场上，等待着新任神甫的到来，就像在等待他们的救世主一样。一群年轻人走到河岸边迎接客人。他们从山坡上跑下来，就像是一群在山间驰骋的鹰，叫喊声在周围的空气中回荡着。他们一跑到神甫身边就立刻围住了他，为他带路，他们带着凯旋般的喜悦，不时向空中开枪以表达他们的激动和快乐。他们庆祝的喊叫和清脆的枪声回荡在整个山谷间，连肆虐的狂风也似乎因此而平静下来。

尽管母亲现在内心非常焦虑痛苦，但只要一想起那一刻，她的心中还是充满了如同凯旋一般的自豪感。她似乎又陷入了梦境中，被那群热情喧闹的年轻人带到广场前，保罗就在她的身边。他还是那样年轻稚嫩，所有人都围在他的身边，向他鞠躬。他站在那里，犹如神灵降世一般。

他们向山上走去。山坡的最高处烟火绽放，明亮的火光映照着布满阴云的天幕，阴云在空中摇摆着，就如同一面面鲜红的旗帜。在这座灰蒙蒙的村子里，无论是蔓草丛生的坡地，还是成排的柳树和胶桤木，似乎都被这炽热的光芒照亮了。

人们继续向山上走去。从广场的围栏处向上看去，一座建筑耸立在教堂的左后方。一群人靠在矮墙边，男人戴着风帽，女人裹着头巾，长长的流苏在风中摇摆，所有人的脸上都露出了焦急的神色。孩子们的眼里闪烁着光芒。眼前这幅难得的景象令他们非常开心。山坡的另一侧，一些淘气的孩子正在玩火，他们瘦小而细长的黑色身影映照在山坡上，就像一只只小恶魔一样。

透过教堂敞开的大门，可以隐约看见教堂里的大蜡烛摇曳的火焰，就好像是风中摇摆的水仙花。教堂拉长的钟声不断鸣起。天空呈暗淡的银灰色，厚重的云层聚集在钟楼边，仿佛也停下来观看这一幕。

人群中不知是谁大喊道：

“他来了！他来了！他看上去就像圣人降世一样啊！”

然而，他依旧非常平静，一言不发，没有回应那些问候，似乎也并没有被人们的热情感动。他紧紧地抿着嘴唇，双眼望着地面，皱着眉头，仿佛承受不住额头的重压似的。当他们走在人群中的时候，保罗似乎快要摔倒，一个男人扶了他一把，他立刻直起身，跑进了小教堂里，跪在圣坛前，开始念经。

女人们看到这一幕，都不禁泪如雨下。

这些可怜的女人的眼泪，代表着她们对爱、希望以及另一个世界的美好渴望，母亲此刻即使悲伤，但想到这里她还是感到欣慰。她的儿子，她的保罗啊！他是她的爱，她的希望和寄托，现在他却被恶灵掳走了，而她却只能一动不动地呆在楼梯旁，如同身陷一口深不见底的井里，无能为力。

她觉得自己快要窒息了，心里像是压着一块沉甸甸的石头，于是，她站起身来，想呼吸得顺畅些。她再次上楼，打开房里的灯，环视自己简陋的小房间，里面只有一张小木床和一个虫蛀了的衣柜陪伴着她，就如同是她的两位老友。这就是她的房间，一个女用人的房间。她从未奢望改变自己的命运，她挣的每一分钱都是为了她的儿子。

她来到保罗的房间。从前，他的房间里里外外都是洁白的，睡床虽小但很整洁，就像女孩子的房间一样。他喜欢安静、有序，窗前的书桌上总放着一些花。然而不久之前，他再也不关心这些事情了，他的抽屉随意地打开着，椅子上、地上都是他乱丢的书。

他出门前洗手的水池里散发着一股浓郁的玫瑰香水味。一件长袍扔在地上，看上去就像是保罗投下的细长的影子。

空气里弥漫的香味和眼前的影子，把母亲从沮丧的情绪中再一次拖回到现实里来。她带着怒气捡起长袍，相信自己有足够的力量帮助保罗摆脱困境。接着她稍稍整理了房间，毫不掩饰脚上那双农民的鞋子发出的声音，迈着大步走来走去。她把那张皮制的椅子推到桌边，保罗以前一直坐在这里学习。母亲再次把椅子摆放好，就像在命令它一定要好好地呆在原地一样，这样的话，保罗或许就会早一点回来了。接着她向那面挂在窗边的小镜子看去。

神甫不可以把镜子放在家里，他应当牢记自己是没有形体的。老神甫至少在这一点上遵守了规定。有人在路上看见他屋子的窗户打开着，一块黑布放在玻璃窗后，他通过这样的反射对着自己的镜像刮胡子。保罗则非常迷恋镜子，它就像一口水面上浮着笑脸的深井，无时无刻不在引诱他跳进去。

母亲看见镜子里自己阴沉的面孔和可怕的眼神，再也无法压制内心的怒火，她一把扯下墙上的镜子。接着她把窗户完全打开，好让外面的风吹进来净化屋里的空气。桌上的书和纸张被风吹到房间的角落里，床单边缘的流苏不停地飘动着，油灯的火苗也仿佛受到了惊吓，低垂着脑袋。

母亲拾起地上散落的纸张，重新放回书桌上。然后她看见桌上放着一本打开的圣经，上面有她非常喜爱的彩色插图，于是她俯下身子仔细地看了起来：森林间的一条清泉前，牧羊人耶稣带着他的羊群来到这里饮水。在这深蓝色的天幕下，透过林间向远方望去，隐约可见一座被夕阳染红的小城，那是神圣之城、救赎之城。

保罗曾每晚都在这里熬夜读书，透过窗子可以看见星星从山间升起，夜莺也为他唱起动人的旋律。

在他们来这座村子的第一年里，保罗曾说想要离开，回到外面的世界去，然而在这山间的阴影和树木的低喃声中，他似乎渐渐习惯了这种生活。就这样，七年的时间已经过去了，母亲从来没有劝他搬走，因为他们生活得非常幸福，对她而言，这座小村子就是世界上最美的地方，因为在这里，她的儿子就如同上帝和君王一样存在着。

她关上窗户，重新把镜子挂起来，她抬起被泪水模糊的双眼，看见镜子里自己苍白的面孔。

她再一次问自己是不是真的没有弄错。她走到挂在墙上的耶稣受难像面前，把手里提着的油灯举高，想看得更清楚些。在昏暗的阴影中，她看见耶稣基督干瘦、赤裸的身躯被钉在十字架上，他垂着头，似乎正在聆听她的祈祷。母亲不禁泪流满面，痛苦的泪水沿着她的脸颊流下，落在她的衣服上，看上去就像是一滴滴鲜血。

“上帝啊，请您救救我们吧！也求您拯救我！不受血肉之躯束缚的您，头戴如同玫瑰一般美丽的荆棘王冠的您，超脱于凡俗情感的您，请拯救我们吧！”

接着，母亲匆匆走出房间，再次走下楼梯，穿过底楼的小房间。在母亲提着的油灯发出的光线中，几只苍蝇似乎受到了惊吓，围着破旧的家具嗡嗡直叫。

窗外传来树木在风中颤抖的声音，雨点敲打着狭窄的玻璃窗，从窗户的缝隙处钻进厨房里。她在壁炉前坐下，壁炉里积满了烧尽的炉灰，尽管她坐在这里，她还是感到刺骨的风仿佛从所有的缝隙处钻进屋子里，令她浑身颤抖。这间厨房狭长而低矮，被烟熏黑的房梁支撑着摇摇欲坠的天花板，母亲虽然坐在这里，却觉得自己此刻仿佛正身处一艘在大海的惊涛骇浪中飘荡的小船里。尽管她已经决定等保罗回家之后就立刻与他摊牌，但她还是试图让自己相信她其实是弄错了。

母亲觉得上帝赐予她这样巨大的痛苦实在是太不公正了。她回忆起自己不幸的过往，想在其中找寻现在降临在她身上的厄运的原因。过往的一切似乎都历历在目，她的生活艰难但纯粹，就像她颤抖的指间握着的念珠一般。她从未做过任何坏事，除了脑子里偶尔闪过的一些念头以外。

小时候，身为孤儿的她住在贫困潦倒的亲戚家里，没有人善待她。她光着脚，头上顶着重物去河边洗衣服，或是把小麦运送到磨坊。她有一个上了年纪的伯伯在磨坊帮忙干活，每次她去那里，如果没有别人在，他就会把她赶到长满灌木丛的柽柳林里吻她，他粗硬的胡子蹭得她的脸生疼，还弄得她身上到处都沾着面粉。

当她在家里说起这件事后，她的婶婶就再也不让她去磨坊了。后来的某个星期天，那个平日从不到村子里来的男人突然间回到这里，说想娶她为妻。家里其他的亲戚都嘲笑他，拍打他的背，用扫帚掸去他衣服上的面粉。他完全不理会身边的人，只是定定地注视着她。后来她接受了他的求婚，但她继续住在亲戚家里。每天她都会去磨坊看望她的丈夫，不过她依然像从前那样叫他伯父，他总会瞒着主人偷偷给她一些面粉。

有一天，当她托着围裙里满满的面粉回家时，她突然感到自己的肚子里似乎有什么动静。她吓得松开了裙角，面粉撒了一地。她感到一阵眩晕，跌坐在地上。她觉得似乎是地震了，周围的一切都裂开了，村子里的房子纷纷倒塌，石头在小路上四处滚动，她自己仿佛也在沾满了面粉的草地上翻滚。接着她站了起来，一路笑着跑回家，她的心里还是有些忐忑不安，因为她发觉自己怀孕了。

没过几年，她就成了寡妇，那时保罗还没学会说话，但他的双眼明亮而生动。她为丈夫服丧，就像去世的只是一个关系不错的亲戚而已，她很快就从丧夫的悲痛中恢复过来。她的一个表姐提议她们一起去城里干活。

“这样的话你就有能力养育你的儿子了，等他长大些后你还可以把他接来城里上学。”

就这样，她去城里做了女佣，她生活和工作的一切都是为了保罗。

她没有机会也从来不想放纵寻乐。无论是她的主人还是与她共事的男仆，无论是乡下人还是城里人，很多人都曾追求过她，就像她曾经的丈夫那样追求她。男人像猎人追逐猎物一样追求女人，然而她避开了各种各样的陷阱，一直保持自身的纯洁，因为她觉得自己已经是一个神甫的母亲了。上帝啊，我为什么要受到这样的惩罚呢？

母亲的脸上写着无尽的疲惫，她垂下头，泪水滑过她的脸庞，落在膝间的念珠上。

她的思绪渐渐变得混乱起来。她觉得自己仿佛正坐在神学院那宽敞而温暖的大厨房里，她曾在那儿做过十年女佣，从而使保罗能够进入这所神学院读书。黑色的身影无声地从泛黄的墙壁前掠过，附近的走廊里，孩子们偷偷地追逐打闹，不时发出压抑的笑声。她一动不动地坐在窗边，精疲力竭，窗外是一方昏暗的庭院。她的膝盖上放着一把扫帚，然而她已经累得连一根手指头都动不了了。

在梦里，她似乎也在等待保罗，他瞒着她偷偷从神学院跑了出去。

“如果被他们发现的话，他会被立刻开除的。”她一边这么想一边焦急地等待着。直到夜深人静后，她才悄悄把保罗放进来。

突然间她惊醒过来，环视四周，她发现自己依旧坐在修道院狭小的厨房里，就像坐在一艘被狂风吹打的小船上一样。刚才短暂的梦境太过鲜明而真实了，她觉得那把扫帚还依旧放在自己的膝盖上，孩子们在走廊里玩闹的低笑声也仿佛依然萦绕在她的耳边。

没过多久，母亲的思绪回到现实里来。她觉得保罗或许在她刚刚小睡的时候已经回来了，所以她没有察觉到。

屋里的各种东西都在狂风的呼啸中摇摆着，发出吱吱嘎嘎的声音。母亲的确听见屋里传来隐约的脚步声，有人正从楼上走下来，穿过底层的房间，走进了厨房。

看到眼前这个人，她顿时觉得自己一定还在梦里没有醒来。一个矮胖的神甫正站在她的面前，他面孔黝黑，脸上的胡子看上去似乎有好几天没有刮过了。他微笑地看着她，露出嘴里仅剩的几颗因为过度吸烟而被熏黑的牙齿。他浅色的眼睛里似乎透着威胁的光芒，然而看上去却带着笑意。母亲立刻认出了他，他就是那位前任神甫,然而她并没有感到非常害怕。

“反正这一定是个梦。”母亲想着。但事实上母亲这么想只是为了给自己壮胆,因为这明明就是真实发生的事情。

“请坐吧。”母亲边说边把她的小板凳移开,好让他坐在壁炉前。他坐下来,稍稍提起自己的长袍,露出了一双褪色的蓝色破袜子。

“既然你没什么事情要做,那么你或许可以帮我补一下袜子,玛利亚·玛达莱娜,已经没有女人照顾我了。”他简洁地说道。母亲想:“这就是那个可怕的神甫吗?我一定还在做梦。”

母亲试着和他开开玩笑。

“您都已经去世了,还要袜子做什么?”

“谁告诉你我已经死了?我还好好地活着呢,现在就坐在你面前。我马上就会把你和你的儿子从我的修道院里一起赶走。你们来这里实在不是什么明智的选择,你的儿子还是回家子承父业比较好。但是你却奢望太多,想从女佣变成女主人。现在你一定发觉自己遭到报应了吧?”

“我们会离开这里的,”母亲谦卑地说道,言语中透着悲伤,“我真的想离开这里。无论你是人是鬼,都请你再耐心等几天吧,到时候我们会离开的。”

“那你想到哪里去?去哪里都是一样的,你还是听听我这个过来人的建议吧。你就让你的儿子听从他的命运去结识那个女人吧,否则他将会步我的后尘。在我年轻的时候,我对女人和享乐都毫无兴趣,一心想着去天堂,但我却没有意识到其实天堂就在这个世界上。然而一切都已经太迟了,我已经老了。我的双臂无法摘到树上的果子,我想蹲下来在溪边喝点水解渴,双膝却无法弯曲。于是我开始抽烟喝酒,和村子里的无赖玩牌。你们口中的那些无赖在我看来却是一群懂得如何享受生活的好孩子。与他们为伴,我受益良多。我能感受到些许的温暖和快乐,无论何时他们都像是一群在庆祝节日的孩子。只不过因为他们总是像在过节一样,所以他们比一般的孩子更快乐,更无忧无虑,他们无须想着回学校学习之类的事情。”

老神甫喋喋不休,母亲却想:“他这么说一定是想说服我放任保罗堕落下去,这样的话我的儿子就会下地狱的。一定是魔鬼派他到我这里来的,我一定要保持警惕才行。”

然而,尽管她这么想,但她还是欣然地听进了他的话,甚至觉得他说的有道理。她觉得保罗也应该享受一下节日的快乐,作为一个母亲,她已经在心里为她儿子的所作所为寻找借口了。

“或许您说的没错,”她更加谦卑而悲伤地说道,不过她现在的语气并不是完全发自内心的,“我是一个可怜而无知的女人,我什么也不懂,但是有一件事我是非常肯定的:神把我们送到这个世界上来就是让我们受苦的。”

“上帝把我们送到这个世界上是让我们享受的。那些不懂得享受的人才会受到上帝的惩罚,才会遭受苦难,这才是事实,你这个蠢女人!上帝创造了这个如此美丽的世界,就是为了让他的子民享受的,不懂这个道理的人才是最可悲的。你相不相信和我一点关系也没有,你爱怎么想就怎么想吧!我只想把你和你的儿子从这里赶走,如果你们还想继续留在这里的话,那事情会更糟糕的。”

“我们会走的,你不用担心,我们很快就会离开这里的。我可以向你保证,我绝对没有别的想法。”

“你这么说是因为你害怕我,但这对你是没什么好处的。你觉得是我阻碍了你前进的脚步,让你点不着手中的火柴。的确,我可能就是那个阻碍你的人，但是我并不想伤害你和你的儿子，我只是想让你们离开这里罢了。但是你要留神记住，如果你出尔反尔的话，那么你会后悔的！好了，我们下次再见吧！请你记住我们的这次谈话，还有，我把这双袜子留给你，帮我补一下吧。”

“好吧，我会帮你补的。”

“请你闭上眼睛，我可不想让你看到我光脚的样子，哈哈。”他笑着用另外一只脚脱下鞋，接着弯下腰脱下了袜子，“不管他们怎么诽谤我，但至今为止还从来没有女人见过我光脚的样子，我可不想被你这个丑陋的老女人看见。好了，给你，还有另外一只，我很快就会回来拿的……”

母亲睁开眼睛，立刻惊讶地从板凳上跳了起来。厨房里只剩下她一个人，窗外狂风依旧呼啸着。

“我的上帝，这究竟是怎样的一场梦啊！”她叹了口气，喃喃自语道。然而，她感觉自己仿佛听见了幽灵穿过墙壁离开时轻微的脚步声，于是，她弯下腰开始寻找袜子。

四

当保罗离开女主人的屋子、走到草坪上时，他也感到风中似乎飘荡着幽灵模糊的影子。这股不明的力量推搡着他，在炽热的爱欲之后，他觉得自己仿佛掉进了寒冷的冰窟里。他的长袍被吹得贴在身上，他不禁打了个寒颤，那种触感就像是女人对他充满爱意的拥抱。

保罗走到教堂的拐角处，狂风使他不得不停下脚步，他低下头，一只手按住帽子，另一只手抓紧外套。他觉得自己快要窒息了，突然，一阵眩晕向他袭来，就如同他的母亲得知自己怀孕时天旋地转的感觉一般。

厌恶感和狂喜在保罗的内心交织着，在那一刻，他知道某种糟糕又美好的东西已经在他的心中生根发芽。他第一次清晰而深刻地感知到他对一个女人肉体上的爱恋，他也为自己的这份爱情感到非常愉快。

就在几个小时之前，保罗还自欺欺人地以为自己对她的爱纯粹是精神上的。他知道最初是她先把目光投在自己身上的。从他们初遇开始，她那双迷人的双眼就一直在寻求他的回应，她的眼里满是无助和对爱的渴望。渐渐地，保罗被她的眼神吸引了，对她心生怜悯。他们是如此相似，他们都非常孤独，正是这孤独让他们彼此靠近。

他们在对方的眼中寻找着彼此，双手紧握在一起。那晚他们接吻了。多年来一直在他的血管中静静流淌的血液突然间燃烧起来，如同喷薄而出的岩浆。肉体在爱欲的燃烧下屈服了。

她曾建议保罗和她私奔，一起去别的地方生活，她会和他同生共死。沉浸在爱河里的保罗毫不犹豫地接受了她的提议，他们计划在下一次幽会的时候商量这件事。

现在，他回到了外面的现实世界中，狂风仿佛想把他剥得一丝不挂，撕毁他虚伪的面具。保罗站在教堂门前，快要喘不过气来。他浑身都冻僵了，他觉得自己仿佛正一丝不挂地站在村子的高地上，他的教民们因白日的疲惫都进入了梦乡，他们似乎正在梦中注视着他，他赤裸的身体因为罪孽而泛着黑色的光芒。

然而保罗依旧在考虑着私奔的事情，他希望能有一个更完善的计划，她曾对保罗说过，她有很多钱。但与此同时，保罗又很想立刻回去劝阻她。他来到了她家的墙外，他的母亲刚刚经过那里。接着他慌乱地后退，跪倒在教堂门前，一边磕头一边哀叹道：

“上帝啊！求您救救我吧！”

他的斗篷被风吹起，如同张开了黑色的双翼，看上去就像一只被活生生地钉在门上的秃鹰。

他的灵魂痛苦地挣扎着，比高地上的狂风还要激烈。这是肉体的本能和精神的控制之间最为激烈的斗争。

接着他站起身来，此刻的他，仍不知在这场内心的斗争里精神和肉体究竟哪个占了上风。然而他已经恢复了意识，能够清醒地判断现状了。他明白，他的恐惧不是出于对上帝的畏惧，也不是出于对崇高的渴望或是对罪孽的痛恨，他真正害怕的是这件事将变成一件人尽皆知的丑闻。

他对自己无情的剖析鼓舞了他，他觉得自己还是有希望获得救赎的。然而在内心深处，保罗知道他的命运已经与她纠缠在一起，他无法忘记她的音容笑貌，她的身影经常浮现在他的房间里，他在她黑色长发的缠绕中入睡，他已经无法逃脱了。

在他表面痛苦的背后，隐藏着的是他内心深处颤动的喜悦，就如同一团在地下燃烧着的隐秘的火焰。

保罗刚打开修道院的门，就看见厨房里闪烁着隐约的光线，穿过小餐厅射进入口处。接着他看见母亲一脸悲伤地坐在熄灭的壁炉前，他立刻明白了一切。

他跟随着那道光线穿过小餐厅，走到厨房外面的台阶上时还差点绊了一跤。他来到壁炉边，向前伸出双手，想保持平衡，不让自己摔倒。

“你怎么还没睡？”保罗生硬地问道。

母亲看向他，脸色非常苍白，从她的脸上似乎还能看到梦的痕迹。她一动不动，镇定自若，看上去甚至有些严厉。她试图与她的儿子用眼神交流，但保罗回避了她的目光。

“保罗,我在等你。你去哪里了?”

保罗意识到无论怎样的谎言都会无可避免地造成一场无益的闹剧,然而他还是选择说谎。

“我去拜访了一位病人。”他毫不犹豫地回答。

在那一刻,他有力的声音似乎消除了那个可怕的噩梦,一瞬间,母亲的脸庞因喜悦而容光焕发。但很快,她的面孔和内心又重新被沉重的阴影笼罩了。

“保罗,”她平静地说,因窘迫而垂下双眼,但依旧毫不犹豫地说道,“保罗,过来,我有些话要和你说。”

尽管保罗并没有走到她的身边,但她还是用仿佛耳语一般的声音继续说了下去:“我知道你去了哪里。有好几个晚上,我都知道你从家里出去了,今晚我跟着你出门了,我看到你去了哪里。保罗啊,想想你都做了些什么吧!”

保罗沉默着,就像什么也没听见一样。母亲抬起双眼,注视着站在自己面前的儿子。他面无血色,一动不动地站在那里,他的影子映在身后的墙上,看上去就像是被钉在十字架上的耶稣。

母亲是多么希望她的儿子能愤怒地大喊以此来捍卫他的清白啊!

然而此刻,保罗心里想到的是自己跪在教堂门外时内心挣扎的喊叫,原来上帝已经听见了他的呼喊,于是他把保罗送到母亲面前,让她来拯救他。保罗很想跪下,恳求她带自己离开这个村子,但同时他又恼羞成怒,为母亲看到了自己的弱点而感到羞耻,母亲的监视和跟踪又令他非常愤怒,看到自己给母亲带来如此巨大的痛苦,他的内心也备受折磨。

紧接着,保罗立刻想到他不仅需要拯救自己,还必须挽回颜面。

“母亲，”于是，他走到母亲身边，把一只手放在她的头上，说，“我是去看望一个病人的。”

“那座房子里可没有什么病人。”

“不是所有的病人都是卧床不起的。”

“我看你比你去看望的那个女人病得还要厉害，你必须照顾好自己。保罗，我虽然没什么文化，但我是你的母亲。我想告诉你，罪孽是这个世界上最可怕的疾病，因为它会侵蚀你的灵魂。而且，”母亲握住保罗的手，想把他拉到自己身边，好让他听得更清楚些，“你需要拯救的不仅仅是你自己，上帝的孩子啊！你一定要记住不能糟蹋她的灵魂，更不能给她的人生带来伤害。”

原本弯着腰的保罗在听到这番话后颤抖着直起身来，母亲的话深深触动了他的内心。的确，在这段不安的时间里，他只想着自己，丝毫没有考虑她的感受。

他试图把手从母亲那双粗糙而冰冷的手里抽出来，然而母亲抓得是那样紧，保罗觉得自己仿佛被捆了起来，就像一个马上要被关进监狱里的囚犯一样。

他再次想起上帝，他觉得一定是上帝捆住了他，要把他送进监狱。他是有罪的人，为此他感到无比的愤怒和绝望。他已经无路可逃了。

“放开我，”他冷漠地说，用力把手抽了出来，“我已经不是小孩了，我自己能明辨是非。”

听了他的话，母亲觉得自己仿佛掉进了冰窟里，她本以为儿子会向她承认错误。

“不，保罗，你根本不知道你错在哪里，如果你知道的话，你就不会这么说了。”

“那我该怎么说？”

“你不该这么大喊大叫，你应该好好地告诉我，你和那个女人没有任何不正当的关系。但你却没有这么说，因为你的良心让你没办法说出口，所以你最好还是别说了。我没有向你提问，不过你还是好好想想你做的那些事吧，保罗。”

保罗没有说话，他慢慢地从母亲身边走开，在厨房中间停下脚步，等待她继续讲下去。

“保罗，我没什么要说的了，我不想和你说话了。但我会和上帝谈谈你的事的。”

保罗突然迅速地跑到母亲身边，眼里闪烁着锐利的光芒，看上去简直就像要攻击她一样。

“够了！”他大吼道，“你最好别再和我提起这件事情了，也不许和任何人提起，那些异想天开的故事你就留着自己想想吧！”

母亲站起来，表情严肃而坚定，她抓住保罗的双臂，强迫他直视自己的眼睛，接着她放开了保罗，再次坐下，双手交叉着放在膝上，一个拇指用力按着另一个。

保罗走到厨房门口准备离开，但又转身走了回来。他在厨房里来回踱步，袍子摩擦地板如同女人的裙子般发出沙沙声，窗外狂风呼啸。他的长袍是丝绸制的，外面披着的斗篷也是用非常精致的布料做成的。

这一刻，保罗处于极度犹豫中，他觉得自己仿佛被卷入了一个急速旋转的庞大漩涡里。就连长袍的沙沙声似乎都在告诉他，他的人生已经陷入了一个充满错误、轻浮和邪恶的漩涡里。所有的一切似乎都想把这个事实传达给他，屋外的风声让他回想起年少时期漫长的孤独的记忆，屋里，母亲的身影显得格外悲伤，他的脚步声噼啪作响，影子映在墙上，这一切都在提醒他。保罗走来走去，他用力顿足踩自己的影子，像是想打败自己。他觉得自己不需要神的帮助，尽管他曾经祈求上帝拯救他，但现在他的心里却满是这种可怕的自大感。

“快点起来，去睡觉吧。”他走到母亲身边，对她说。然而母亲一动不动，垂着头，就像睡着了一样，他弯下腰看着母亲，发现她正在无声地哭泣着。

“母亲！”

“不会了，”母亲依旧一动不动，“我再也不会和你说起这件事了，我也不会和任何人说的。但是，如果你不向我发誓以后再也不踏进那座房子半步的话，我一定会立刻离开这座修道院，离开这座村子，永远都不回来了。”

保罗直起身子，再次感到一阵强烈的眩晕。迷信的力量再次占了上风，他不得不答应母亲，因为他觉得这是上帝通过母亲之口对他提出的要求。同时，他一肚子的怨言差点脱口而出，他真想冲着母亲大吼，指责她把自己从生长的村子带出来，把他送到了一条根本不属于他的路上。可是这又有什么用呢？她绝对不会明白的。算了吧！他伸出一只手，想赶走眼前的阴影，接着，他突然把手放在了母亲头上，想象着有光芒从微微张开的指缝间升起。“母亲，我向您发誓以后再也不会去那里了。”

然后，他立刻离开了厨房，觉得似乎一切就这么结束了。他得到了拯救。然而，当他穿过隔壁的小房间时，他仿佛听见母亲剧烈的啜泣声，就好像家里出了丧事一样。

保罗回到了自己的房间，一进屋就被玫瑰的芳香包围着，眼前的各种物品仿佛都浸染上了爱情的色彩，他又感到头晕目眩起来。保罗在房间里来回踱步，他打开窗户，把头伸到窗外的风中，觉得自己就像是被风卷起的树叶，在灰暗的阴影下，在皎洁的月光中，在风的怀抱里与云朵嬉戏。最后，他直起身，关上窗户大声喊道："我必须像个男人一样！"

保罗的身体绷得笔直，全身就像冻僵了一般又冷又硬，他企图把真实的自己掩藏在自大的盔甲下。他希望自己失去肉体的感知，这样无论是牺牲带来的痛苦还是喜悦，抑或是孤独的悲伤，他都再也感知不到了。他再也不想向上帝祈祷、接受上帝的认可、甘做上帝的仆人。他不想从任何人的身上获利，他只想在这条无望的路上孤独地走下去。保罗不敢熄灯上床睡觉，他拿起圣保罗的《哥林多人》[①]读了起来，然而他却无法捕捉到书上的文字，它们就像被拉长了一般在他眼前跳跃着。为什么在他发誓之后，母亲还会那样痛哭呢？难道她明白了什么吗？是的，作为一个母亲，她明白了儿子身为凡人的痛苦，他不得不放弃平凡但真实的生活。

保罗感觉脸有些发热，他抬起头听着窗外的风声。

"我根本没必要发誓。"他自言自语道，脸上浮现出暧昧不清的笑容，"真正强大的人是不会发誓的，像我这样发过誓的人也已经准备好打破自己的誓言了。我也已经准备好了。"

保罗立刻意识到他内心真正的斗争才刚刚开始，这一发现令他惊慌失措，他站起来跑到镜子前，看着镜子里的自己，说：

"现在，你就站在这里，你是被上帝选定的人。如果你不完全信仰上帝，那么恶灵将无可避免地夺走你的灵魂。"

说完这些话，保罗摇摇晃晃地走向床边，穿着衣服就倒在了床上，开始哭泣起来。他低声地哭着，不想让母亲听见，也不想让

---

① 即《圣保罗致哥林多人的信》，属于《保罗书信》里的《哥林多前后书》。《保罗书信》是使徒保罗写给各地教会以及来信询问教义的人的回信，书信中解释了许多有关基督教教义的疑难问题，并阐明教理原则，是基督教的重要文件，后在第一次君士坦丁堡公会议中确认为正典而被列入《新约圣经》中。

自己听见，他的内心也在痛苦地呻吟着。

“上帝啊，请您把我带走吧，带我离开这一切吧！”

这些话让保罗感到如释重负，就像是陷入痛苦海洋里的人得到了一块木板、找到了生路一般。

在这场危机结束后，保罗重新陷入沉思中。现在，他已经明白了一切，就像在阳光下看着窗外的风景一样。他是个神甫，信仰上帝，他已经把自己的一生献给了教会，并发誓过禁欲的生活。从某种意义上来说，他就像是已婚的男人，不该背叛自己的妻子。保罗不知道他为什么会爱上那个女人，也不知道为何无法停止自己的爱。或许是因为他正处于饱受欲望折磨的年纪，他快二十八岁了，他沉睡的肉体禁欲已久，一直被囚禁在那冗长的青春期里，现在突然间苏醒过来，他无法控制地渴望着那个女人，因为他们是如此相似，她也早已不再年少，却没有属于自己的爱情，她一直把自己关在那座屋子里，就像住在修道院里一样。

他们的爱情从初识的友谊里生根发芽，他们陷入在对方的笑容和眼神里无法自拔。他们都觉得不会爱上对方，正是这一点让他们彼此靠近的。没有任何人怀疑他们，他们相遇相知的过程中也没有任何不安、恐惧和欲望。然而，欲望不知不觉地渗进他们如同墙脚处宁静、水面般纯净的爱情里，这美好的感情瞬间腐坏崩塌。

所有这一切保罗都考虑过了。当他追问自己的良心时，他发现了事实的真相。当他与那个女人第一次相遇时，他就已经对她心生渴望，想把她占为己有了。所有的解释都是谎言，他只是用自己的双眼为自己辩白罢了。

如今事已至此，保罗只好接受现实。事情发展到这一步，是因为男人天生就该如此，他应该忍受痛苦，应该去爱，与他的爱人结合并享受这一切，然后再承担这一切带来的痛苦。善有善报，恶有恶报，这就是男人应有的一生。保罗的一切想法都无法消除压在他心里的沉重的痛苦，现在他终于理解了这种痛苦的真正意义：放弃爱、放弃他的爱人，就是放弃他自己的生命，这样的痛苦比死亡还要可怕。

接着他又想："或许这痛苦是空虚而无意义的。"当爱情带来的短暂欢愉消失之后，灵魂和理智又重新控制了他，对孤独的渴望反而更加强烈，于是，他再次逃回束缚着他的这副凡人的躯体里。那么他为什么还要忍受这样的孤独呢？他不是已经默默接受这种孤独并生活了这么多年吗？不也就这样度过了他人生最美好的年华吗？保罗不禁想道："即使我能和爱妮斯私奔并娶她为妻，或许我还是会同样孤独。"

然而，只要一提到爱妮斯的名字，只要一想到以后能和她一起生活，保罗就不由得激动不已，以至于浑身颤抖。他再次感到她仿佛就躺在他身边，依偎在他的怀里，她是如此地年轻和清新，就像是一株美丽的芦苇，他在她温热的脖颈边对她轻声说些什么，她散开的头发散发出醉人而温暖的香气，就如同野生的藏红花一般。保罗一边咬着枕头，一边为她吟诵着《雅歌》[1]，念完后，他在心里告诉爱妮斯，他明天一定会去找她。为了回到爱妮斯身边，他不惜一切代价。他感到非常快乐，尽管这种做法会令母亲和上帝感到悲痛，会让他因打破自己的誓言而沉浸在后悔、迷信和恐惧中，但他还是感到一丝不可言喻的快乐。

① 《雅歌》是圣经66卷中的一卷书，又被称为《歌中之歌》，一般认为此诗的作者是所罗门，以男女间爱情欢悦和相思之苦为主要内容。

五

保罗再次陷入沉思中。

就像病人为已经得知自己病情的诊断结果而欣慰一样，保罗在找出自己为何会遭遇现在的事情的原因之后也感到满足。他也像母亲一样回忆起了自己过往的人生。

在窗外呼啸的冷风中，保罗的思绪被带到他那遥远而模糊的记忆里。他再次看见一座庭院，他不记得这座庭院究竟在哪里，或许这是他母亲做女佣的那户人家的院子，他正和一群孩子一起爬墙。墙顶插满了如同匕首一般锋利的玻璃片，尽管他们的手会被割伤，但这依然无法阻挡孩子们爬到墙上眺望远方的决心。反而，他们觉得受伤似乎成为了某种乐趣，他们互相向对方展示着手上的血迹，然后就让血迹在腋窝下凝固，觉得这样就没人会发现他们的伤口了。站在墙顶上的时候，他们只是单纯地望着外面的街道，其实他们明明可以跳到马路上跑出去玩的。然而，他们热衷于爬墙是因为这是被禁止的事情，他们喜欢朝偶尔经过的行人扔石子，然后迅速藏起来，孩子眼中的英勇行为带来的快乐和害怕被发现的恐惧感在内心交织着。一个四肢残疾的聋哑女孩总是坐在围墙下的柴堆边，睁着一双漆黑的大眼睛，从庭院里抬头看着他们，眼里透着哀求和冷峻。男孩子们都很害怕她，他们不敢打扰她，说话的时候会压低声音，害怕惊扰到她，有时候他们还邀请她一起玩。女孩子听到邀请总会开心地大笑，但是她从未离开过那个小角落。

保罗依旧清晰地记得那双深邃的眼睛，眼里隐约可见痛苦和渴望的光芒。他看见那双眼睛在他的记忆深处注视着他，就像在那院子的深处望着他一样。保罗觉得那双眼睛和爱妮斯的眼睛非常相似。

接着保罗又看见儿时的自己站在他们曾经朝路人扔石子的那条路上,他站在街道更深处的一个拐角边,面向一条潮湿阴冷的小巷,街道的尽头被一座座破旧的陋屋包围着。

保罗就住在这条街道和小巷之间,那是一座不错的房子。房子里的女人都身材壮实,性情严肃,夜幕降临后,她们关上所有的门和窗户,只接待女性和神甫到家里做客,她们偶尔会开开玩笑,但都得体而恰到好处。

一天,一位神甫抓住保罗的肩膀,把他紧紧拉在自己瘦骨嶙峋的双腿边,用他强劲有力的手托起保罗羞涩的脸,问道:“你真的想成为一名神甫吗?”

保罗点头表示肯定,于是神甫就送给他一幅圣像,然后宠爱地拍了他一下。保罗没有离开,他躲在角落里偷偷地听着神甫和那些女人们的交谈。他们正在谈论阿尔教区的神甫,说他出去打猎、吸烟而且不刮胡子,然而主教还是不想撤掉他的职务,因为很难再找到愿意去那个偏僻的小村子里做神甫的人了。这个肆无忌惮的神甫还威胁说,无论是谁,只要敢取代他的位置,他就一定会把他绑起来扔进河里。

“最糟糕的是,阿尔教区的那些头脑简单的村民对他又敬又惧,他们害怕他的巫术。有些人坚信他实际上是个反基督的恶魔。村子里的女人还说她们会帮忙把他的继任者绑起来扔到河里。”

“你听见了吗,保罗?如果你当上了神甫,想回到你母亲的村子里的话,那你可要准备好喝河水啦!”

和保罗开玩笑的女人叫玛丽莱娜,她平时经常照顾保罗,每当她把保罗拉到自己面前帮他梳头的时候，保罗靠在她温暖的腹部和柔软的胸脯上，感觉就像靠在塞满棉花的靠垫上一样柔软。保罗非常喜欢玛丽莱娜，虽然她的身材并不完美，但她的脸长得很精致，脸颊总是泛着红润的玫瑰色，一双愉快的栗色眼睛里透着无限的温柔。保罗抬头望着她，就像注视着树上成熟的果实一样。或许这就是保罗的初恋。

后来保罗开始去神学院上学了。十月的某个早晨，母亲第一次带他去神学院，那天天空很蓝，空气里弥漫着葡萄汁的香气。那是一条上坡路，远远地可以看见高处一座拱门把神学院和主教教堂连接在一起，就像是一幅镶嵌着拱形画框的风景画，画里描绘了农舍、树木、花岗石的台阶和尽头主教教堂的塔楼，这一切都在明媚的阳光下散发出温暖的光泽。主教教堂前的石子路上长满了小草，一群骑马的男人从这条路上经过，细长的马腿上覆盖着浓密的毛发，脚上戴着闪闪发光的马蹄铁。保罗之所以能观察到这些细节，是因为他一直低头看着地面，他感到有些害羞，同时也因为他的母亲而感到害臊。是啊，他为什么不把心里话彻底说出来呢？他的确觉得他的母亲有点令他丢人，因为她是个女用人，而且她还来自于那个偏僻的小村庄，村里净是些无知的人。直到很久很久之后，保罗才克服了内心本能的自卑，重新拾起了尊严。当他站在上帝面前履行神甫的职责时，他越对自己的出身感到羞耻，他就越感到自豪，正是这样，他心甘情愿地顺从了母亲的意愿，来到这个贫苦的小村庄，尊重她最卑微的愿望，遵照她最简朴的习惯，在这里生活着。

在保罗的记忆中，她的母亲连一个女佣都不如，她只是天天在神学院的厨房里做洗碗碟的苦活，他又想起了这段少年时期最令他感到羞耻的回忆，然而母亲这么做完全都是为了他。在忏悔日里，神学院院长叫他去亲吻母亲的手，求她原谅他曾经犯下的过错。母亲看见保罗过来，立刻用抹布把手擦干，手上还残留着肥皂水的味道，整双手的皮肤因为过度操劳而裂开，看上去就像布满裂纹的老旧墙壁一样。在亲吻这双手的时候，保罗感到极度的羞耻和莫名的愤怒，他在心底祈求上帝的原谅，因为他无法真心地请求母亲宽恕他的罪过。

在神学院那个潮湿而烟雾弥漫的厨房里，上帝曾在保罗面前现身，当时他就躲在母亲身后。上帝无处不在，天地之间、万物之中都可寻觅到他的身影。

保罗曾满心欢喜地坐在他的小房间里，在黑暗中睁大双眼，兴奋地想："我以后会成为一名神甫的，我将把自己的生命奉献给这个神圣的职业，把自己的一切奉献给上帝。"他还想到了母亲，当他见不到她时，他清楚地知道他是爱她的。保罗明白，正是母亲的牺牲才让他变得高尚，她没有让他去放羊，也没有让他像父辈们那样把麦子运去磨坊。是母亲使他成为了神甫，使他得以把生命奉献给上帝，并成为上帝的代言人。

正是这样，保罗才知道他人生的使命究竟是什么。他完全不了解这个世界，那些宗教节日的盛大庆典是他最为生动而鲜明的回忆。记忆里，在那连绵不绝的哀歌声中，他又想起了现实的焦虑不安，同时，某种如同光芒般闪耀的幸福感在他的心里升起。他仿佛正站在一幅幅生动的巨大画像前，主教教堂里传来管风琴奏响的旋律，复活节前一周的典礼上，他的心里涌出莫名的神秘感，与他现在的痛苦结合在一起，与对生死的痛苦融为一体，这种痛苦把他压在床上动弹不得，就像躺在坟墓里的基督一样。死去的基督将会复活，但他的身躯还在流血，他的伤口依然被灼烧着。

在那段思绪混乱的日子里，保罗第一次开始了解女性。现在想起来他还觉得那就像是一场梦，不是噩梦也不是什么美梦，只觉得有些不可思议。

每逢假期，保罗都会去拜访小时候曾经照顾他的那些女性，她们愉快而亲切地接待他，态度都很端庄，就好像他已经成为了神甫一样。保罗红着脸偷偷地看着玛丽莱娜，心里却莫名地对自己感到恼火，因为尽管他还是很喜欢玛丽莱娜，但现在摆在他眼前的却是残酷的现实。她的身材臃肿变形，皮肤也已经松弛。然而当保罗与她那双温暖的眼睛对视时，他还是感觉有些激动。

玛丽莱娜和她的姐妹们经常在节日里邀请保罗一起吃午餐。有一次圣枝主日①的时候，保罗提前到了，她们一边准备午饭，一边等待别的宾客的到来，此时，他独自走到屋外的花园里，沿着路边的矮墙漫步，杨树的叶子在阳光下闪烁着金灿灿的光芒。柔和的蓝天下，空气中弥漫着温热的气息，一阵东风吹来，远远地可以听见布谷鸟鸣唱的旋律。

当保罗孩子气地踮起脚想要接住扁桃树上落下的一滴树脂时，他突然看见矮墙边的小巷里，一双浅绿色的大眼睛正凝视着他。那双眼像极了猫的眼睛，她穿着一身灰色的衣服，蜷缩着坐在小巷尽头一扇黑色小门前的阶梯上，看上去就像是一只猫。

直到现在，保罗依然清晰地记得那一幕，就像发生在他面前一般。他的指间仿佛还沾着柔软的树脂，那一刻，他似乎再也无法把自己痴迷的眼神从她的身上移开。他记得那扇门边有一面白色边框的小窗户，窗户上挂着一个小小的十字架。从小他就对那样的门窗非常熟悉，窗户上的那个十字架有反对放纵欲望的寓意，这让保罗觉得有些好笑，因为住在那间小茅屋里的女人玛利

① 圣枝主日，也被称为棕枝主日，时间是复活节前的星期天。

亚·帕斯卡其实是个妓女。在保罗的记忆中，她就坐在那里，戴着有流苏装饰的头巾，两只长长的珊瑚耳坠映衬着她露在外面的雪白脖颈，散发着鲜血般的色泽。她蜷着腿，胳膊肘抵着膝盖，双手捧着那张苍白而精致的脸。她一直注视着保罗，过了一会，她冲他微笑了一下，但还是没有挪动脚步。她雪白的牙齿紧紧咬着下嘴唇，眼睛里隐隐透着残忍的光芒，这让她脸上的表情更像一只猫了。突然间，她垂下放在膝上的胳膊，抬起头，脸上露出沉重而悲伤的表情。一个体格庞大的男人，戴着一顶刻意拉低的帽子，挡住了自己的面孔，正小心谨慎地沿着矮墙向她的方向走来。

玛利亚迅速地站起身走进房间，那个男人也立刻跟着她走进去，关上了门。

保罗继续在花园里漫步，脑子里却忍不住地想着巷子边小屋里的那两个人，保罗永远也忘不了他当时内心极度的混乱和不安。他感到莫名的悲伤，这种不安使他渴望独处，就像受伤的动物一样躲在谁也看不见的地方。午餐时，在欢乐的宾客中间，他看上去比平时更加沉默。午餐结束后，他立刻回到了小花园里，她果然在那儿，依然坐在原先等待那个男人的地方。阳光永远也不会照进她家门前那个阴暗潮湿的角落，或许正因为她终日生活在阴影下，所以她的皮肤才如此地白皙而细致。

当她再次看到保罗时，她还是没有挪动脚步。她转过头冲他微笑，但是笑容很快就被沉重的表情所代替，就像那个大个子男人向她走来时她脸上露出的悲伤表情一样。接着她就像对一个男孩子说话一般大声问保罗："我说，周六你可以来我家祈福吗？去年路过这里的神甫不愿意到我家里来，真希望他下地狱！"

保罗没有回答。他很想用石子砸她，而且他也真的从矮墙边捡起了一块石头，但过了一会儿他又放了回去，用手绢把手擦干净。然而，接下来在复活节的前一周，每当他听弥撒时、为宗教仪式帮忙时，或是和别的神学院学生一起手持蜡烛护送主教时，那个女人的眼睛总会浮现在他的面前，保罗因此陷入深深的苦恼中。他渴望把她从自己的心里驱逐出去，就像赶走魔鬼一样，然而同时，保罗察觉到恶魔已经侵袭了他的灵魂。在“洗足礼”仪式[①]上，当主教向十二位乞丐弯下腰时（他们实际上代表了耶稣的十二个门徒），保罗的思绪却飘到了别处，他想到去年复活节前的星期六，那个神甫拒绝去玛利亚家里为她祈福，因为她是个妓女。而耶稣基督曾经原谅了抹大拉的玛利亚[②]。如果那个神甫为她祈福的话，她或许就会改过自新。这个念头占据了保罗的内心，使他遗忘了一切别的想法。现在保罗再回想那时的情景，他清楚地意识到他是在欺骗自己的本能，那时的他根本不了解真实的自己。但就算他了解自己，他或许还是会在复活节前的那个星期六去看望那个女人。

在小巷的转角处，保罗没有看见玛利亚像平时那样坐在门前，但是敞开的门说明屋里没有任何访客。保罗不由自主地模仿起那个大个子男人来，他低着头，脸偏向路边的墙，小心谨慎地向前走去。她没有坐在那里等他，保罗心里有些失落，他想看见她抬起头时表情瞬间变得沉重而沮丧的样子。保罗走到小巷的尽头，他看见玛利亚正站在屋子的另一侧，弯腰从井里打水，保罗立刻听见自己心脏狂跳的声音，在他眼里，她真的太像抹大拉的玛利亚了。当她提起水桶、转头看见保罗时，她的脸上泛起了红晕。保罗从未见过比她更美的女子了。保罗很想逃跑，但他心里莫名

---

① 天主教在复活节前一周的周四举行礼拜仪式时重现洗足礼，从而纪念耶稣在“最后的晚餐”前为其十二门徒洗足的神圣场面。

② 抹大拉的玛利亚，在基督教的传说里，她是一个被耶稣拯救的妓女。

的畏惧感却使他动弹不得。她手里提着水壶，向屋里走去，她对保罗说了些什么，但他完全没有听懂。保罗一进屋，她就把门关上了。他们一起走上木制的楼梯，穿过一扇活板门，来到楼上的房间，窗户上挂着一个用来抵挡欲望和诱惑的十字架。

玛利亚先穿过了活板门来到了楼上的房间，她弯下腰从上方看着保罗，脸上露出了微笑，她用温柔如水的眼神注视着他。当保罗也穿过暗门爬上来时，她慢慢地靠近他，似乎想要试探他。突然，她一把摘掉保罗头上的帽子，像男人一样掌控了主动权，接着她解开了他长袍的扣子，脸上带着孩童一般天真的表情，手指轻轻触碰他袖口的红色纽扣。就这样，保罗感觉自己仿佛刚从盛开的扁桃树上接下了一滴树脂。

后来，保罗又去找过她几次。但是当他接受圣职并进行禁欲许愿后，他再也没有接近任何女人。他的欲望好像被囚禁在冰冷的盔甲里，渐渐僵硬。当他听到别的神甫的丑闻时，他为自己的纯洁感到自豪，而在那个小巷里与玛利亚之间发生的往事对他来说就像是一场已经痊愈的疾病。

在他来到这座小村子的前几年里，他觉得他已经看透了自己的一生和世界上的一切：贫困、屈辱、爱情、欢愉、罪孽和赎罪。他觉得自己就像那些不问世事的年老隐士一样，一心等待着前往天堂。

现在，他从一个女人的眼睛里再次看见了人世的生活。以前他一直受到蒙蔽，以为自己会这样度过一生。

爱与被爱，这难道不正是人间的天堂吗？回忆起那些往事，他觉得胸口似乎有些膨胀。上帝啊，这一切究竟是为什么？为什么他会如此地盲目？究竟去哪里才能寻觅到光明？保罗知道自己学识浅薄，他仅有的学问全部来自于一些书本的片段，而他对这些书本的内容也是一知半解。《圣经》对他的影响最深，其中，古老的浪漫主义和现实主义塑造了他的性格。因此保罗完全不相信自己，也不相信自己内心的探寻。他知道他并不了解真正的自己，也无法真正地控制自己，他一直都在自欺欺人。

是他自己选错了人生的道路。保罗是一个遵从于自己本能的人，就像他的父辈一样，无论是磨坊工人还是牧羊人。然而现在他无法遵从自己的本能，这使他必须忍受痛苦的折磨。现在，保罗开始重新寻找治疗他的痛苦的方法，寻找最简单、最根本的病因。他痛苦是因为他身为一个男人，却没有女人陪伴，没有欢愉，没有自己的后代，他痛苦是因为生命最为本能的目的就是将生命延续下去，然而作为神甫他却无法做到，这样的阻碍也进一步激发了他对欲望的渴求。

然而后来，保罗发现，享乐之后，欢愉瞬间结束了，只剩下无尽的苦闷。并非他的肉体祈求感知活着的真实感，而是被束缚在他肉体中的灵魂想要挣脱囚禁的牢笼，获得自由。当他沉醉在爱情的狂喜中，他的灵魂仿佛畅游在天空中，然后又立刻陷入困住他的牢笼中。某一瞬间，他隐约看见自己的灵魂在空中飞翔的最后一刻的情景，虽然只有一瞬间，但他已经满足了，就在那一刻，束缚他肉欲的枷锁支离破碎。

最后他悲伤而疲惫地笑了，他究竟是在哪里看到这一切的？当然他的确真切地看到了，并不是他自己在臆想。然而这又有什么关系呢？事实不会改变，所有人都是一样的，人们的内心没有区别。

保罗自认为自己和别人不同，他心甘情愿地过着流放般的隐居生活，他理应更加接近上帝。上帝或许为此惩罚他，把他重新送回普通人当中，把他送回到激情和痛苦的漩涡里。

保罗必须重新出发，走回原来的那条路。

六

敲门声从门口传来。

保罗听到响声吓得立刻从床上跳了起来，他迅速起身，生怕让门外的人久等。保罗刚站起来就又沮丧地坐回床上，他感觉自己整个人都精疲力尽，就好像睡觉时被人用棍子打了似的。他弯下腰，脸垂在胸前，不经意地微微点头。是的，母亲没有忘记今早来喊他起床的约定。母亲在她的正确道路上继续前行，她再也没有提起前一晚的事情，她像往常一样喊着保罗的名字，就像每个普通的早晨一样。

是的，就像往常的早晨一样。保罗起身开始更衣，他感到自己的身体在那件粗糙的长袍里渐渐变得僵硬起来。他打开窗户，银色的天空发出耀眼的光芒，他不由得眯起眼睛。高地上的荆棘在光芒闪烁的空气中颤抖着，鸟儿唱着动听的歌曲。风已经停了，教堂的钟声在清新的空气中回荡着。

钟声似乎在呼唤着保罗，他企图逃避现实，逃避自己的内心，他也已经无法看清外面世界里的任何东西了。闻到房间里的味道，他感到一阵生理上的混乱不安，无法抹去的记忆刺激着他所有的感官。钟声依旧在呼唤着他，可是保罗还没有下定决心从房间里走出去，他几乎愤怒地在房间里走来走去。他无意间走到了镜子前，一看见镜子，他就立刻走开了，似乎想以这样的方式逃避现实。那个女人的身影依旧印在他的心里，就像倒映在镜子里一样。他可以把镜子摔得粉碎，但是每一块碎片上都依旧完整地保留着那个身影。

弥撒的钟声第二次敲响，仿佛在催促他。保罗继续来回踱步，就像在寻找着什么遗失的东西一样。最后他在书桌前坐下开始写信。

他先在纸上写下几行《圣经》里的句子："你们要努力进窄门……①"，接着他把那几行字划掉，在纸条的反面写道："请你不要再等我了。我们彼此都掉进了用谎言编织的网里，我们必须立刻撕破这张困住我们的网，以便获得自由，而不是继续陷入更深处。我再也不会来找你，请你忘记我吧，不要再写信给我，也不要再见面了。"

保罗走到楼下，在玄关的走廊上把母亲喊来，他把刚写好的那封信交给她，但没有看她一眼。

"请您马上把这封信给她。"他声音沙哑地说，"设法把这封信交给她吧，然后立刻离开。"

他感觉母亲拿走信后匆匆离开了，他顿时觉得如释重负。

在这座安静的小村庄的上方，钟声第三次敲响，连绵的山谷在黎明银色天际的映照下披上了灰白色。

依稀的人影在阳光下若隐若现，老人们拄着挂在手腕皮套上的拐杖，几个瘦小的女人头上裹着厚重的方形头巾，他们正沿着斜坡向山上前行，看上去就像从山谷深处往上爬一样。

当所有人都走进教堂里时，老人们已经来到圣坛下的栏杆边。空气中弥漫着一股野生气味。

教堂司事安提奥斯是个年轻的小伙子，他在为弥撒帮忙。他摇晃着香炉，香气飘到老人们的身边，赶走了空气中难闻的味道。

---

① 该诗句选自《圣经·新约·马太福音》7章13—14节，完整原句为"你们要努力进入窄门。门是宽的，道路是轻松的，进去的人也多，然而它会引向毁灭。门是窄的，道路是艰辛的，找到的人也少，而它将通往永生。"

渐渐地，圣坛周围被熏香的烟雾笼罩了，棕色皮肤的司事穿着白色的法衣，面色苍白的神甫身穿淡红色的锦缎祭袍，他们一同在这珍珠色的烟雾中行走着。

他们两人都很喜欢熏香的烟雾和气味，所以他们用起熏香来毫不吝啬。保罗转身向教堂中殿望去，他眯起眼睛，就好像那片烟雾使他无法看清眼前的景象一般。前来的信徒很少，保罗皱起眉头，仿佛正在等待别人的到来。过了一会，几个迟到的信徒终于来了，最后进来的人是他的母亲。保罗一看到母亲，脸色立刻变得惨白。

那封信终于被送出去了，他已经做出了牺牲。保罗心如死灰，汗水顺着额角流下，当他为圣餐祈福时，他在心里默默地呻吟道："我的上帝啊，我会把我的灵与肉都奉献给您的。"

他仿佛看见她怀着激动的心情把信拿在手里，看完之后立刻晕倒在地不省人事。

弥撒结束后，保罗疲惫地跪倒在地上，用单调的声音念诵着拉丁语的祷告文，信徒们回应着他。他觉得自己恍若身处梦境，他很想跳到圣坛下，毫无顾忌地入睡，就像靠在光秃秃的石头上睡觉的牧羊人那样。

透过熏香的烟雾，他仿佛看见放在壁龛玻璃后的那座小小的圣母像，圣母像通体漆黑，美得令人惊叹，做工精细得就像是刻在浮雕上的一块宝石。他注视着圣母像，就像从前一样看着她，然而时间仿佛已经过去了太久。在这段漫长的时间里，他究竟身处何处？他的记忆变得模糊而混乱。突然间，保罗站了起来，转过身开始对下面的信徒们说话，这虽然不算是什么新奇的事情，但也很少发生。保罗用当地方言说话，他的声音很刺耳，就像冲那些上了年纪的村民们大吼大叫一样，老人们把他们胡须浓密的脸庞凑到栏杆的缝隙间，好让自己听得更清楚些。女人们蹲坐在地上，有点好奇，也有点害怕。司事的手臂下夹着一本书，他用那双细长的深褐色的眼睛看着保罗，接着又看了看下面的信徒，冲他们摇了摇头，仿佛在恐吓他们。保罗说道："是啊，你们的人数越来越少了。我转过头看着你们，我真的觉得无地自容。现在的我就像是一个失去了羊群的牧羊人。只有到了礼拜天，教堂里的人才会稍微多一点。但我可以说，你们来这里更多的是因为顾虑而不是为了真正的信仰，是因为习惯而不是出于自身的需求，就像你们每天都要换衣服、休息一样。那么，我现在告诉你们，你们该醒醒了，你们所有人都该清醒了。我不要求为家庭忙碌的主妇或是一大清早就要去工作的男人每天早上都来教堂，但是那些年轻的男孩女孩和老年人都应该来这里，和上帝一起开始新的一天，在教堂里向上帝致敬，从而在通往被上帝接受的道路上获得力量，然而这些本该站在这里的人，现在却都在他们自己的家门口迎接初升的太阳。如果你们能这么做的话，一直折磨着你们的贫困就将远去，恶习也会消失，欲望和诱惑也将远离你们。是时候了，你们应该每天早早起床，洗漱后换上新衣来到教堂祈祷，而不是只有礼拜天才来。总之，从明天起，我会在这里等候你们所有人的。我们将一同向上帝祈祷，请求上帝不要抛弃我们，不要抛弃这个小村庄，就像他不会遗弃最渺小的巢穴一样。那些因为生病而不能来祈祷的人，我们也将为他们祈祷，希望他们能够早日康复。"

说完这番话，保罗立刻转过身去，司事也同他一起转过身。一时间，教堂里被一阵极度紧张的寂静笼罩着，教堂里如此安静，以至于人们可以清晰地听见山后切石机发出的敲打声。过了一会，一个女人站了起来，走到母亲身边，把一只手放在她的肩上，弯下腰低声对她说："你的儿子真的应该马上去听尼可戴默国王的忏悔，他已经病得很严重了。"

母亲抬起眼，这句话触及了她内心的悲伤。她知道尼可戴默国王是一位出色的老猎人，现在就住在山顶上的一间草屋里，过着隐居的生活。接着她问那个女人保罗是否需要上山。

"不用，"女人低声说道，"尼可戴默国王的亲戚已经带他来村里了。"

于是母亲走到了圣器收藏室，把这件事情告诉了正由安提奥斯帮忙更衣的保罗。

"你要不要先回家喝杯咖啡？"母亲问道。

保罗避开了母亲的视线，一句话也没有说，看上去似乎正急忙赶着去看望那位生病的老人。其实母亲和保罗心里想的事情是一样的。那封信已经交给爱妮斯了，然而他们谁都没有向对方提起。接着保罗离开了教堂，母亲依旧站在原处，就像一根木桩一样一动不动。司事正把祭服放回黑色的衣柜里，母亲对他说："或许我什么都不该和他说的，反正他也不会回家喝咖啡。"

安提奥斯从衣柜门边伸出头来，严肃地说："神甫理应习惯一切。"然后他又开始整理衣柜里的物品，他接着说道："或许他是在生我的气，因为他刚才说我一点也不专心。但是，我可以向您保证，我绝对没有分心。只是当我看着教堂里的那些老人的时候，我总是不由得想笑，因为他们根本就听不懂布道的内容。他们张着嘴，什么也听不懂。我敢打赌那个叫马可·帕尼扎的老头一定在心里想自己应该每天洗脸，因为他只在复活节和圣诞节的时候才会洗脸。您瞧好吧，从明天开始，这些人一定会每天都来教堂的，因为保罗对他们说，这样做的话就不会再贫穷了。"

母亲依旧站在原地一动不动，双手放在膝间。

“我知道，这样做可以赶走精神上的贫穷。”母亲回答道，她觉得这么说可以显得她至少听懂了他说的话。但安提奥斯就像看着教堂里的那些老人一样看着她，不知为何很想笑。他很确定没有人能够像他一样理解这些事情，他刚刚背完圣经新约的四福音书，他也想成为一名神甫，这样的话，他就不会变得和其他同龄人一样调皮并好管闲事了。

安提奥斯刚把房间收拾完，母亲就离开了。他关上圣器收藏室的门，穿过教堂外的小花园，花园里遍地长满了迷迭香，荒凉得如同一片墓地的角落。安提奥斯的母亲在广场的角落处开了一家小酒馆，他没有直接回家，而是匆匆向修道院跑去，想要打听有关尼可戴默国王的事情。当然，他去那里还有别的原因。

“您的儿子责备我心不在焉。”他不安地重复道，这时母亲正在为保罗准备早餐，“或许他是不想让我再当教堂的司事了，或许他想让伊拉里奥·帕尼扎代替我的位置。可是伊拉里奥根本不识字，而我却学习优秀，还认识拉丁文。伊拉里奥平时还很邋遢。您觉得呢？保罗会赶走我吗？”

“他只是希望你能更加专心点，没有别的意思。总之，在教堂里你不该有想笑的念头。”母亲生硬而严肃地回答道。

“可是他看上去真的非常生气。或许昨晚他根本没有睡着，因为窗外的风太大了。您听见昨晚狂风呼啸的声音了吗？”

母亲没有回答。她走进餐厅，把很多面包和饼干放在饭桌上，那是为耶稣的十二使徒准备的。或许保罗根本不会碰那些东西，但她还是为他准备好了一切。她想象着保罗会像从前一样回到家里，就像在山上工作了一天的牧羊人一样，虽然肚子很饿，但心情愉悦。这种做法似乎稍稍缓和了她内心的痛苦，也让她的良心不再那么不安。

然而她还是觉得越来越焦虑不安。安提奥斯刚才说的那句“或许昨晚他根本没有睡着,所以今天才会大发脾气”令她更加担忧了。

母亲不安地走来走去,沉重的脚步声在寂静的房间里回响着。直觉告诉她,一切似乎都已经结束了,但实际上一切才刚刚开始。她听懂了保罗在圣坛上说的那些话。人们应当在早起、洗漱后就走上应走的道路,在这条路上前行,不断地前行。母亲继续在房间里不停地踱步,坐立不安,幻想自己正在那条注定的道路上前行着。

母亲走上楼重新开始整理保罗的房间,然而墙上的镜子和房里的香气还是刺激了她。即使她愿意相信所有的一切都已经结束了,她也依然无法驱逐内心的不安。

保罗的身影似乎出现在那张被诅咒的镜子里,他浑身僵硬,脸色惨白,就像是一具死尸。他的神甫长袍还挂在墙上,他躺在床上一动不动,呼吸仿佛都停止了。

母亲觉得似乎有什么东西沉甸甸地压在了她的心头,就像是她体内的某个器官已经停止了运作,完全麻痹了,使她无法顺畅地呼吸。当她帮保罗换枕套的时候,她发现换下的枕套已经被儿子的汗水和悲伤的泪水打湿了。于是,母亲的心里出现了从未有过的疑问:“为什么神甫不能结婚呢?”

接着她又想到,爱妮斯很富有,她有一座那么大的房子,还有无数的菜地和农场。

母亲立刻意识到自己这样的想法是一种多么可怕的罪孽。她重新把枕套放了回去,转过身回到了自己的房间。前行,不断地前行。从黎明开始她就已经开始前行,然而她还没有走到那条正确的路上。接下来即使再怎么前进,最终也只能回到原地。

母亲回到楼下，在壁炉前坐下。安提奥斯一动不动地坐在旁边，他决定在这里等待保罗，就算等上一整天，他也要见到保罗然后与他讲和。安提奥斯安静地坐在那里，双腿交叉，双手握在一起，放在膝盖上，他突然间开口说话，声音里带着轻微的责备："当那些女人在那里忏悔的时候，您就应该把咖啡带到教堂里给他的，现在他一定很饿！"

"可是谁知道他们会这么着急地就把他叫走了呢？看上去那位老人好像快要去世了。"

"其实事实并非如此。那个老人有一笔财产，所以他的那些孙子就盼着他早点去世。我认识那个老人，有一次我和我父亲去山顶的时候，我看见了他。他坐在石头间晒着太阳，身边有一只狗还有一只他驯养的鹰，地上到处都是牲畜的尸体。上帝绝不会要求我们过这样的生活。"

"那上帝要求我们过怎样的生活呢？"

"上帝要我们和人们一起生活，勤劳耕地，不要把财富藏起来，而应该分给穷苦人。"

身材瘦小的司事说出这番话的时候，看上去就像是个小小的圣人，母亲心里不由得感动起来。

总之，安提奥斯能如此冷静地讲出这样一番睿智的话，都得益于保罗的教导。是保罗教会了他为善、明智、慎行。只要保罗愿意，他甚至能说服那些思想顽固的老人和不懂世事的孩子。

母亲叹了口气，弯下腰把咖啡壶放到火炭边，说："你说话时就像个小圣人一样，我的安提奥斯啊，我会看你长大以后会不会真的这么做的，看看你是否真的把你的钱财都分给穷苦人。"

"当然了，我一定会把我所有的钱财都分给穷人的。我以后会很有钱的，因为我的母亲有家小酒馆，她挣了不少钱，我的父亲是森林看守人，也有些收入。以后我会把所有的这些钱都分给穷人。上帝希望我们这么做，如果我们按照上帝的想法行善的话，他将会供养我们。《圣经》里说，乌鸦不用播种也不用收割，因为上帝会喂养它们，山谷上的百合花穿着比国王还要华丽的衣装。”

“是的，安提奥斯，但是这是因为你现在还是独自一人，如果到时候你有了孩子该怎么办？”

“什么都不会改变的。而且我也不会有孩子，神甫是不该有孩子的。”

母亲转过头望着他，透过他身后敞开的大门可以看见外面的院子，他的侧脸在其间略显昏暗，但这掩饰不了他脸上的纯洁与坚定。他看上去就像是一座青铜雕像，长长的睫毛遮住了他的大眼睛。母亲也不知道为什么，看到这一幕，她几乎想要流泪。

“你确定你以后真的想成为一名神甫吗？”

“如果上帝愿意接受我的话，我当然愿意。”

“神甫是不能娶妻生子的。如果到时候你想要结婚了，那该怎么办？”

“我才不想结婚呢，因为上帝不愿意这种事情发生。”

“上帝？我看是教皇不愿意你们结婚吧。”母亲有些生气地说道。

“教皇就是上帝在人间的代表。”

“但是在以前，神职人员都可以结婚生子，那么现在的新教神甫也可以结婚。”

“那是另一码事！”安提奥斯激动地说，“我们不应该结婚。”

“可是以前的神甫就可以……”母亲坚持说道。

然而安提奥斯对这个问题了解得很清楚。“好吧，以前的神甫的确可以结婚，但是后来他们开了一次会议，会上决定禁止这件事情。而且那些还没有结婚生子的神甫都很反对结婚，特别是那些年轻的神甫。所以事情就是这样，神甫不可以结婚。”

“年轻的神甫!”母亲不由得脱口而出，“但是他们现在根本就不明白，以后他们会后悔的，或许还会走上歧途。”接着她又低声说道，“他们会变得像那个老神甫一样，为自己的所作所为寻找借口的。”

母亲不由得打了个寒战。她迅速地环视四周，就好像确定老神甫的鬼魂是否在附近一样，接着她立刻为自己想起这件事而感到后悔。她一点儿也不愿再想起那个鬼魂或是任何与其有关的事。一切难道不是都已经结束了吗？

安提奥斯的脸上露出了深深的蔑视，他说：“他根本就不是个神甫，他是被恶魔送到人间的帮凶。上帝使我们获得自由，我们根本没有必要记得他的存在!”接着他在胸口画了一个十字，再次平静了下来，继续说道，“还要忏悔做什么？或许是您的儿子想要忏悔的？”

听到这句话，母亲心里感到一阵苦楚。她很想把自己内心的痛苦告诉他，好让他对自己的未来有个清醒的认识。同时他的话又令她很高兴，这个天真的男孩子的良知仿佛赞同并鼓励了她。

“那保罗是怎么说的？他觉得神甫该结婚吗？”母亲小声问道。

“如果他不在这件事上发表意见，那么还有谁更有资格发言呢？他当然说应该结婚了，难道他没和您说过吗？一个神甫的身旁站着他的妻子，手里还抱着儿子，这种事情真是太美好了！他一边做弥撒，一边把哭泣的孩子抱在怀里！这简直就是笑话！您的儿子要一手抱着孩子，一手拿着神甫的长袍!”

母亲笑了笑，然而她的脑海里又迅速掠过一个画面，她仿佛看见家里到处都是孩子们可爱的身影，想到这里她顿时觉得心绪不宁。安提奥斯大笑起来，在他棕色脸庞的映衬下，他的白色的牙齿和大大的眼睛似乎都闪烁着光芒，然而在母亲看来，他的笑容里隐藏着某种残忍。

“神甫的妻子会成为所有人的笑柄的！他们一起出门散步的时候，从后面看去简直就像两个女人走在一起。这座村子再也没有别的神甫了，难道她要去向他忏悔吗？”

“那他的母亲该怎么办？我该去找谁忏悔呢？”

“母亲是另外一回事。而且您的儿子会娶谁呢？尼可戴默国王的孙女吗？”

说罢，安提奥斯又大笑起来，因为尼可戴默国王的孙女是这座村子里最不讨人喜欢的女孩子，她的腿有残疾，脑子也不好使。但是母亲变得严肃起来，她也不知道自己为什么会萌生出这样的想法，她轻声说道：“我想的确有这么一个人：爱妮斯。”

安提奥斯小声嘟囔着，声音里透着隐藏不住的嫉妒：“我觉得她长得很丑，我一点也不喜欢她，保罗也绝对不可能喜欢她的。”

接着，母亲开始称赞爱妮斯起来，但是声音越说越小，就像她害怕她说的话会被除了安提奥斯以外的人听见似的。安提奥斯双手交叉着放在膝盖上，一边不断地摇头，一边表示坚决的否定。他的下嘴唇红得发亮，就像一颗鲜红的樱桃一样，他带着极大的不屑撇了撇下嘴唇，说：“不，不是这样的，我很讨厌她，您想听我的想法吗？我觉得她又丑又老，还整天趾高气扬的，还有……”

这时，一阵脚步声从走廊上传来，等待许久的两人都立刻安静下来。

七

保罗在整理好的餐桌前坐下，把帽子放在旁边的椅子上。当母亲帮他倒咖啡的时候，他用非常平静的声音问道：“信送到了吗？”

“送到了。”母亲一边小声回答，一边向厨房看去，生怕被安提奥斯听见。

“谁在那里？”

“安提奥斯。”

“安提奥斯！”保罗喊道。安提奥斯立刻从厨房里跑了出来，手里拿着帽子，然后在保罗面前笔直地站着，看上去就像个小士兵一样。

“安提奥斯，你马上回教堂去做准备，等会要为那个临终的老人涂圣油。”

安提奥斯高兴得都不知道该如何回答了。他想，这样看来保罗一定已经消气了，也不会想把他赶走再找别人取代他的位置了吧？

“等等，你吃过早饭没？”

“他什么也不想吃。”母亲说。

“坐下吧，”保罗命令道，“母亲，给他准备点吃的东西，安提奥斯，你吃点东西再走。”

这并非安提奥斯第一次同保罗坐在一起用餐，于是他很自然地坐了下来，然而不知为何，他觉得心跳得有些快。他察觉到保罗对他的态度似乎改变了，神甫对他说话的方式和平时有些不同。虽然他也不知道究竟有什么不同，但的确有什么发生了变化。

他看着保罗的脸庞,就像他第一次看见他的时候那样。安提奥斯的心里交织着喜悦和敬畏,这是一种他从未体会过的情绪。他的心里充满了感恩、希望和自豪之情,就像是一只在巢里吱吱叫着的雏鸟,随时准备展翅高飞。

“你要记得下午两点去上课,是时候开始好好学拉丁语了。我将用新的语法写文章,因为原来的语法已经太过时了。”

安提奥斯放下了手里的食物,他兴奋得满脸通红,满腔热情地想为保罗帮忙,奉献自己的一切。保罗微笑地看着他,接着转过头向窗外看去,金色的光线中,高地上的灌木丛正微微颤抖着,保罗望着窗外的景色,看上去好像正在想着别的事情。安提奥斯感到自己又变得孤独起来,觉得自己再次被抛弃了。他有些忧伤地掸走桌布上的面包屑,仔细地折起餐巾,然后再把杯子放回厨房里。他还准备把所有的杯子都清洗干净,他在这方面做得很好,因为他经常在家里的小酒馆里帮忙洗杯子。但是保罗的母亲不允许他这么做。

“快走吧,快去教堂做准备吧!”母亲低声催促道。于是安提奥斯走了出去,在去教堂之前,他先匆忙地赶回自己家里,催促他的母亲把屋子打扫干净,因为神甫说他想前来拜访。

母亲再次走进餐厅的时候,保罗依然坐在餐桌前看报纸。平时保罗在家吃完饭后总会回到自己的房间里,然而这天早上他却很害怕再次回到那个熟悉的地方。他看着报纸,思绪却早已飘到了远方。他想到了那个临终时向他忏悔的老猎人,他说,他从前一直不和人们来往,因为他觉得人本身就是罪恶的。人们嘲笑他,给他取外号,喊他“国王”,他们还把基督称作犹太人。

然而保罗对老人的忏悔完全提不起兴趣，他宁愿去想安提奥斯的事。他想到安提奥斯的父母，他很想问他们，知不知道他们正在放任自己的儿子，轻率地做出成为神甫决定。然而保罗也无法真的对这个问题上心，他现在真正在意的是如何逃避自己的真实想法。当他看见母亲走进来时，他立刻低下头，因为他觉得她能猜到他现在究竟在想些什么。

保罗低下头，不断地在心里对自己说："不，你不可以这么做。"他不该再问她别的事情了，那封信已经送出去了，他还想知道些什么呢？

一切似乎都走上了正轨，然而那沉重的墓石似乎压在他的后颈上，使他无法动弹，他觉得自己仿佛已经被活埋了一般。

母亲收拾着饭桌，把所有的东西都放回了那个用来做碗橱的柜子里。在一片寂静里，他听见山上传来鸟儿叽叽喳喳的鸣叫声，还有切石机发出的富有节奏感的敲击声。他觉得世界似乎即将在这里走向尽头，人类居住的最后一间屋子或许就是那个小小的白色房间，里面摆着他黑色的家具，绿色和金色的光线透过高处的小窗，倾泻在古老的砖头地板上，像是水面晃动的倒影。这间房子看上去就像是某座荒凉古堡深处的牢房。

保罗像平时一样喝完了咖啡，吃完了饼干。现在他正在看报纸，阅读着那些发生在遥远地方的新闻。一切看起来都和平时没有什么区别。母亲更希望他能上楼回到自己的房间里，再把房门关上，因为如果他继续坐在那里的话，他或许会再次询问她关于那封信的事情。母亲拿着杯子走到厨房门口，接着又回到餐桌边，说："保罗，我确实已经把信送给她本人了，我去的时候她已经起床了，当时她正站在外面的果园里。"

"很好。"保罗说，眼睛抬也没抬，依旧低头看着报纸。

然而母亲不愿意就这样走开，她必须继续说下去，心里某种强烈的意愿促使她不得不这样做。她咽了口口水，看着手里的杯子，杯底的日本风景图案被咖啡的颜色染得有些发黑。接着她开口说道："当时她正站在果园里，因为她今天很早就起床了。我径直走过去，把信交给了她，没有任何人看见。她拿着信看了看，又看了我一眼，没有把信打开。我对她说：'你不需要做任何回复。'然后我就准备离开了，但是她说：'请您等一下。'接着她立刻打开了信，就像是想让我知道她并没有什么秘密瞒着我一样。看完信后，她的脸色立刻变得像白纸一样，过了一会，她对我说：'您请回吧，愿上帝与您同在。'"

"够了，够了！"保罗大声说道，但还是没有抬起眼睛。然而母亲看见他颤动的睫毛和苍白的面孔，和爱妮斯当时的神情简直一模一样。母亲觉得某一刻他仿佛快要晕厥过去，接着他的脸又涨得通红，就像浑身的血液都涌到了脸上一样，母亲也打起了精神。这一刻的气氛真是糟糕透了，然而她必须面对这无法逃避的现实，并赢得这场没有硝烟的战争。她低声喃喃说道："你看看你究竟做了些什么？既伤害了你也伤害了她。"保罗抬起脸，向后摇了摇头，就像要赶走体内那可怕的激情一样，他用威胁的眼神盯着她，说："够了！你听见没？已经够了！我再也不想听见这件事情了，否则我会永远离开这里，就像你昨晚威胁我的那样。"

接着保罗粗暴地站起身来，他没有回到自己的房间，而是再次走出了家门。母亲拿着杯子走进厨房里，双手不由自主地颤抖着。她放下杯子，慌乱而迷惑地倚靠在炉子前。她觉得保罗已经永远不会回来了，即使他还会回家，他也已经不再是她的保罗了，他已经变成了一个可怜的人，他的心灵被那邪恶而可怕的激情吞噬了，他的眼神里时刻透着威胁，就像一个随时准备伺机行动的小偷，不管是谁穿过马路，他都不会手下留情。

实际上，他就像一个离家出走的孩子一样在街上漫无目的地行走，他不想再回到自己的房间里。他觉得爱妮斯或许已经偷偷地溜进他的房里，等他回来，她手里拿着那封信，脸色惨白。他从家里逃出来，其实是为了逃避自己，然而他内心的热情使他的状况更加糟糕，就像昨晚窗外呼啸的狂风一样令他心神不宁。

保罗心绪不宁地穿过一片草地，他觉得自己仿佛撞在了爱妮斯家果园的外墙上，然后被狠狠地抛了出去，他只能原路返回。他向广场走去，老人、孩子和乞丐零零散散地坐在广场边的栏杆上。他心不在焉地和几个人说了会儿话，几乎没有听见他们究竟说了什么。接着他向山下走去，一直走到山谷的小路上，途中他完全没有注意到身边的风景。对他来说，整个世界都已经彻底颠倒崩溃了，他身处一片狼藉和混沌里，只见断壁残垣、满目荒芜。他从高处俯身向下望去，就像是一个坐在小路边的石头上俯瞰深壑的孩子。

接着保罗回到了教堂。村里的道路一片荒凉，一株结满果实的桃树从院子的矮墙边伸出枝丫，九月的天空清透明朗，几片白云宁静地飘浮在空中。织布机的声响从一些人的家里传来，混杂着婴孩的哭声，在空气中回荡着。

村子里的警卫用皮带牵着他那条魁梧的大狗正在乡间道路上巡逻。他在担任警卫的同时，还负责村里的公共服务，他是这里唯一有职权的人。他穿着一件褪色的天鹅绒外套，下身穿着一条镶着红边的深蓝色裤子，看上去既有点像猎人，又有点像公务人员，给人一种不伦不类的感觉。他的狗披着一身红黑相间的皮毛，充血的双眼就像凶猛的野兽一样。村子里所有的人都认识这只狗，无论是山谷里的农民还是高地上的牧羊人，无论是孩子还是小偷，所有人都很害怕它。警卫日夜都把它带在身边，因为他害怕它会被别人下毒害死。一看见保罗，它就立刻冲他咆哮起来，主人向它示意，它安静下来，垂下了脑袋。

警卫停下脚步，向保罗行了一个军礼，接着郑重其事地说道："今天清早我去看望了那个病人。他发烧到四十度，脉搏每分钟跳一百二十下。据我愚见，他应该是腰部患有炎症。他的孙女想让我开奎宁给他吃。"除了公务，警卫还负责药品的配送，所以他可以去看望病人，这让他幻想着自己或许可以临时充当医生的角色，因为真正的医生每个星期只来村里两次。他继续说道："但是我说：'你这个没见识的女人，他不用吃奎宁，他需要的是泻药。'接着她就哭了，但是一滴眼泪也没有流下。如果我是随意地为他诊断的话，我一定会遭天打雷劈的。她还是希望我立刻去喊医生来，我说：'医生星期天早上才会来，要等到明天。如果你真的很着急的话，你就派个人去把医生叫来吧，当然，病人需要支付医生出诊的费用。他这一辈子从来都不愿意花钱，没想到现在临终时反而要花钱了。'我是不是说得不错？"

他一脸严肃地等待着神甫的赞同。然而保罗只是低头看着他的狗，主人的命令使它变得非常温顺，他想："如果内心的激情也能被这样一条皮带拴住就好了！"接着他心不在焉地说："是啊，他可以等明早医生来了再说，但是他的病情已经很严重了。"

"好吧，如果的确很严重的话，"警卫还是坚持着，保罗冷漠的态度令他感到有些愤慨，他愤愤不平地继续说，"她应该派人去喊医生的。病人有能力支付出诊费，他一点也不穷。但是他的孙女不听我的话，她没有把我开的药给他吃。"

保罗说："我们应该先让他领圣餐。"

"您是告诉我应该让一个没有禁食的病人领圣餐吗？"警卫回

答道。

“好吧，”保罗已经失去了耐心，他说，“那个老人不想吃泻药，他咬紧了牙。他的牙口还好得很呢，就像个健康人一样。”

“那么他的孙女也不该像使唤用人一样打发我立刻去喊医生，我可是这里的警卫啊！这里没有任何人受伤，也不需要任何正规的药物。我是个警卫，还有很多事情要准备。现在我该去河边了，因为我接到了举报，说有人把炸药放到河里想要炸死鳟鱼。我向您致敬，神甫，再见。”

他再次向保罗行了军礼，接着转身离开了。他的狗被皮带突如其来的拽动惊醒了，立刻又变得狂躁起来，边走边凶暴地摇着尾巴。它不再朝保罗咆哮了，但它稍稍回过头，用那双可怕的眼睛盯着保罗。

这时，安提奥斯出现在广场的围栏边，他站在一棵榆树晃动的阴影下等待着，他已经为那位老人的临终涂圣油礼做好了一切准备。过了一会，安提奥斯远远看见保罗向他跑来，于是，他拿着白色法衣回到了圣器收藏室里。

没过一会儿他们两人都做好了准备。保罗身穿白色法衣，披着圣带，手里端着一个银色的瓶子，里面盛着圣油。安提奥斯身穿一件长长的红色法衣，手里举着一把锦缎面料的伞，伞的边缘垂着镶有金边的流苏。他为保罗撑着伞，神甫和他手里银色的瓶子就笼罩在了阴影下。安提奥斯红色的长袍在阳光的照耀下显得更加鲜艳，和保罗黑白色的身影形成鲜明的对比。安提奥斯的面孔因为过分的严肃而显得有些僵硬，他觉得自己仿佛已经成为了壁龛的看守人，肩负着上帝赐予他的保护圣油的使命。然而，当他看见那些老人在举行圣礼时从旁边的栏杆上笨拙地冲下来时，看见孩子们面对墙而不是面对神甫跪下时，他还是忍不住咬紧牙在心里偷偷地笑。突然，那些孩子立刻站了起来，加入了圣礼的队伍。安提奥斯在教堂的每一扇门前摇铃，通知人们上帝即将到来。狗的狂吠声此起彼伏，织布机的声音都停了下来，女人们把她们裹着头巾的大脑袋探出窗外，还有些人站在木制的敞廊上向外看去。整个村庄仿佛都笼罩在一阵神秘的颤动里。

一个女人头顶一只盛着水的双耳陶罐从喷水池边走了上来，然后她停下脚步，把陶罐放在地上，在保罗附近跪了下来。

保罗一看见她，脸色立刻变得苍白，他认出她是爱妮斯身边的一位女佣。爱妮斯就是用那个陶罐里的水洗去自己满脸泪痕的。女佣顶着陶罐行走时，些许水从瓶口边沿流下，保罗觉得陶罐似乎也在哭泣。突然间，一阵莫名的恐慌掠过他的心头。为了不让自己因为惊恐而晕倒，保罗紧紧地握着手里的银色瓶子，想用它来支撑住自己。

圣礼的队伍离老人的家越来越近，更多的孩子加入到了队伍里。老人的家就在那条马路边，倚靠着后方的山谷而建。那是一座用岩石造成的高高的房子，整座房子只有一扇没有装玻璃的小窗户，屋前是一座被矮墙围住的小院子。

房门大敞着，保罗已经得知病人正和衣躺在底层房间的草席上，于是他边祈祷着边走进门。安提奥斯收起伞，用力地摇铃，驱赶跟在队伍后的孩子们，就像赶走讨厌的苍蝇一样。然而底层的房间里空无一人，席子上早已不见老人的踪影。或许是病人已经睡到床上了吧，这样临终时搬运起来也会更方便。

保罗推开另一间里屋的门，然而里面依旧空无一人。他走到大门前，看见老人的孙女一瘸一拐地从山坡上走了下来，满脸焦虑不安，手里拿着一个瓶子，瓶子里装的正是警卫开给她的药。

当她一边画着十字一边走进屋里时，保罗问道："病人在哪里呢?”当她看见空无一人的草席时,她惊讶地瞪大了双眼,发出了惊恐的尖叫。

躲在矮墙外偷窥的孩子们听见了这声惊叫,立刻向门口冲去,安提奥斯上前阻止他们,孩子们开始拽他的长袍,想要推开他。然而当保罗手持银色瓶子和跟随在他身后的女人一同出现在门口时,所有人立刻安静下来。

“可是他不在这里!他究竟去哪里了?”老人的孙女一边大喊一边慌乱地在屋里跑来跑去。

突然间,一个男孩从小路旁的树篱后走了出来,他一手插在口袋里,平静地说道:“你们在找国王吗?他往山下走了。”

“山下?到底是哪里?”

“就是山下啊。”男孩重复道,把头转向山谷的方向向她示意着。

她立刻沿着小路向山下跑去,孩子们跟在她的身后。保罗示意安提奥斯把伞撑开,他们两人还如同来时一般,脸色沉重而严肃,一言不发,慢慢地走回教堂,而他们身边的人群则在路上奔走相告老人逃跑的消息。

八

保罗再次坐在安静的小餐厅里,母亲已经为他准备好了饭菜。他觉得现在的气氛似乎已经不再那么糟糕,因为至少已经有了可以讨论的话题:尼可戴默国王究竟为何消失不见了?安提奥斯把瓶子、口袋和法衣放好后,立刻又跑出去打听消息了。第一次回来时他带来了一些奇怪的传闻,有人说其实老人已经去世了,他的几个亲戚把他偷偷带走了,想独占他的财产;还有些人开玩笑地说道："别人说他好像是被他养的狗和鹰带到了山下。""被狗叼走我可不信，但是被鹰抓走我还是相信的，我记得小时候有一只鹰把我家院子里一只很重的公羊抓走了。"

接着安提奥斯又带回了新的消息，有人说老人是在去山上的途中去世的，他想在山顶度过自己生命最后的时刻。老人临终时发着高烧，他已经被某种幻觉包围了，如同梦游一般行走着。为了不惊吓到他、不让使他的病情更加糟糕，他的亲戚们只好隔着一段距离观望他，最后陪他再次回到了那间山顶的草屋里。

"坐下来吃饭吧。"保罗对安提奥斯说。

于是安提奥斯再次在餐桌边坐下，坐下之前他小心地观察着保罗母亲的脸色。她朝他和善地笑了笑，示意他坐下，安提奥斯觉得自己仿佛已经变成了这个家的一分子。然而他的想法太单纯了，他完全没有意识到在讨论完老人逃跑的事情之后，身边的两人只是害怕单独待在一起罢了。母亲时不时向保罗望去，他则一动不动地坐在那里，目光游移不定，渐渐变得像石头一样冷漠而呆滞，他的双眼仿佛笼罩在一层漆黑的浓雾下，陷入到无尽的黑夜深处。保罗心里依旧非常不安，他察觉到母亲正在悄悄地观察他的举止，并猜测着他内心所受到的痛苦和折磨。

母亲准备好饭菜后立刻走出了餐厅，再也没有回来打扰他们用餐。

宁静的正午时分，天空晴朗无云，村子上空又刮起了风，这阵风不像从前那么猛烈，明媚的阳光下，高地上的树木在和煦的微风中微微摇摆着，发出悦耳的声音。整个房间在树叶愉快的晃动的倒影下也显得更有生气了。透过屋里的小窗户向上看去，天空中漂浮着几朵薄云，透过云间银色的缝隙，明媚的阳光闪烁着洒向大地，微风拂过云间，仿佛正在吟唱一曲轻快的歌谣。

突然间有人在屋外敲门，打破了这一刻美妙的宁静。安提奥斯跑过去把门打开。门外站着一个年轻的寡妇，脸色苍白，漆黑的双眼露出惊慌的神色，她要求和神甫说话。一个小女孩躲在她身后，寡妇紧紧地抓着她的手，她却拼命地挣脱。小女孩红色头巾下藏着一头乱糟糟的黑发，整张脸面无血色，一双闪烁的绿眼睛让她看上去就像是一只野猫。

“她病了。”寡妇说，“我想见神甫，我想让他为她念福音书，赶走侵入她体内的恶灵。”

安提奥斯站在打开一半的门前，犹豫不决，眼前的场景让他觉得有些害怕。现在他不应该因为这些事情而去打扰神甫，另一方面，那个小女孩依旧拼命地想挣脱母亲，无法逃走的她开始尝试咬母亲的手，看上去让人觉得既可怜又可怕。

“你看，她真的被恶灵附身了！”母亲喃喃地说道，因为难为情，所以脸涨得通红。

看见她露出这样的表情，安提奥斯立刻请她进门，还帮她把拼命反抗的女儿拉了进来。小女孩紧紧地抓着门框不愿进门。

这个小病人已经病了三天了，她的行为变得非常奇怪，她总是想要逃跑，对所有人的劝说都充耳不闻。保罗把她拉到自己身边，扶着她的肩膀，开始检查她的眼睛和嘴巴。

“她是不是晒了太多的太阳？”保罗问道。

“不是的。”母亲低声说道，“不，我觉得她一定是被恶灵附身了。”接着她又哽咽地说道，“我可怜的小女儿已经不再是独自一人了啊。”

保罗站起身，准备去他的房间拿福音书，沉思了一会，他还是后退一步，让安提奥斯去把书拿来。

福音书摊在桌上，保罗一边把手放在小女孩滚烫的额头上，一边开始诵读书上的文章，她的母亲则跪在一边，紧紧地抓着她不让她动弹。

保罗念道："他们乘船来到加利拉对面的加大莱尼地区。当他下船来到岸上时，他遇见了城里的一个男人，他已经被恶灵附身很久了。他一丝不挂，居住在荒废的遗迹里。当他看见耶稣向他走来，他高声哀号起来，扑倒在耶稣的脚边，大声说道：'耶稣，您是伟大的上帝的儿子，我与您有什么关系？我请求您不要折磨我。'"①

安提奥斯把书向后翻了一页，他看着保罗放在桌上的手，当保罗读到"我和您有什么关系"的时候，他看见保罗的手轻微地颤抖了一下。他立刻抬起眼睛，发现保罗的眼里已经满含泪水。

安提奥斯被深深地感动了，他弯下腰跪在寡妇身边，但是没有忘记继续扶着桌上的书。他想："他是这个世界上最好的人，上帝的话语令他感动得落泪了。"他不敢再抬头看保罗。他用那只空闲的手拉着小女孩的裙子，感觉有些提心吊胆，害怕恶灵从小女孩的体内逃出来后会附到他的身上。

小女孩安静了下来，不再反抗。她全身变得僵硬起来，褐色的脖子紧绷着，头巾在她突出的下巴下方系着一个结，她专注地凝视着神甫的面孔。然后，她缓缓地张开嘴，仿佛被周围的一切吸引住了，无论是窗外风的低语声、高地上树木的沙沙作响，还是保罗在她面前诵读福音书的声音，都令她深深着迷。突然间，她甩开安提奥斯的手，弯下腰跪在了地上。保罗原本放在她头上的手因而悬在半空中，他的声音令她浑身颤抖起来。

"那个男人身上的恶灵被驱赶走之后，他请求与耶稣同行，但

① 朗诵段落摘自《马可福音》里《治好被鬼附身的人》一章。

是耶稣离开了他，对他说：‘回到你的家里去吧，把伟大的上帝拯救你的事情告诉大家。’”

读完后，保罗安静下来，收回了悬在半空中的手。小女孩已经完全平静下来了，她稍稍把脸转向安提奥斯，看着他。在这片寂静中，窗外树叶的沙沙声和远处切石机的敲击声显得更加清晰。

此刻，保罗的内心正饱受痛苦的煎熬。这并不是因为一瞬间他就相信了寡妇迷信的说法，认为这个女孩子或许真的被恶灵附身了。真正令他备受煎熬的是，他觉得当他在诵读福音书时，他的内心已经没有了信仰，唯一的魔鬼藏在他的心里，永远也驱赶不走。然而他还是感觉自己在某一刻与上帝的距离变得更近了。“我和您有什么关系？”想到这句话，保罗觉得面前的这三位信徒，以及跪在厨房门后的他的母亲，他们弯腰跪下不是因为他的力量，而是因为他的痛苦和不幸。

但是当寡妇低下头亲吻他的脚时，保罗迅速抽回了脚。他想起了他的母亲，母亲知道所有的事情，他害怕她会更加看不起他。

寡妇抬起头，觉得自己受到了极大的侮辱。看到这一幕，安提奥斯和小女孩都忍不住笑了，就连保罗也觉得心里不再那么煎熬了。

“好了，你们都起来吧，”他说，“她已经没事了。”

所有的人都站起身来，门口再次传来敲门声，安提奥斯立刻跑过去开门。站在门外的是警卫和他手里牵着的那条狗。

安提奥斯喜气洋洋地打开门，一看见警卫就立刻兴高采烈地对他说：“刚才这里发生了奇迹，神甫把妮娜·玛西亚身上的恶灵驱赶走了！”

然而警卫并不相信所谓的奇迹，他稍稍从门边走开，说：“那么我们应该让出一条路让恶魔离开这里。"

"恶魔们会附身到你的狗身上的。"安提奥斯说。

"它们不会的,因为这只狗已经被恶魔附身了!"

警卫开着玩笑,但是表情依旧很严肃。他走到餐厅门口向保罗行了一个军礼,完全不屑于看屋里的女人们一眼。

"我需要单独和您谈谈。"警卫说。

女人们回到了厨房里,安提奥斯把福音书放回保罗的房间。当他再次下楼时,尽管他依旧沉浸在奇迹诞生的感动中,但他还是停下脚步偷听警卫和保罗的谈话。警卫说:"请您原谅我把这条狗带了进来,它很干净,它明白这里是哪里,所以它不会为您添麻烦的。"他的狗的确蹲在他的身边一动不动,垂下眼睛,尾巴耷拉着。"我来这里是为了尼可戴默·帕尼亚的事情,也就是那位有名的尼可戴默国王。他回到了山顶上的草屋里,他说他想再见您一次,希望您为他做临终涂圣油的仪式。在我看来……"

"上帝啊!"保罗不耐烦地说道。然而他立刻又像孩子一般高兴起来,因为他想到如果去山顶上的话,路上的劳累会让他忘记内心的不幸和焦虑。

"好的,好的。"保罗接着说道,"但是我需要一匹马。路上的情况怎么样?"

"我来准备马匹和调查路况,这是我应该做的。"警卫回答说。

保罗递给警卫一杯酒。以前警卫一直遵守自己的原则,从来没有收过任何人的东西,连一杯红酒也没有接受过。但是那一刻,他感觉自己世俗的职责和神甫宗教的职责很好地结合在了一起,于是他接受了那杯酒。他喝完酒后,把最后剩下的一点洒在了地上,因为大地理应享有人类享有的一切,接着他再次行了一个军礼。保罗看着那条狗,它摇着尾巴,抬起眼睛看着保罗,看上去非常友好。

安提奥斯做好开门的准备后重新出现在餐厅里，他摆出立正的姿势笔直地站在那里。他对他的母亲感到抱歉，为了接待保罗，她把酒馆的里间打扫得干干净净，还准备了茶盘，等待着神甫的拜访，然而今天保罗应该没有时间来他家了。但神甫的责任才是最重要的。

“我需要准备些什么吗？”安提奥斯模仿警卫严肃的语气问道，“我们要带伞吗？”

“你觉得呢？我们骑马去啊！你不用去的，不过我愿意带上你，你可以坐在我后面。”

“我走去就好了。我一点也不累。”

几分钟之后，安提奥斯就已经准备好了一切，他手里拿着一个小盒子，红色的法衣搭在胳膊上。他自己本想带上伞的，但他必须服从上级的命令。

当安提奥斯站在教堂前等待时，那些衣衫褴褛的孩子们则好奇地围在他的身边，平时他们一直在门前这块场地上玩闹，但他们不敢离安提奥斯太近，他们望着他手中的小盒子，心里充满了敬畏之情。

“我们或许可以再往前走近一点。”其中一个孩子说。

“你们还是离得越远越好，否则我马上就把警卫的狗放出来。”安提奥斯警告道。

“警卫的狗？哈哈，你还是离那条狗远点好了！”

“我？”安提奥斯傲慢地笑了。

“现在你觉得自己就像上帝一样，那是因为你手里拿着代表上帝的东西。”

又有一个人肆无忌惮地说道:“如果我是你的话,我或许会带着这个盒子逃跑,然后用圣油对它施魔法。”

“快从我眼前消失,你这个讨厌的家伙!妮娜·玛西亚身上被驱赶走的恶灵一定是附在你身上了!”

“什么?恶灵?”

“是的,”安提奥斯严肃地说,“今天午后神甫把恶灵从妮娜·玛西亚的身上赶走了。你们看,她来了。”

寡妇牵着小女孩的手从教堂里走了出来。孩子们立刻冲到她们身边。转眼间这个消息就传遍了全村,几乎所有人都听说了这个奇迹。

接着,村子里热闹非凡的场景令人想起神甫刚来的那一天,所有的村民都聚集在广场上,妮娜·玛西亚按照母亲的吩咐站在教堂门前的台阶上,她有些僵硬地站在上面,绿色的大眼睛和红色的头巾映衬着她棕色的脸庞,某一刻,她仿佛变成了所有质朴的信徒们的偶像。

女人们哭泣着,想伸手触碰她。就在这时,警卫牵着他的狗向教堂走来,神甫跟在后面,骑着马穿过广场。人们低语着让出了一条路,在他们身边排成一列长队。保罗向人们挥手致意,鞠躬致谢,然而,实际上,他并没有对这突如其来的事件感到悲伤,反而觉得有些厌倦。到达这条坡路的前方时,保罗停下马,仿佛想说些什么,但他什么都没说出口,接着他用马刺催马向前跑去,迅速地离开了。保罗心里掠过一阵绝望,他渴望飞奔起来,他想就这么逃到山下,消失在眼前荒凉的景色里。

风刮得越发猛烈了,所有的灌木丛都随风微微颤抖,在正午明媚的阳光下闪烁着金灿灿的光芒。深蓝色的天空倒映在河面上,从远处望去,磨坊的转盘仿佛正在碾碎一颗颗闪闪发光的金刚钻。

九

警卫牵着狗，安提奥斯捧着小盒子，两人一同表情严肃地向山下走去，他们都肩负着自己的使命。保罗也渐渐平静下来，骑马走在乡间的道路上。过河后，道路变成了窄窄的小径，向山顶延伸。路上到处都是散落的石子，崎岖不平的矮墙伫立在两旁，路边生长着歪曲的树木和荆棘。一阵西风吹来，空气里弥漫着温暖愉快的气息和浓郁的香味，就像西风把百里香和野玫瑰带来了一样。

小径继续向上延伸，在前方的转角处，村子已然消失不见，只能听见风声，呼啸着穿过散落着石子的小路，远方地平线上弥漫的雾气把天地连为一体。警卫的狗不时地咆哮着，犬吠声回荡在山间，听上去就好像有别的狗在回应它似的。

半路上，保罗提议让安提奥斯也爬上马，坐在他身后，但是安提奥斯拒绝了，然后很不情愿地把小盒子交给了保罗。

接下来安提奥斯终于可以和警卫聊聊天了，然而他的尝试却是徒劳的。警卫一直笃信自己拥有极大的权力，他时不时地皱着眉头停下脚步，抬起帽檐，目光四处巡视着，就好像周围都是他的领土一样，随时都可能发生危险。他的狗也不时地停下脚步，一边嗅着风中飘来的味道，一边摇着脖子和耳朵。幸运的是，这个刮风的下午一切都宁静祥和，遍布着石头的荒凉的丛林间，只看见山顶上有几只瘦骨嶙峋的黑山羊，背后的天空被火红的云朵浸染上了绚丽的色彩。

接着他们来到一个遍布着巨大花岗岩的斜坡上，坡地上，无数颗石头一个挨着一个，巧妙地排列着。

安提奥斯认出了这个地方，他曾经和他的父亲一起来过这里。保罗因为害怕走错路而在附近徘徊着，警卫忠诚地跟在他的身后，安提奥斯则顺着布满石头的斜坡爬了上去，第一个来到老猎人的草屋前。

这是一座用树枝搭成的小棚屋，屋外围着一圈石墙，孤独的老人为了完成他的这座宛若史前堡垒一般的作品，收集了很多石头，堆放在围墙边。

夕阳的光芒斜射进棚屋里，就好像落在一口井里。从远处望去，只有右侧的围墙是开阔的，从两块石头之间可以看见远处一片深蓝，天际尽头的地平线上泛着淡淡的银光，仿佛镶嵌了一条银色的丝带。

老人的孙子从棚屋的入口处探出脑袋，他留着一头黑色的卷发。

“他们马上就要来了。”安提奥斯宣布道。

“谁?”

“神甫和警卫。”

一听见安提奥斯这么说，他立刻就从房子里跑了出来。他浑身的毛发都很浓密，动作敏捷得就像他养的那些山羊一样，他开始咒骂警卫总是爱管闲事：“我马上就去折断他的肋骨!”他威胁道。警卫的狗向棚屋走来了，老人的狗也走了出来，它们嗅着对方的味道，相互问好。

安提奥斯再次把小盒子拿在手里，他在围墙入口对面的一块石头上坐了下来，无数黑色、灰色的野猪皮和布满斑点的金色貂鼠皮被铺在岩石上，等待晒干。棚屋里，老人躺在其他类似的兽皮上，他全身肤色黝黑，留着一圈浓密的胡子，头发已经全白了，他已经做好准备以一种得体的方式迎接死亡的来临。

保罗俯下身低声询问这位濒死的老人，然而他没有回答。他双眼紧闭，嘴唇发紫，嘴角沾着一滴血。

警卫也坐在一旁的石头上，注视着棚屋里发生的一切，大狗卧在他的脚边。警卫感到非常愤慨，因为这个垂死的老人没有遵守法律，他没有立任何遗嘱。安提奥斯把视线从棚屋里转开，眼神里洋溢着狡黠，他不怀好意地想着，警卫一定非常愿意放他的狗去咬那个顽固的老人，就像他平时对付小偷那样。

棚屋里，保罗在老人身边弯着腰，垂在膝上的双手握得越来越紧。他觉得自己的额头仿佛变得更加沉重了，浑身疲惫不堪，他微微撅着嘴，感到有些恶心，于是也沉默下来。他似乎已经忘记了自己为何身处此地，只听见风从棚屋间吹过发出的低语，听起来就像是远方海浪翻滚的声音。

突然间，警卫的狗咆哮着跳了起来，安提奥斯感觉一阵扑打着翅膀的沙沙声从他的头顶上方掠过。他转过头，看见老猎人驯养的那只鹰正站在岩石上，缓慢地拍打着那双张开的巨大的黑色翅膀，它弯曲的喙看上去就像是一只钩子。

保罗默默地想道："他就这么去世了。他从人群中逃离出来，因为他害怕他会杀死别人，他害怕承受过多的罪孽。现在他就像一块僵硬的石头一般躺在我面前，身边是成堆的石头。那么在一段没有尽头的独居之后，再过三四十年的时间，我也会和面前的老人一样躺在这里。今晚她或许还在等我……"

这个念头令保罗非常不安。是啊，他还好端端地活着。生命的力量震撼了他的心灵，他清醒过来，觉得自己变得顽强而坚毅起来，就如同那只站在岩石间的老鹰。

"我需要在山顶上度过今晚。如果我能坚持在这里过一夜不去见她的话，那我就能得救了。是的，保罗，你要振作起来。"

保罗走出棚屋，在安提奥斯身边坐下，陷入了沉思。晚霞已经把天边染红，灌木丛在风中微微摇晃，围墙里，岩石和灌木的影子渐渐拉长，看上去就像是夕阳晃动留下的痕迹。保罗还是不明白自己内心深处最渴望的究竟是什么。

“老人什么也没说，他已经快要去世了。我们即将为他行临终的涂油圣礼。如果他今晚去世的话，那么我们就需要为搬运遗体做准备，或许吧。”保罗补充道，就像在自言自语一样，但他还是没敢把真正想说的话说完，“我想在这里过夜。”

安提奥斯站起来开始为临终涂油圣礼做准备。他高兴地松开银色的挂钩，打开小盒子，取出桌布和瓶子。他把法衣展开披在肩上，此刻，他看上去就好像是真正的神甫一样。

当一切都准备就绪之后，他们再次回到棚屋里，老人的孙子跪在地上，支撑着濒死的老人垂下的头。

安提奥斯在另一边跪下，法衣的下摆垂在地上，他把桌布铺在被当成座椅的石头上。安提奥斯红色的法衣倒映在银色的瓶子上。警卫也在门外跪下，他的狗卧在一旁。

保罗为老人行涂油礼，他先把圣油涂在他的额头上，接着涂在他那双从未想要伤害别人的坑坑洼洼的手上，以及他那为了逃避众人逃避邪恶而奔逃的双脚上。

夕阳的最后一道微光射进棚屋里，安提奥斯的脸上染上了一层淡淡的光晕，他的身旁一边是那个垂危的老人，另一边则是心急如焚的保罗。

“我们必须得回去了，”保罗心里想着，“已经没有留在这里的理由了。”

“他的病情很严重。”保罗边说边向门外走去，“他已经失去意识了。”

“他昏迷过去了。”警卫更加明确地说道。

“再过几个小时他就会去世的，到时候我们就得准备搬运遗体。”保罗再次补充说道，“我们需要在这里过夜。”话音刚落，他就立刻为自己的虚伪感到羞愧。

另一方面，保罗又很想回到山下。夜幕降临，他内心的罪孽再次向他伸出双手，用阴影编织成的网紧紧缠住他。保罗意识到心里的罪孽正蠢蠢欲动，他为此感到深深的恐惧。然而他的内心深处还是清醒的，他觉得自己的良知一定会帮他抵抗诱惑，拯救他的灵魂。

“只要今晚我忍住不去见她，我一定就会得到救赎。”保罗这么想道。

如果有谁能把他留住就好了！如果老人能突然醒来、恢复意识、抓住他的衣服就好了！

保罗又坐了下来，想再争取一点时间。太阳已经完全坠入远处高地的地平线，远远望去，被染红的天际下，可以看见一棵棵橡树伫立在高地上的剪影，就像是一根根拱廊的圆柱，耸立在黑色的巨大边框里。就连死亡也惊扰不了那跻身于无限孤独里的平静。

保罗觉得非常疲倦，就像清早站在圣坛边一样，他很想就这样躺在石头上睡去。

此时，警卫暗下决心，他跪在垂死的老人面前，在他的耳边低声说了些什么。老人的孙子用怀疑的眼光看着他，似乎还带着些嘲讽。他走到神甫身边，说：“现在你们已经尽到自己的责任了，请你们离开这里，安静地离开这里吧。我知道现在该做什么。”

警卫走到屋外，说：“他已经说不出话了，但我看懂了他示意的动作，他已经把一切都安排好了。”接着他转身看着老人的孙子，补充道："尼可戴默·帕尼亚，你能用你的良心保证我们可以放心地离开这里吗？"

"除了这神圣的临终涂油礼外，你们本来就可以不来这里的，我们自己的事和你们有什么关系啊？"

"我们需要遵照法律办事！不要大吼大叫的，尼可戴默·帕尼亚！"

"够了！你们都不要吵了！"保罗边说边朝棚屋的方向示意。

"您曾经告诉我，一个人生命中最重要的东西就是他的责任，我们应当尽责。"警卫用一种说教的口吻说道。

保罗突然间一跃而起，警卫的话戳穿了他内心的秘密，他觉得这就是上帝借警卫之口说出了他内心隐秘的渴望。

保罗重新骑上马，对老人的孙子说："只要你的祖父还没有真正过世，就请你不要放弃他。上帝是伟大的，我们永远也不知道会发生些什么。"

老人的孙子陪保罗走了一小段路，当他们离警卫比较远的时候，他对保罗说："听我说，我的祖父把一笔钱交给了我。这笔钱现在就夹在我的胳膊下面，其实也没有多少钱。但是这些钱真的属于我吗？"

"如果他把这些钱留给了你，那当然就是你的了。"保罗回答道，接着回过头看另外两人有没有跟在他们身后。

安提奥斯和警卫加快脚步向他们走来。安提奥斯拄着一根用树枝做成的手杖，警卫依旧拉低了帽檐，衣服上闪闪发光的纽扣反射出黄昏时分幽暗的光芒。在走上小路之前，他转过身向棚屋的方向行了一个军礼，他在向那位死者致敬。那只站在岩石上的老鹰在入睡前又拍打了一下翅膀，仿佛在回应警卫的敬礼。

十

夜幕很快降临了,路上的这三个人被笼罩在幽静的夜色下。在小路的转弯处,一道强烈的亮光穿过河流从山下的村子里射出,照亮了前方的道路,放眼望去,远方似乎燃起了熊熊大火。高高的火焰照亮了山地,警卫用他敏锐的目光分辨着教堂前的广场上晃动的影子。

这一天正好是星期六,几乎所有人都会回到村子里,但这也无法解释广场上绚烂的烟火和那不寻常的骚动。

"我知道为什么会这样。"安提奥斯愉快地说,"他们正在等待我们回去,他们想庆祝发生在妮娜·玛西亚身上的奇迹。"

"哦!上帝啊!安提奥斯,你真是太愚蠢了!"保罗大声喊道,他望着斜坡下被欢庆的烟火照亮的村庄,心中掠过一阵恐惧。

警卫没有说话,他略带轻蔑地沉默着,不经意间晃动了牵狗的链子,于是,他的狗就开始咆哮起来。沙哑的狗吠回荡在山谷里,在保罗焦虑而痛苦的心里震荡着。保罗觉得这狗吠就像是某种神秘的声音,正在严厉地指责他利用了教民们的质朴和单纯一样。

"我都对他们做了些什么?"保罗扪心自问,"我伤害了他们,就像我伤害了自己一样。上帝啊,求求你救救我们所有人吧!"

接着,他的脑海里突然间萌生出某种英勇的念头。他幻想着自己在到达教堂前的广场时,在他的信徒面前停下,向他们忏悔自己的罪孽和不幸,与其同他们一起点燃烟火,他更想在他们面前毫无保留地说出自己的秘密,把自己那颗被痛苦吞噬了的不幸但炽热的心展现在他们面前。

但是他心底的良知对他说:“他们因为信仰而庆祝,实际上他们是在为上帝而庆祝,对他们来说,你只是他们与上帝沟通的媒介。你没有权力把自己的不幸和痛苦放在这些信徒和上帝之间。”

然而内心更深处的另一个声音却对他说:“不是这样的,一切都是因为你太胆怯了。你害怕承受痛苦,你害怕遭受痛苦的煎熬。”

就在保罗这么想着的时候,他们离村庄和热闹的人群越来越近了,保罗感到从未有过的慌乱。他该怎么办?他觉得高地上烟火的影子和光芒仿佛摇晃着四周的一切,每一块石头、每一株植物似乎都在烟火的照耀下晃动着。他觉得自己快要失去良知,但真相究竟是什么呢?他想起几年前刚来到这个村子的时候,母亲担心地跟在他身后,好像他是刚学会走路的孩子一样。

“而我就在她的面前摔倒了……她觉得她已经把我扶起来了,然而我却已经受了致命的伤。我的上帝啊,上帝啊……”

突然间他又觉得松了一口气,因为他想到这场临时举行的聚会可以转移他的注意力,让他暂时忘记痛苦,或许还能阻止他去做一些疯狂而危险的事情……

“我还是喊些人到我家里来吧,如果他们能留到很晚的话,那么今晚就可以安然度过了。只要熬过今晚,我一定会得到救赎的。”保罗如此想道。

向远处望去,他们已经可以隐约分辨出倚靠在广场栅栏边的戴着风帽的人群,从高处看下去就像是一个个黑色的小点。教堂的上空被耀眼的火光染红了,远远看去,就像是一面飘舞的红色旗帜。教堂的钟声没有响起,在周围颤动的光线中,传来手风琴悲伤的旋律。

一颗银色的星星划过教堂的钟楼上空，闪烁了一下便消失在天际。就在这时，山谷里突然爆发出一阵雷鸣般的欢呼声，接着又传来一阵欢呼，伴随着周围闪烁的亮光和回响在山谷间的隆隆声，有人向空中发射了一响欢庆的礼炮，就像在庆祝隆重的庆典一样。

“他们都疯了！”警卫说。他冲在最前面，看上去就像是急着赶去镇压山下的叛乱一样。他的狗跟在后面闷闷不乐地低声叫着。

安提奥斯此刻却忍不住想哭。他看着高高坐在马背上的神甫，在闪烁的火光的照耀下，他黑色的身影看上去就像是一位正在前行的圣人。

“今晚母亲一定做了不少生意，因为人们都如此地愉快。”安提奥斯想道。接着他把法衣展开披在肩上，一种幸福感顿时油然而生。他想再次把小盒子拿在手里，但又不想丢下手里的树枝。就这样他又回到了村子里，就像是那三位来自东方的贤者[①]中的其中一人。

老猎人的孙女站在家门口，向神甫打听她爷爷的消息。

“一切都很好。”保罗回答说。

“您的意思是，爷爷已经好些了吗？”

“现在他应该已经去世了。”

她立刻发出一声凄惨的尖叫，这成为了今晚的庆祝中唯一不和谐的声音。

孩子们已经从高地上跑了下来，围在马背上的神甫身边，他

---

① 《圣经》里记载，当耶稣出生后不久，有三位来自东方的贤者带着黄金、乳香、没药三种礼物去朝拜耶稣。

们一大群人走在一起，就这么一直向教堂前的广场走去。前方的人群并不像从山顶上看下去的那么多，警卫和狗的出现在一定程度上恢复了周围的秩序。被烟火的光芒照亮的树下，男人们靠在栏杆上排成一条长队，还有些人在安提奥斯母亲的小酒馆前喝酒。女人们怀里抱着熟睡的婴孩，坐在教堂前的台阶上。妮娜·玛西亚也坐在她们中间，安静得就像是一只昏昏欲睡的小猫。

警卫牵着狗呆立在广场中央，看上去就像是一尊雕塑。

神甫一出现，所有人就立刻都围到他身边。然而有人偷偷地用马刺催促马快走，于是，马加快脚步朝教堂的反方向走去，朝他主人家的方向走去。

马的主人正坐在小酒馆前喝酒，他高高举起酒杯，牵住马的缰绳，阻止了马前进的脚步。

“喂，你这只劣马，你在想什么呢？我在这里啊！”他高声喊道。

听见主人的声音，马突然间停了下来，把长长的脖子伸向他，看上去好像要喝他杯里的酒似的。保罗准备下马，但马主人阻止了他，他牵着马，领着马背上的保罗走到小酒馆前，把手里的酒杯递给他的一个同伴。

所有人都向这里走来，围在保罗身边。安提奥斯的母亲站在被金色光芒笼罩的小酒馆的门里，高高的身影看上去就像吉卜赛人一样，她的面孔在烟火绚丽的光芒下泛着古铜色的色彩，她微笑地看着眼前的这一幕。躺在妈妈怀里的孩子们醒了过来，他们在妈妈的臂弯里扭动着小小的身体，似乎对周围的喧嚣感到有些惊恐。他们戴着的珊瑚或是金子做成的护身符，在夜色下闪烁着，就连最贫穷人家的孩子也不例外。在人群形成的灰色浪潮的上方，保罗高高地坐在马上，看上去就像是一个真正的牧羊人，正站在他的羊群中间。

一个胡子花白的老人把手放在保罗的膝盖上，把脸转向人群：“乡亲们，”他用激动的声音说，“他是真正与上帝同在的人！”

“那么请您喝了这杯酒并赐福于它吧！”马主人大声喊道，把酒杯递给保罗，保罗接过酒杯一饮而尽。然而人们不知道的是，当他喝酒时，他的牙齿在不停地打颤，在火光的映照下，那杯红色的葡萄酒看上去就像是鲜红的血液。

十一

保罗再一次坐在餐厅里，屋里点着一盏油灯。窗外，一轮巨大的明月从山地上升起，在苍白的天空中散发着金色的光芒，远处仿佛隐约矗立着一座山。

保罗邀请了几位村民到家里陪他一起度过这个夜晚，他邀请了那个白胡子的老人、马主人还有其他几个人。他们一边喝酒一边谈笑风生，说着打猎的故事。白胡子老人也是一个猎人，他批评着尼可戴默国王，他说那个独来独往的老人打猎时从不遵守上帝的规矩。

“我并不是想在他临终的时候还冒犯他，但是这是事实，我可以说他打猎只是为了投机赚钱。去年冬天，光是卖貂鼠的毛皮他就赚了一大笔钱。上帝允许我们捕杀野兽，但我们不可以在这上面浪费精力。他打猎的时候还会布下陷阱，这是不被允许的行为，因为野兽和我们一样也会感到痛苦，他们掉进陷阱里的遭遇一定非常可怕。有一次我亲眼看见一只掉进陷阱里的野兔，它的爪子被夹住了。你们知道吗？那只野兔一点一点地啃着它爪子周围的肉，为了把爪子拔出来以便逃走。还有，尼可戴默用他赚来的那些钱都做了些什么呢？他把它们偷偷藏了起来。现在他去世了，他的孙子肯定会立刻把这笔钱占为己有的。”

“钱就是用来花的。”马的主人一直是个爱慕虚荣的人，他接着说，“就我自己来说，我总是会花钱，就是为了取乐，但我绝不会伤害到任何人。有一次，在聚会上，我不知道该做些什么，就拦下了一位路过的卖筛子的商人，他正好从这里经过，车里装满了他的货物。我买下了他所有的筛子，把它们放在广场上滚动，我一边跟在这些筛子的后面跑，一边用脚让它们继续向前滚动。一时间所有的人都跟在我的身后跑，有的人哈哈大笑，还有的人大喊大叫。一开始加入的是一群孩子和年轻人，后来有几个平时很严肃的男人也开始模仿我。直到现在，所有人都还记得这个游戏。从前的神甫只要一看见我，哪怕离得很远也会大喊道：‘哦！帕斯奎勒，你还有那种能跑起来的筛子吗？’”

大家都哈哈大笑起来，只有神甫看上去有些心不在焉，面色苍白而疲倦。白胡子老人带着敬意看着保罗，发现了他脸上的倦意，于是他向他的同伴们眨眼示意是时候离开了。他们离开这里，保罗就可以开始神圣的独处了，他作为上帝忠实的仆人理应享受充分的休息。

访客们几乎同时站起身来，往后稍稍退了两步，向保罗致敬告别。然后屋子里就只剩下保罗一人了，在油灯颤抖的火舌间，淡淡的月光照进屋里，保罗向窗外看去。穿着笨重鞋子的人们的喧闹声已经渐渐远去，在遥远而荒凉的街道上回荡着。

现在就去睡觉还太早了，尽管保罗觉得非常疲倦，他的脖子酸痛得仿佛快要断掉了，就像他一整天都被束缚在枷锁里一样，但他还是一点也不想上楼回房休息。

母亲依然坐在厨房里。保罗没有看她，但他知道她就像昨晚一样没有睡觉。

就像昨晚一样！他觉得自己仿佛在沉睡了很久之后突然间惊醒过来。或许曾经所有的一切都只是一场梦而已，再次去见爱妮斯的焦虑和悲痛、夜晚的思虑万千、他写给爱妮斯的那封信、早上的弥撒、前往高地看望老人的旅程以及村民们欢庆的游行，所有的一切，在他看来都显得如此不真实。真正的生活从现在重新开始。他想象着这样的一幅场景：自己慢慢挪动脚步走出去，打开门，回到爱妮斯的身边。真正的生活从此重新开始！

“可是她或许已经不再等我了，她再也不愿等我了。”想到这里，保罗觉得自己的膝盖一下子变软了，他跪在了地上。他觉得自己再一次被恐惧侵袭，他再也不想去找爱妮斯了。她或许已经接受了命运的安排，决定忘记有关他的一切。

保罗发觉在他从高地回来之后，他内心深处最大的痛苦就是：他完全不知道她现在过得怎样，在做些什么，他听不见她的声音，也看不见她的模样。

她或许不再爱他了，这对他来说才是真正的死亡。

保罗用手捂住脸，企图在一片黑暗中想起她的模样。他开始责备她，而这本应是她指责保罗的话。

“爱妮斯，你不能忘记你的承诺。你怎么可以忘记呢？你曾经那样紧紧地握着我的手对我说：‘我们无论生死都会在一起。’你难道把这一切都忘了吗？你还说：‘你知道……’”

他把手指放在后颈上，抓住脖子，他觉得自己仿佛快要窒息了。

“我一定是掉进了魔鬼的陷阱里。”他心想。

他又想起那只为了逃出陷阱而不惜啃食自己爪子的野兔。

他深深地吐出一口气，站了起来，把油灯拿在手上。保罗想强迫自己也像那只野兔一样，为了获得自由而不惜自残。他决定上楼回到自己的房间，但是当他经过厨房时，他看见母亲坐在平时的位置上，沉默不语，安提奥斯则坐在她的身边，似乎已经睡着了。保罗走到厨房门口，问："这么晚了，你们怎么还坐在这里？"

母亲转过身，有些迟疑地看着他。她保持沉默，用她的裙摆把安提奥斯藏起来，好让保罗不再耽搁，赶紧回到他自己的房间里。现在她非常信任她的儿子，但她也想到魔鬼或许会为他布下陷阱。

安提奥斯已经醒了过来，他很清楚地记得自己留在这里的理由，尽管母亲多次要求他离开，但他还是坚持等待着。

"我还留在这里，是因为我的母亲还在等待您的拜访。"安提奥斯解释说。

"现在是拜访的时候吗？"母亲抗议道，"快走吧，告诉她保罗已经累了，他明天再去看望她。"她对安提奥斯说道，但眼睛却注视着保罗。她看见保罗双眼无神地盯着屋里的油灯，睫毛扇动着，看上去就像是扑火的飞蛾扑扇着的翅膀。

安提奥斯站起身，一脸伤心的样子。他说："可是我的母亲还在等待，在我看来这就是件很重要的事情。"

"如果有什么重要的事情的话，他会立刻去告诉她的。现在你快回家吧！"母亲说。

她的声音听上去很刺耳，保罗抬起眼，突然间他又感到怒火中烧。母亲如此害怕他晚上出门，这让他觉得既沮丧又气愤。

保罗把手里的油灯用力地放在桌上，对安提奥斯说："我们现在就去看望你的母亲。"

他们一起走到走廊里，保罗转过身对母亲说："我很快就会回来的，母亲，你不用关门了。”

母亲站在原地一动不动，但当他们两人出去之后，她立刻走到半掩的门后偷偷地看着他们远去的背影。天空中挂着一轮皎洁的明月，她看见他们穿过广场，走进那间依旧灯火通明的小酒馆。就这样，母亲再次走进厨房，像昨晚一样再次开始了漫长的等待。

母亲有些惊讶地意识到，如果老神甫的鬼魂再次出现在她面前的话，她也不会感到害怕了。所有的一切都只是一场梦，然而她的内心深处依旧犹疑不定，她觉得老神甫的鬼魂或许还会回来，回来问她要那双补好的袜子。

“是的，我已经把它们补好了。”母亲一边大声地说，一边想着她的儿子。她觉得如果鬼魂再次回来的话，她会抓住他的脑袋，告诉他自己同意他的观点。

然而，在宁静的月光下，一切都如此安静。透过小玻璃窗向外望去，高地上的树木在月光下闪闪发光，每一片树叶仿佛都绽放出银色的火花。天空是如此纯净，灌木丛的芳香渗进屋子里。母亲也非常安静，她正想着保罗是否会依旧服从于他原始的冲动，然而她也不知道为何这样的思虑已经不会让她觉得可怕了。她仿佛还能看见保罗颤动的睫毛，感到他就像是一个快要哭出来的孩子。最终，她还是心软了，怜悯占据了她那颗充满母爱的心，她只好在心里默默地问道：“上帝啊！这究竟是为什么？”

她不敢再继续问下去，但这个问题就像井底的一块石头那样沉甸甸地压在她的心里。上帝啊，为什么保罗不能爱上一个女人呢？所有的人都有爱的权利，无论是用人还是牧人，无论是瞎子还是被关在牢里的犯人，那么，为什么只有她的保罗不能爱上别人呢？

然而她再次回到残酷的现实中来。她想起安提奥斯说过的话，这让她为自己感到羞耻，因为她还没有一个男孩子理智。

“那些年轻的神甫主动要求远离女人，过自由而贞洁的生活。”

保罗很坚强，与他的先人相比，他毫不逊色。他从来不哭，他的眼皮总是一动不动，干燥而僵硬，看上去就像是死人的眼睛。他真的很坚强。

“我真是老糊涂啦！”母亲想。

是的，在那漫长而令人心烦意乱的一天后，她看上去似乎衰老了二十岁。她觉得自己的腰越来越酸痛，她的心每时每刻都饱受折磨，就像是高地后粗糙的岩石被切石机的凿子打磨一般。

和前几天不同，许多事情都清晰地浮现在她的眼前。她仿佛看见爱妮斯那高傲的身影下隐藏着她真实的情感。

“她也很坚强。她会隐藏一切的。”母亲这样想着。

母亲缓慢地灭掉炉火，这样火花就不会从灰烬中迸溅到附近的东西上。接着她关上门，因为她知道保罗总是把钥匙带在身上。她发出重重的脚步声，似乎想让保罗从远处就能听见，她想用这坚决的脚步告诉他她内心的坚定。

然而她清楚地知道，她无法确信内心的这种坚定。可是上帝啊，我们的生命中又有什么是确定的呢？无论是山峰还是教堂，一次地震足以把它们夷为平地。现在她完全相信她的儿子，也相信自己，然而心里依旧非常担忧，害怕那些会突然发生的未知的事情。她筋疲力尽地倒在自己房间的椅子上，心想或许还是最好把门开着。

接着她又站了起来，准备解开围裙的花线，然而绳结却混乱地缠在一起，她不由得愤怒起来。

她想把花线直接剪断，于是她走到平时做针线活的篮子边寻找剪刀。她看见一只小猫正蜷缩在篮子里的线团里，线团和剪刀都已经被小猫的体温焐热了，她清晰地感触到在她指间颤动的生命，这让她立刻平静下来，她决定还是自己解开绳结。她再次走到油灯边，把围裙的结慢慢地解开。她叹了口气，慢慢地脱下衣服，把钥匙从衬裙里拿出来，然后把衣服小心地叠好放在椅子上，就像条件优越的家庭会在睡前把衣服整齐地放在小桌子的架子上一样。这些都是她从前服侍的主人教她的：秩序是最重要的，一切都该井井有条。直到现在她依然遵从这古老的规矩。

母亲再次坐了下来，她穿着短衬衣，双腿从衬衫下露了出来，看上去就像是两截粗糙的木棍。接着她打了个哈欠，她感到无比疲倦，心里生出一种听天由命的感觉。

不，当保罗回来看到关着的门时，他一定会明白母亲是完全信任他的。她应该给予他完全的信任。然而母亲还是仔细地听着楼下的动静，她不再像前几个晚上那样，但她依然不会放过任何一丝动静。

母亲的鞋掉落在地上，她把它们并排放好，看上去就像两个互相陪伴共度长夜的好姐妹一样。母亲一边打着哈欠，一边在心里默默祈祷，她不停地打哈欠不仅是因为疲惫和退缩，还因为她一直绷紧的神经。

保罗会对安提奥斯的母亲说些什么呢？那个女人的名声不怎么好，听说她不仅放高利贷，还是个拉皮条的。母亲吹灭了蜡烛，用蘸了口水的手指熄灭了灯芯，接着爬上床，但她还是无法躺下睡去。

她仿佛听见房间里传来轻微的脚步声。是老神甫的鬼魂又回来找她了吗？她想象着那个鬼魂从她的床前升起、抓住她的画面,巨大的恐惧立刻吞噬了她的每一根神经。她觉得浑身发冷,血液被冻结在血管里,然后突然间所有的血液一起喷涌着流向她的心脏,就像城里暴动的人群一起冲向广场一样。然而她很快就恢复过来,为自己刚才的恐惧感到羞愧,因为她的恐惧源于她对保罗的怀疑。

不,她不想这样,她再也不想暗中监视他的一举一动了。她应该保持平静,安静地待在她黑暗的房间里。她躺下,盖上被子,闭上眼睛,她不想根据动静判断保罗到底有没有回来。然而她的内心深处依旧没有听见保罗回家的声音,他不情愿地被别人带走了,就像一个被强行拖进舞池里跳舞的人一样。

然而,母亲还是相信他,他一定很快就会摆脱那些事情然后回家的。再说,她一直在家等他,她躺在被子下面,但没有睡着。她下意识地寻找着围裙的绳结,想要把它解开。

母亲似乎听见耳朵里传来嗡嗡作响的声音,就像是从远方广场上传来的人们的低语声。有人在抱怨着什么,也有人一边欢快地笑着,一边高兴地跳舞唱歌。她的儿子就在这人群中。远方的高地上空,传来不知是谁弹奏诗琴的动听旋律。或许是上帝在空中俯视着这正在舞蹈的人群。

十二

整整一天,安提奥斯的母亲都在思索神甫此次拜访的原因,但她还是努力表现出非常期待的样子。或许他想来指责她放高利贷以及其他一些事情,她把钱借给别人只是因为单纯的药品原因,不过她也会收取一些报酬,这是她从丈夫的家庭继承来的古老传统。或许神甫只是想来为自己或别人借些钱。当最后一个顾客离开后，她走到大门前，双手插在装满铜币的口袋里，想看看安提奥斯有没有回来。然后她看见在月光的照耀下，两个黑色的人影正一同穿过空地向酒馆走来，正是安提奥斯和神甫。

她假装正在拉下大门，事实上她的确已经关上了一半，她弯着腰用插销把门固定住。尽管她的身材很强壮，但她的动作还是很灵活的，她的脑袋也比她的同乡们要大得多，她们小小的头上总是裹着布满黑色饰带的巨大头巾。

当神甫走近时，她挺直了身子，端庄地向他行了个礼，她用那双无精打采又充满热情的眼睛直视着保罗。接着她请保罗到里屋坐下，安提奥斯用哀求的眼神看着他的母亲，希望她可以邀请得更加正式一点。

保罗温和地说："我们终于到了。"接着他在酒馆的一张黑色的长桌前坐下，桌子上放满了葡萄酒。

安提奥斯也只好顺从地站在保罗身边，他不时地东张西望，想看看房间的一切是否都井井有条，他还担心会有突然到访的客人。然而事实上没有任何人进来打扰他们，房间也非常整洁。母亲巨大的身影投射在吧台后摆满五颜六色的酒瓶的架子上，油灯的光线冷冷地打在对面的墙壁上。房里除了神甫面前的那张长桌外，还有一张小桌子孤零零地放在一旁。倾斜的门梁下挂着一把扫帚，这既可以让路人知道这是家小酒馆，又可以用它来赶苍蝇。

整整一天，安提奥斯都在等待这一刻的到来，他觉得这就像是一个即将被解开的谜团。他害怕有人进来打扰他们，也担心他的母亲会做出什么不得体的举动让他丢脸。他本希望母亲在神甫面前能表现得更加谦卑而顺从，然而她打了招呼后重新又站在吧台那儿，看上去就像是一位头戴王冠的女王。她似乎把坐在桌前的神甫当成了一个普通的客人，完全忘记了他是一个创造了奇迹的圣人，她也没有对他抱有感激之情，尽管今天的确是因为保罗的缘故她的酒馆才多了不少生意。

就这样，保罗终于开口说道："我还是想见见您的丈夫。"他的胳膊肘抵在桌上，两手的指尖触碰在一起。他看着安提奥斯的母亲说："但是安提奥斯对我说他要到下个礼拜天才回来。"

她轻轻地点了点头。"是的，他要到下个礼拜天才能回来。但如果您想见他的话，我可以提前喊他回来。"安提奥斯提议道，没有人注意到他语气里的兴奋。

"这关系到你们的孩子。现在已经到了你们该严肃地为他考虑考虑的时候了。他年纪已经不小了，你们可以让他去学一门手艺，或者也可以让他成为神甫。总之我希望你们能严肃地考虑你们所承担的责任。"保罗说道。

安提奥斯张开嘴想要说些什么，但这时他的母亲开始说话了。于是他转过头看着她，安静地听她说话，但是他不安的面孔上却写满了不赞同的神情。

安提奥斯的母亲从不会浪费任何一个赞扬他丈夫的机会，就像从前一样，尽管她的丈夫比她年长得多。

"我想您应该知道，我的丈夫是这个世界上最正直的人。他是个好丈夫、好父亲，还是个勤劳的劳动者，他比任何人都热爱工作。我们的同乡里有谁能像他一样勤劳地工作呢？我想告诉您，正是因为村民的懒惰，他们才饱受饥饿的折磨。总之，我觉得如果安提奥斯想选择一门手艺的话，那么继承他父亲的手艺则是最好的选择。当然了，他有选择的自由，不是我吹嘘，感谢上帝，就算他什么也不想做，他也能好好地活下去，而不用去偷鸡摸狗。

但是如果他想选择和他父亲不同的职业的话，那么他当然也可以自己选择：想做烧炭工人的话就去做烧炭工人，想做木工的话就去做木工，想做农民的话就去做农民。”

“我想成为一名神甫。”安提奥斯说，他的嘴唇颤抖着，眼里充满了强烈的渴望。

“那好吧，那你就做神甫好了。”母亲回答道。

就这样，安提奥斯的命运似乎已经被决定了。

保罗把双手放在桌上，看上去就像是两片白纸，他抬起头，接着又把头垂下。

突然间，他觉得这一切都很可笑，如今他竟然还在为别人的事情操心。他连他自己的事情都解决不好，又怎么能解决好与安提奥斯的未来有关的问题呢？

安提奥斯就站在他的面前，他看上去是如此地渴望而激动，就像是一块烧红的铁块正准备接受铁锤的捶打从而被塑造成新的形状。保罗说的每句话都可能使他受益，也可能伤害到他。

保罗几乎有些嫉妒地看着他。在他的内心深处，他其实是赞成安提奥斯母亲的做法的，她给她的儿子自由选择的权利，让他听从自己的本能。

“本能从来不会说谎。”他一边低声说道，一边继续思索着，“但是安提奥斯，请你在你的母亲面前告诉我，你为什么想成为一名神甫？神甫并不是一种职业，和烧炭工、木匠这样的工作完全不同。现在你可能觉得这是一件简单又舒适的事情，但是你今后的道路会变得非常艰难。我们被禁止享受别人可以享受的快乐。如果我们真心愿意服侍上帝的话，那我们将以这一生作为代价，不断地做出牺牲。”

“我知道，”安提奥斯简洁地说，“我愿意一辈子都服侍上帝。”

接着他有些难为情地看了看他的母亲，因为他把自己所有的激情都暴露在了她的面前，但她依旧平静而冷漠地站在吧台后面，就像平时招待客人一样。于是他接着说道："如果我成为神甫的话，我的父母都会很满意的。为什么我不该成为神甫呢？现在我的确有时候会冒失草率，那是因为我还是个孩子，但今后我一定会更加严肃谨慎的。"

"这不是关键，安提奥斯，你已经非常小心谨慎了。但是你这个年纪的孩子应该更加无忧无虑、更加快乐地生活，然后为了今后的生活而好好学习，你应该活得更像个孩子才是。"

"我难道不是个孩子吗？是的，我也会玩耍，只不过您没有看到罢了。但是如果我没有兴趣的话，我为什么一定要玩耍呢？我有很多不同的娱乐方式。当我摇铃的时候，我觉得非常开心，我觉得自己仿佛变成了钟楼上的一只小鸟。我今天开心吗？我很喜欢拿着那个小盒子，我喜欢在铺满石头的路上行走。尽管您骑着马，但我还是比您先到山顶。当我们回到村子里的时候，我也很高兴。总之，我非常喜欢今天一天的经历。"接着他垂下眼睛，补充说道，"还有当我看到您赶走附在妮娜身上的恶灵的时候，我真的很感动。"

神甫露出了不情愿的笑容，低声问道："你相信是我赶走了恶灵吗？"他看见安提奥斯双眼闪烁着惊奇而笃信的光芒，于是他垂下眼，想要隐藏自己内心的忧虑。

"现在你是从孩子的角度看待这件事的，所以一切都是如此的美好而崇高。"保罗心绪不宁地说，"等你长大以后，很多事情都会改变的。在你做一件事情之前，为了不至于以后后悔，你必须认真考虑。"

"不，我绝对不会后悔的，我向您保证！您难道后悔了吗？您没有后悔,所以我也不会后悔的。”安提奥斯说。

保罗抬起眼睛,他再次觉得自己仿佛正触摸着这个男孩的灵魂,他的灵魂就像是蜡做成的,极轻微的动作都会使它变形。保罗感到恐惧再次袭上心头,他沉默了下来。

安提奥斯的母亲站在吧台后安静地听着他们的对话,开始为他们的谈话感到不安。她打开面前的小抽屉,里面放着现金和一些宝石戒指、胸针、珍珠等首饰,那是一些向她借了小钱的妇女们作为抵押放在这里的。一些不好的想法在她内心的最深处一闪而过,就像那些放在抽屉里的珠宝,闪烁着悲伤的光泽。

“神甫一定是害怕安提奥斯以后会把他从教堂里赶出去。”她想,“或许他很缺钱,所以一开始他只是在发脾气,但等会他就会开口向我借钱的。”

接着她慢慢地关上抽屉,继续摆出一副平静的姿态。她已经习惯于保持沉默,平时她从来不会参与到客人们的谈话中,也不会向他们问任何问题,特别是当他们打牌的时候。就这样,她放任安提奥斯独自面对他现在的对手。

“我为什么会不相信呢?妮娜·玛西亚难道没有被魔鬼附身吗?我自己清楚地感到魔鬼在她的体内颤抖,就像一只被困在兽笼里的狼一样。是您为她读了福音书她才得以重获自由。”安提奥斯继续说。

“是的,上帝可以拯救一切。”保罗表示认可,然后他突然站了起来。

他想离开了吗?安提奥斯几乎有些害怕地看着保罗。“您已经准备走了吗?”安提奥斯问道。

他期待已久的访问就这么结束了吗?安提奥斯急忙跑到吧台边,绝望地向母亲示意了一下。她转过身从架子上拿了一瓶酒，她也同样感到失望。她本来还期待着能够借钱给神甫，这样的话她不仅能赚到一些利息，而且她的放贷行为在某种意义上还能得到上帝的认可。然而，保罗这次来只是为了告诉安提奥斯神甫这个职业和木工是大不相同的，无论如何他都必须尊重这个职业。

“神甫先生，您可不能就这么走了！请您尝尝这瓶酒吧，这是上世纪的陈年老酒。”

安提奥斯手里已经拿着一个放着水晶酒杯的托盘。

“好吧，那我就少喝一点。”保罗说。

于是母亲从吧台里探出身子，为保罗倒了一些酒，小心地不让一滴酒溅出。保罗举起酒杯，他闻到杯里葡萄酒的芳香，就像是一朵忧郁的玫瑰散发的香味，接着他先让安提奥斯尝了一口，再把酒杯放到嘴边，说：“让我们为阿尔教区今后的神甫干杯！”

安提奥斯倚靠在吧台边，他因为激动而无法站稳。这是他一生中最幸福的时刻。

当母亲转过身重新把那瓶珍贵的葡萄酒放回架子上时，安提奥斯还沉浸在巨大的喜悦中，他没有察觉到神甫的脸突然间失去了血色。此刻，保罗一动不动地盯着门外，就像是看到了鬼魂似的。

一个黑色的人影静悄悄地穿过空地，来到酒馆门前，她用那双大大的黑色眼睛向里面看去，接着气喘吁吁地走了进来。

这位不速之客正是爱妮斯家的女佣。

神甫本能地退到酒馆的最里面，试图躲起来，然而他突然间又鬼使神差般地回到门前，就像被人推了一把一样。他看上去就像是一个陀螺，不安地转来转去。接着他突然想起他不是独自一人，周围的人或许会观察到他异样的表现，于是他停在了原地。

但是他一点也不想听女佣即将说的话，安提奥斯的母亲站在吧台后，准备认真聆听女佣带来的消息。现在他只想逃离这里，获得救赎。他觉得自己的心脏已经停止了跳动，浑身的血液都猛地冲进脑子里，在他的耳边隆隆作响。然而女佣说的每句话还是毫无遗漏地钻进了他的耳朵里。

“她摔倒了，流了好多好多鼻血。我觉得她一定是磕到了头，把脑子里的什么地方摔坏了，血怎么也止不住。你们快把埃及的圣玛丽亚[①]的秘药给我，现在只有那个能把血止住。”

安提奥斯听她这么说，不顾手里还拿着托盘和酒杯，就急忙跑去废弃的老教堂里拿药了，这种药能止住鼻血。

“她们一定是在演戏。”保罗想，“这绝对不是真的。一定是爱妮斯派她的用人跟踪我，然后企图想办法诱惑我去她家里。或许她和这个拉皮条的女人早就串通好了。”

然而他的心里却越发感到不安。不，女佣没有说谎，爱妮斯那么高傲，她绝不会把自己的心事吐露给别人，更不用说告诉她的女佣了。爱妮斯是真的摔倒了。他仿佛看见她那美丽的脸庞上沾满了鲜血。他感到仿佛是自己的头也被撞了一样。这时，保罗又想起了女佣的话：“她的头似乎被撞坏了。”

吧台边的女人迅速地抬头瞟了他一眼，看见他如此的冷漠淡然，她的眼神里充满了惊讶。

“可是为什么会发生这样的事情？”保罗平淡地问道，努力掩饰自己关心的神色。

于是女佣转过身看着保罗，深色的面孔上流露出一副固执的

---

① 据记载，埃及的圣玛丽亚是一位修女，也是埃及的一位隐士，现今被天主教会敬为圣人。

表情,脸的边缘在光线下显得很尖锐。她把脸伸到他面前,看上去就像一块他害怕触碰的岩石一样。

“她摔倒的时候我正好不在家。这是今天早上的事情了,当时我正在喷泉边,等我回去的时候她的情况已经很不好了。她不小心在门前的阶梯上摔倒了,流了好多鼻血,后来还抽搐了一阵。现在她全身冰冷僵硬,血流不止。我实在是放心不下她。”接着她把安提奥斯拿给她的药裹进围裙里,继续说,“我们家里现在只剩女人了。”

接着,她一边牢牢地盯着他,一边向门外走去,就像是想用目光的力量让他跟在她的身后一样。

安提奥斯的母亲坐在吧台后用冷漠的声音说:“神甫先生,您为什么不去看看她呢?”

保罗紧紧地握着手,完全没有察觉到自己这有些异样的动作。

“我不知道……现在已经太晚了……”

“您还是去看看她吧!如果您去看望她的话,我可怜的小主人一定会很高兴的,她会因为您的鼓励而变得勇敢起来的。”女佣催促道。

“一定是魔鬼附在了她的身上,正在借她的嘴说话!”保罗一边在心里默默想着,一边无意识地跟着她走了出去。

保罗紧紧地抓住安提奥斯的肩膀,把他也拉了出去,似乎把他当成了自己的依靠,就这样,安提奥斯步伐不稳地和保罗一同走了出去。他们穿过空地,继续向上走去,接着他们来到了长老院前。女佣在他们前面跑着,不时地回过头来看着他们,她的眼白在月光下闪闪发光。在如此黑暗的夜里,她深色的面孔看上去就像戴着一副面具,而恶魔似乎就藏在这面具下。保罗跟在她身后，内心感到莫名的恐惧，他一手扶着安提奥斯一边向前走去，看上去就像是失明的多俾亚[①]。但是当他经过长老院门口时，安提奥斯试着把门推开，但是他们发现大门已经被母亲关了起来。保罗突然间停了下来，把安提奥斯推到一边。

“母亲把门关上是因为她认为我或许不会遵守自己的诺言。”保罗想，接着他说，“安提奥斯，回家吧，回去吧。”

女佣停下了脚步，又向前走了几步，然后又停了下来，看着安提奥斯向他的家里走去，保罗则把钥匙插进了门的锁眼里，于是她走回到保罗身边。

“我不去了。”他转过身看着她说，脸上带着一副几乎有些威胁的表情。他牢牢地盯着她的脸，似乎想要透过她的面具好好地看清她，他说：“当你们不得不需要我的时候，再回来找我，明白了吗？”

接着她离开了，一句话也没有说。保罗一动不动地站在门前，他觉得自己再也转动不了手里的钥匙了。他无法走进家里，他的双腿动弹不得，无法向前迈进一步。某一刻，他甚至觉得自己或许会永远一动不动地站在家门口，虽然他拿着钥匙，但却无法打开面前的门。

十三

安提奥斯此时已经回家了。酒馆已经打烊了，他开始清洗并整理杯子，首先他用清水把神甫喝过的那个杯子洗净，再拿出一块白色的布仔细地擦干，接着他在油灯的光线下眯着一只眼睛着

---

① 出自《多俾亚传》，《多俾亚传》属于《旧约圣经》的一部分。

迷地看着它,他觉得这只杯子就像是钻石做成的。最后他崇敬地把它藏进了壁柜里,就好像把它当成了做弥撒用的杯子一样。

保罗也终于回到了家,他在黑暗中摸索着走上楼梯。他隐约想起小时候似乎也有相同的记忆,在黑暗中摸索着爬楼梯的记忆,然而他已经不记得那到底是在哪里发生的事了。

接着,他预感到自己必须格外谨慎小心才能躲过前方的危险。他走到楼梯的平台上,来到他的房门前,他终于安然无恙地回来了。然而当他站在自己的房门前时,他再一次犹豫着不敢打开门。接着他突然转过身,用食指的关节轻轻敲响母亲的房门,没有等母亲发出回应就打开门走了进去。

"是我。"他生硬地说,"您不用点灯了,我有话想对您说。"

保罗听见母亲下床的声音,她身下的草褥发出嘎吱嘎吱的响声。但是他一点也不想看见她,他只希望他们两人的灵魂在这无尽的黑暗中交谈即可,就像在死后的世界里一样。

"是你吗?我刚才做了一个梦。"母亲困倦的声音里透着一丝惊恐,"有人在跳舞,我还听见有人在弹诗琴。"

"母亲。"保罗就像没有听见她的话一样继续说道,"请您听我说。那个女人,是的,就是爱妮斯,她现在情况很不好。今天早上她摔了一跤,情况很严重,她好像把脑袋摔坏了,还流了好多鼻血。"

"你说什么,保罗?那她现在有危险吗?"

母亲担忧的声音在黑暗中回响着,然而保罗还是听出了她语气里的怀疑。他模仿着女佣那气喘吁吁的声音继续说道:"是今天早上她看完信以后发生的事。她一整天都面无血色,什么东西也不愿意吃。今天晚上她的身体变得更糟糕了,她还抽搐了一阵子。”

保罗意识到自己有些夸大其词了，于是立刻停了下来，母亲也沉默不语。母子两人就像身处阴暗的墓穴中无法寻觅到对方的敌人一样。接着母亲身下的草垫再次发出“嘎吱嘎吱”的响声，她应该是从床上坐了起来，因为这阵声音听上去就像从高处传来的一样。

“保罗，这件事是谁告诉你的？这可能并不是真的。”

保罗觉得母亲说中了他内心的想法，然而他还是迅速地回答道：“可是这也有可能是真的。这不是事情的重点，母亲。重要的是我害怕她会做出什么疯狂的事。她独自一人，身边只有仆人。我必须去看望她。”

“保罗！”母亲大喊道。

“我必须去。”他重复道，几乎是高声地喊了起来。但事实上与其说他想说服母亲，不如说他更想说服自己。

“保罗，你向我发过誓的。”

“我是发过誓了，就是因为如此，我才来告诉您我要去看望她。我再说一遍，我必须去看她，我的良心让我不得不这么做。”

“那么我想问你一件事情，保罗。你确定你看到她的女佣了吗？诱惑总会对我们搞恶作剧，魔鬼总会乔装成各种模样。”母亲说。

然而保罗没有明白母亲的话，说：“您觉得我在说谎吗？我真的看到她的女佣了。”

“听我说，昨晚我看见那个老神甫了，就在刚刚，我还听见了他的脚步声。”她低声继续说道，“昨晚，他就坐在我旁边，坐在壁炉前面。我发誓我看到他了。他没有剃胡子，因为抽烟的缘故嘴里只剩下几颗发黑的牙齿。他的袜子破了几个洞。他对我说：

‘我还活着，我一直在这里，我会把你和你的儿子从长老院里赶走的。’他还对我说如果不想让你陷入罪孽当中的话，我就该让你继承你父亲的工作。他的话让我心神不宁，保罗，我现在都不知道我把你培养成神甫到底是对是错。但是我确定昨晚魔鬼就坐在我身边，那是邪恶的灵魂。你看到的女佣可能就是魔鬼为了诱惑你而乔装变成的。”

保罗在黑暗中笑了。然而当他回想起女佣穿过草坪时如同幽灵一般的身影，他不禁感到一阵莫名的恐惧。

“如果你去看她的话，”母亲继续说，“你确定你不会再次堕落吗？就算你真的见到了她的女佣，那个女人现在真的病得很重吗？你确定你不会再次犯错吗？”

然而母亲立刻沉默下来。她仿佛看见保罗的脸在黑暗中变得惨白，她同情他。为什么他不可以回到他爱的女人身边呢？如果她真的因为痛苦而死去该怎么办？如果他也因为痛苦而死去呢？她再次陷入焦虑和犹豫中，就像保罗为安提奥斯今后的命运感到不安一样。

“我的上帝啊！”母亲叹了一口气。她想起自己是信仰上帝的，他一定会解决我们所有的问题。她觉得自己的心跳慢慢平稳下来，就好像她已经亲自解决了他的问题似的。她信仰上帝，然而问题并没有解决。

她重新倒在床上，但是没有躺下，她的声音听上去不再是从高处传来的，她说：“如果你的良心让你不得不这么做的话，你为什么不立刻去看她呢？为什么还要回来？”

“因为我向您发过誓了。您威胁我如果我再去看望她的话，您就会离开这里，我向您保证过……”保罗悲伤地说。

他很想大喊：“母亲，请您逼迫我遵守自己的诺言吧！”但是他做不到。接着母亲说："那你就去吧，去做你的良心让你做的事吧！"

"请您不要担心。"保罗走到床边说道，他一动不动地在床边站了一会儿。他们再一次陷入沉默中。

保罗隐隐觉得自己仿佛站在一座圣坛前，母亲高高地坐在上面，就如同一个神秘的、被人们崇拜的对象。他想起当他还是个孩子的时候，在做完忏悔后，神学院的神职人员要求他吻母亲的手。与那时同样的反感和同样的喜悦刺激着他的神经。他觉得如果母亲不在他身边、他是独自一人的话，他早就已经回到爱妮斯身边了。整整一天他都在逃避着、斗争着，他已经累了。母亲制止了他，他却不知道是否该感激她。

"您不用担心！"保罗重复道，但与此同时，他一边期待着一边又担心母亲还会说些什么，或许她会点亮油灯直视他的双眼，看穿他心里的想法，再次阻止他去看望爱妮斯。

然而她一动不动，继续沉默着。然后草垫再次发出嘎吱嘎吱的响声，母亲躺下了。于是保罗走出了家门。

保罗觉得自己的做法并不可耻。他去看望爱妮斯并非轻率的举动，也并非他的激情所致，而是因为他感知到或许有某种需要避开的危险，而该为这危险负责的人就是他自己。

他仿佛再次看见，漆黑的夜里，在散发着银色光芒的草坪上，女佣的幽灵转过身用那双闪闪发光的眼睛看着他说："如果您去看望她的话，我的小主人一定会勇敢起来的。"

他整整一天的逃避看上去都是那么荒唐而可耻。他必须回到她身边，给予她勇气，这是他的义务。他穿过被银色的月光笼罩的草坪，闻到小草散发出的清香，他的心情变得轻松起来，幸福的感觉油然而生。他觉得自己就像一只扑火的飞蛾。他把马上能再次见到爱妮斯的喜悦错当成了他可以去履行拯救她的义务的喜悦。

草地散发的清香和明亮的月光仿佛洗涤了他的心灵，使他变得更加纯洁。在他那如同死神一般的黑色长袍下，他的内心格外纯净，仿佛沾满了清澈的露水。

爱妮斯！她是多么弱小，就像孩子一样脆弱。她无父无母，独自一人生活在那座阴暗的大房子里，屋外是铺满石子的曲径纵横的花园。

他已经占有了她，他紧紧地抓住她不放，就像抓着一只巢里的雏鸟一样，用力地紧握着，直到把它体内的鲜血活生生地挤了出来。

他加快了步伐。不，这并不是可耻的行为！然而当他走到门前，刚刚准备踏上台阶时，他不小心绊倒在地上。这让他觉得爱妮斯门前的石头似乎也在阻止他进门。然后他慢慢地走上台阶，拉响了冰冷的门环。

然而迟迟没有人来开门，保罗几乎感到有些耻辱，但是他绝不会敲第二次门。

最后大门上方的玻璃架亮了起来，黑皮肤的女佣打开了门，迅速地把他带到那间他熟悉的房间里。一切都还像从前一样，爱妮斯总会让他悄悄地从果园的小门溜进来。果园的小门总是半掩着的，透过门缝，保罗闻到沐浴在月光下的灌木丛飘出的清香。

挂在墙壁上的鹿头标本被灯光照亮了，看上去就像在用那黑色的玻璃眼睛窥视着经过的女佣和保罗，就这样他们走进了屋里。与平常不同的是，通往里间的入口是大开着的。女佣先走了进去，保罗脚下的木地板随着他的脚步发出嘎吱嘎吱的响声。接着一切就陷入寂静中，突然间门被猛地关上，就像被狂风吹打一般。在门的冲撞下,地板仿佛被激起了波动,整个屋子也像在颤抖着。当保罗看见爱妮斯时,他的心里立刻掠过一阵悲痛。她散乱着头发,苍白的面孔出现在黑暗的房间的阴影里,看上去就像一个溺水的人刚刚被救上岸一样。

但很快那个小小的黑色人影就点亮了灯,保罗立刻松了一口气。

她关上了房门,肩膀倚靠在门上,低着头,看上去就好像快要滑倒在地上似的。

保罗就站在她的面前,不安地踮着脚。他向她伸出双手,却不敢碰她。

“你还好吗,爱妮斯?”保罗低声问道,就像从前见面时的问候一样。然而她没有回答,她颤抖着,整个人都靠在门上,用双手支撑着自己,以免摔倒。在一阵令人焦躁的寂静后,保罗说:“爱妮斯,我们要坚强起来。”

就像在被魔鬼附身的小女孩面前读福音书的时候一样,保罗再次觉得自己的声音听起来是那样虚伪,于是他垂下了眼睛。这时,爱妮斯抬起了她那双依旧慌乱的双眼,眼里混杂着愤怒和快乐的感情,她问:“你为什么还要来这里?”

“有人告诉我你病了,情况很严重。”

她挺直身子,摆出一副高傲的模样,然后她摘下面纱,说:“我很好,我没有派任何人去找你。”

“我知道,就算是这样我还是会来的,我没有理由不来看你。看到你好好的我很高兴,看样子是你的女佣夸大其词了,她把事情说得太严重了。”

“不,”她坚持否认道,“我没有派任何人去找你,我的女佣也没去找过你。你现在既然来了,我只想问你为什么要这么做,这究竟是为什么?”

她的话淹没在她刺耳的呜咽声里。她再次弯下腰,双手摸索着想要寻找一个支撑。保罗很害怕,他后悔来这里了。保罗牵着她的手,带她到长沙发边。从前的很多夜晚,他们都是在这张沙发上度过的。他让她在沙发的角落处坐下,上面还留着家里其他女人坐过之后留下的凹陷的痕迹。他坐在她身边,松开了手。他不敢碰她,她看上去就像一座裂开后被重新修复的雕像,看上去虽然完好无损,但其实只要轻轻一碰,随时都可能再次变成无数的碎片。正因为如此,保罗不敢碰她,他想:“我不能碰她,只有这样我才会平安无事。”然而实际上,他不敢碰她是因为他觉得自己每时每刻都可能再度沉沦。

在灯光的直射下,保罗仔细地看着她,他发现她的样子与平时相比变了很多。干裂的嘴角显得她格外憔悴,原本淡红的嘴唇染上了一层灰色,就像是凋谢的玫瑰。那张精致的瓜子脸仿佛变长了,青黑色的黑眼圈下面,脸颊两侧的颧骨显得更加突出。这一天里,被痛苦折磨的她似乎一下子衰老了许多。但她的脸上依旧留着些许孩子般的表情,她的双唇颤抖着,为了忍住眼泪,她咬紧了牙齿。她那双悲哀的小手垂在深色的长沙发上,就像在引诱保罗把手伸向她一样。然而保罗却不能再次握住那双悲哀的小手,也不能与她重修旧好,这令他感到有些愤怒。

他又想起《福音书》里那个被魔鬼附身的人对耶稣说的话:“我与你有什么关系?”

为了控制自己不去触碰爱妮斯的手,保罗紧紧地把双手握在一起。他重新开始说话,然而他觉得自己的声音听上去越来越虚伪。他想起自己早上在教堂说话、为妮娜诵读福音书,以及安慰临终的老猎人的情景,他再次觉得自己说过的那些话都是多么虚伪,他一直在说谎。

他说:“爱妮斯,你听我说。昨晚我们两人都处于崩溃的边缘,上帝放弃了我们,让我们自生自灭,于是,我们放任彼此坠入万丈深渊。但是现在上帝再次向我们伸出了手,指引我们走上正确的道路。我们应该向前看,爱妮斯,爱妮斯。”他激动地重复念着她的名字,继续说道,“你觉得我一点也不痛苦吗?这几天,我觉得自己就像被活埋了一样,我知道我的一生都将受到这种痛苦的煎熬。但是我们必须这样做,这是为了你好,为了让你获得救赎。听我说,爱妮斯,你是很坚强的。是爱情让我们在一起,同样地,为了让你得到真正的幸福,上帝让我们经历这场考验。你会忘记我的,你要向我发誓。你是那么年轻,你今后的人生将会是完整无缺的。以后你再想起我的时候,你会觉得这只是一场噩梦,你迷失在山谷里,遇见了一个想要伤害你的邪恶生物,就在这时上帝拯救了你,因为你是值得被拯救的。现在的一切对你来说或许都是黑暗而绝望的,但是过不了多久,你会发现一切都将变得明朗起来,你会明白我现在劝你做的事是为了你好。现在你无可避免地会因一时的痛苦而饱受煎熬,然而这就像治病一样,为了痊愈,病人有时候必须经受残酷的治疗……”

说到这里,保罗打了一个寒颤,他再也说不下去了。这时,爱妮斯已经重新打起了精神,她坐在角落里,恢复成原先冷冰冰的样子,她用那双有些无神的眼睛盯着保罗,看上去就好像是墙壁上挂着的雄鹿的玻璃眼珠。保罗突然想起了他在教堂里布道时那些出神地望着他的女人。

爱妮斯似乎在等待他继续说下去,她表现得顺从而有耐心,但是只要轻轻一碰,她随时都会消失不见。实际上,保罗并没有继续说下去,于是她摇头表示否认,低声说:“不,不,事实不是这样的。”

保罗急切地反对道：“那事实是怎样的？”

“为什么你现在不像昨晚那样对我说话呢？为什么不像从前那样呢？那是因为别的原因。现在有人发现我们的事情了，或许是你的母亲。你害怕这个世界，害怕别人的眼光，而并非因为对上帝的畏惧才决定离开我。”爱妮斯说。

保罗几乎想要大吼大叫，然后痛打她一顿。他紧紧抓住她的手，那纤细的手腕似乎都有些被他扭弯了。他想阻止她继续说下去，于是他放开她的手，站了起来，说：“是的！你觉得这是不值一提的事吗？是的，我的母亲已经察觉到了一切，她对我说话，我觉得就像自己的良心在对我说话一样。你呢？你难道没有良心吗？你觉得我们应该伤害那些只为了我们而活的人吗？你希望我们一起私奔，一起生活，是的，如果我们无法放弃对方的爱的话，这并没有错。但是如果我们的私奔和罪孽会伤害到他们的话，那我们必须为了他们而牺牲自己。”

然而爱妮斯并没有完全听进他说的话，她似乎只听见了他说的几个词。她继续摇头表示反对，说：“良心？我当然有良心！我早就不是个孩子了，我的良心告诉我，如果我听从你说的这些并从心底接受的话，我会非常痛苦的，这样做也必定是错误的。但是现在该怎么办呢？一切都已经太晚了。为什么上帝没有早点开导你？为什么不是我去你家，而是你到我家里来找我？你把我当成孩子一样地玩弄我。现在我该做些什么？你告诉我啊，我该怎么办？我无法忘记你，我无法像你一样放弃自己的感情。我想自己一个人离开这里，就算你不和我一起走也没有关系。我也很想忘记你，我想离开……否则……”

“否则？”

爱妮斯没有回答，她蜷缩在角落里，浑身颤抖。一个黑影从她眼前掠过，就像是一只疯狂拍动着的黑色羽翼，她的视线变得模糊起来，她下意识地做了一个手势，像是要赶走面前的阴影。保罗在她面前弯下腰，几乎快要趴在长沙发上，他扯着陈旧的沙发罩，觉得他们中间竖起了一面高高的墙壁，这面墙壁令他快要窒息。

他无法再继续说下去了。是的，她说的有道理，事情并不是像他说的那样，事实就像那面令他窒息的墙壁，坚不可摧。他站了起来，胸口掠过一阵真切的压抑感。爱妮斯紧握住保罗的手，因为过于用力，她的手指看上去就像是弯曲的钩子。

“上帝啊，”她喃喃低语道，用另一只手蒙住了眼睛，“如果上帝真的存在，如果他想要我们分离的话，那他就不该让我们相遇。今晚你之所以会回来看我，就是因为你一直是爱我的。你以为我不知道吗？是的，我知道的。这才是事实。”接着，她抬起脸看着他，双唇颤抖着，透过她的指尖，保罗看见晶莹的泪珠在她颤动的睫毛上闪烁着。在他看来，她含泪的双眼就像是一汪深深的湖水，他为此而眩晕，被深深吸引，此刻他注视着的不再是一个女人，不再是爱妮斯，而是爱情本身。他俯下身，凑到她的脸侧，把嘴唇覆在她的唇上。

保罗觉得自己正缓缓地向下坠落，被卷入了散发着明亮光芒的漩涡深处，他仿佛看见了海底深处那彩虹般的绚丽光芒。接着他把嘴唇从她的脸上移开，他仿佛一瞬间浮上了海面，此刻他觉得自己就像一个遭遇海难的幸存者似的，趴在沙滩上，筋疲力尽，心中充满了恐惧和喜悦，但内心的恐惧最终占了上风，远远大于获救的喜悦。保罗觉得那一瞬间，一切的魔力都消失了，正因为如此，一切才变得更加美好而绚丽夺目，他再一次陷入其中。他又听见爱妮斯轻声说道:“你知道的,你知道的,我知道你会回来找我的……”

保罗不想再听她说话了,就像在安提奥斯家里他不想听女佣说话一样。当他一只手放在爱妮斯的嘴上时,她把头倚靠在他的肩上,他轻抚着她那头被灯光染成金色的秀发。她是如此娇小,她整个人都倒在他的怀里,这样的她仿佛拥有某种致命的吸引力,既可以把他拉入大海深处,也能把他捧上没有尽头的高空,他失去了最后的意志力。当他逃走时,她把自己关在那一直困住她的牢笼里,等他,她知道他一定会回来。

“你知道的,你知道的……”爱妮斯试图继续说下去,她的气息拂过他的颈脖,好像在诱惑他。保罗再次把手放在她的嘴边,她不再说话,他们就这样在沉默中等待着。接着他决定重新开始劝说她,他想决定自己的命运。是的,他的确回到了这里,但他已经不再是那个她等待的人了。他继续望着她金色的秀发,但她仿佛在离他很远的地方一样,就像那远处泛着金光的海面,依稀可以看见海难的幸存者飘浮在海浪间。

“现在你满意了。”保罗喃喃说道,“我回到了这里,这一生我都是属于你的。但是你应该平静下来,现在的你让我感到害怕。你不该这么激动,无论如何你都不该中断自己原本的人生道路。我不会再让你痛苦了,但你必须向我保证,你会像现在一样平静,好好地生活下去。”

保罗感到她的手在自己的手里颤抖着,不安地摇晃着。他知道她已经准备开始反抗他了,他紧紧地握住她的手,他想以同样的方式束缚她的灵魂。

“你要好好的,爱妮斯!你听我说,你永远也不知道今天我忍受了多少痛苦的折磨,但这是无可避免的。我剥下了自己肮脏的皮囊，直至见血。现在我在这里，我是属于你的，是的，就像上帝希望的那样，我的灵魂是属于你的。”

“你看，”保罗缓慢而费力地说道，就像是把这些话从他内心最深处艰难地掏出来一样，他对她说：“我觉得我们好像已经相爱多年，我们为彼此而快乐，为彼此而痛苦，直到相互仇恨，直至死亡。大海上的风暴和那无法平息的海浪将永远在我们心里拍打着。爱妮斯，我的爱啊，除了我的灵魂以外，你还想从我这里得到什么呢？”

她沉默了一会儿。保罗觉得她没有明白他的话，她无法理解。他看着她，觉得她离自己越来越远，他们之间隔着宛若生死一般的距离。但正因为如此，他发现自己还是爱着她的，甚至比以前更爱了，就如同垂死的人对生命的渴求和热爱那样。

她慢慢地抬起头，有些敌意地注视着他的双眼。

“你也听我说。”她说，“不要再欺骗我了。我们就不能像昨晚说好的那样一起离开这里吗？我们无法一直以这样的方式在这里生活。我知道的。”

“我知道的！”在一阵难挨的寂静中，她愤怒地重复道，“如果你想和我一起生活的话，我们今晚就离开这里。你知道的，我有钱，这些钱都是我自己的。当你的母亲和我的兄弟姐妹看到我们以真实的方式生活后，他们会原谅我们的。我们不可能像现在这样继续生活下去。”

“爱妮斯！”

“现在就回答我，走还是不走？”

“我不能和你一起离开。”

“啊，那你为什么还要回来？离我远点，滚吧！离我远点！”爱妮斯高声尖叫道。

然而保罗没有挪动脚步，他强烈地感受到爱妮斯的怒不可遏，他非常担心她。当他看见她弯下腰，他们握在一起的手被压低时，他觉得她似乎愤怒得想咬他。

“滚吧，滚！”她继续说道，“不是我派人叫你来的。既然你说我们需要坚强，那你为什么还要回来？为什么还要吻我？啊，如果你觉得你可以玩弄我的话，那你就大错特错了。如果你觉得白天写那样一封羞辱我的信，晚上还可以来这里找我的话，那你就是错上加错了！就像你今晚来见我一样，明晚和以后的每一晚你都会来，最后我会被你折磨疯的。但是我不想这样，不，我不想这样！你说我们应该纯洁而坚强。”爱妮斯继续说道，她衰老的脸上写满了悲惨的神情，她的脸色变得如同死人一样惨白，“现在我只说这一次，你错了！滚吧！滚得远远的！你知道的，就是现在，就是今晚！明早醒来之后我就不会再为等你而感到恐惧，也不会被你如此地羞辱了！”

“上帝啊，上帝！”保罗哀号道，他在她面前弯下身子，然而她推开了他，说：“你觉得你是在和一个小孩说话吗？就在这几个小时的时间里，我已经变老了，这都是你害的。什么生命的道路啊！就是像这样继续私通、继续躲躲藏藏地偷情对吧？然后你为我和我的丈夫举行婚礼，你打算看着我们、欺骗世人一辈子吗？滚，快滚！如果你一定要这样的话，那就当你从来没有认识过我好了。昨晚你说：‘是的，我们私奔吧，我会去找一份工作，然后我们结婚。’你是不是这么说的？然而今晚你却来这里和我说什么上帝和牺牲。好的，那么我们分手吧，一切都结束了。但是我再说一遍，你今晚就得立刻离开这个村子！我再也不想看到你了。如果明早我去教堂的时候，我又看见你在做弥撒的话，我一定会走到圣坛上告诉所有人，这就是我们的圣人，白天他创造奇迹，晚上他却去引诱那些单身的女孩子！”

保罗企图用手捂住她的嘴，但她继续不断地大声地说：“滚啊，快滚！”他抓住她的头，紧紧地把它靠在自己的胸前，惊恐地看向关着的门。母亲的话仿佛依旧在黑暗中悄悄地回响着：“老神甫坐在我身边对我说：‘我马上就会把你和你的儿子从这里赶走的。’”

“爱妮斯，爱妮斯，你疯了！”他靠在她的脖子边呻吟着，她则不停地挣扎着，想要逃脱他。“冷静点，听我说，我们没有失去任何东西。你没有感觉到我是多么爱你吗？我比从前更爱你了。我不会离开的，不！我想在你的身边拯救你，我会把我的灵魂奉献给你，就像当我死去的时候会把我的灵魂交给上帝一样。你知道从昨晚到现在我忍受了多少痛苦吗？我不断地逃避着，就像一个身上着火的人不停地跑，觉得这样可以把火熄灭，然而火苗却越来越高。我今天几乎走遍了村子的每一个角落，为了不回到你身边，我什么方法都想尽了！然而我现在还是回来了，我就在你身边，爱妮斯，我怎么可以不回来呢？你听到我说的话了吗？我不会背叛你的，我也永远不会忘记你！我不想忘记你啊！但是我们必须保持纯洁，爱妮斯，我们必须保持这样的状态，我们的爱才能成为永恒，我们的爱才能和这个世界上最美好的东西结合在一起，和痛苦、放弃、死亡以及上帝合为一体。你明白我说的这些话吗，爱妮斯？是的，你明白的，快告诉我你是明白的！”

爱妮斯企图推开他，她用头狠狠地撞着他的胸口，直到她成功地从他的怀里挣脱出来，然后她挺直了身子，浑身僵硬，如同绸缎一般的秀发垂在脸的两侧，她的脸上露出痛苦而僵硬的表情。她紧闭着嘴，双眼低垂，看上去仿佛睡着了，她的梦里充满了各种复仇的场面。他内心的恐惧不断膨胀着，比起她大喊大叫、激动得无法自制的样子，他更害怕她现在这样沉默不语、一动不动的模样。

他重新抓起她的手，紧紧地握在自己的手里，然而他们握在一起的手已然失去了力量，也不再有爱。

“爱妮斯，你听我的话吧！你要好好地生活下去，我马上就会离开这里，你平静一点，好好休息，明天我们都将开始新的生活。只要你想，我们就依然可以见面。我将成为你的朋友、你的兄长，我们相互支持对方。我的生命是属于你的，任由你处置。我会一直陪在你身边，直到死亡，直到死后的世界，直到永恒。”

保罗乞求的语气再次令她怒火中烧。她扭紧了自己被握住的手，张了张嘴想说些什么。后来保罗放开了她，她把手放在膝上，垂下头。她全身的每一根神经都被痛苦侵袭着，她的脸上也露出痛苦的表情，表情里透出可怕的绝望。

保罗继续看着她，就像看着一个垂死的人一样。他感到越来越恐惧，他挪动到她的脚边，靠在她的膝前，吻她的手。对他来说，她看不看他、听不听得进他的话都已经无关紧要了。他就在这里，在他深爱的女人的脚边，感受到她的痛苦，就像依偎在圣母膝上的基督耶稣一样。他觉得自己的内心从未像现在这样纯洁，这样远离尘世，然而他的内心还是充满恐惧。

爱妮斯依旧一动不动，双手冰冷，她对保罗那如同死人一般冰冷的吻无动于衷。保罗抬起头，继续说谎：“我要感谢你，爱妮斯。现在这样就很好，我已经很满足了。我们已经通过了上帝的考验，现在请你平静下来，我马上就离开这里。”接着他有些局促地弯下腰，低声说道，“明早你来参加弥撒，我们将一起为上帝做出牺牲。”

她再次睁开眼睛，看着他，接着又闭上了眼。她仿佛受了某种致命伤似的，她就像是在长眠之前最后一次睁开双眼，眼里流露出乞求而可怕的目光。

接着她说："今晚，请你立刻离开这里，走得越远越好，我再也不想看到你。"她说话时的每一个音节都发得非常清晰，这让保罗觉得至少在短时间之内他是无法说服爱妮斯的，她已经失去理智，再怎么劝说也无济于事。

"我不能就这么离开。"保罗低声说道，"明早我将在教堂做弥撒，你要来听，在这之后，如果有必要的话，我会离开的。"

"是的，明早我会去的，我会在众人面前揭发你。"

"如果你这么做的话，那就是上帝的旨意，但你不会这么做的，爱妮斯。你可以恨我，但我不会再打扰你了，再见！"

但保罗还是没有离开。他浑身僵硬地站在那里，从高处俯视着她，她柔软的秀发在阴影里散发着美丽的光泽，他是多么爱她那头美丽的秀发啊！他曾无数次温柔地抚摸它们，他会因此而心生同情，他觉得它们就像是包扎在受伤的头上的黑色绷带。

他最后一次问她："爱妮斯，我们就这样分开吗？"接着他又说，"站起来，把手给我，帮我把门打开吧。"

爱妮斯站了起来，仿佛听从了保罗的安排，然而她没有向他伸出手，而是直接向门口走去，然后站在门边等待着。

"我还能做些什么呢？"保罗在心里问自己。他非常清楚现在已经没有任何办法能够平息她的怒火了，除非他再一次拜倒在她的脚下，与她一起犯下罪孽，一同堕落。

但是他不想这样，他不想再做这样的事情了。他一动不动地站在原地，垂下眼睛，逃避着她的目光。当他重新抬起眼时，她已经不在那里了，她消失了，仿佛被这寂静的房间里无尽的黑暗吞没了。

挂在墙壁上的鹿头仿佛正用它们的玻璃眼睛悲伤而又嘲讽地看着他。在他等待的这一刻，当他独自站在这笼罩着悲伤的空空荡荡的大房间里时，他深切地感受到自己所有的不幸和耻辱。他觉得自己就像一个小偷，或许连小偷都不如，他被邀请到这座寂寞的房子里，利用这里的隐秘行窃。

接着他再次垂下眼睛，避开墙壁上鹿头的目光。然而他不再有任何的犹豫。尽管他仿佛听见女人凄厉而恐怖的尖叫声在整个安静的房子里回荡，但他一点也不后悔，不后悔拒绝了她。

他又等了一会儿，没有任何人出现。他觉得自己仿佛陷入了死亡的世界，到处都是他的梦想和错误，他等待着有谁会带他离开这里，然而还是一个人都没有。于是他走到果园门前，穿过那条狭长的小路和路边的矮墙，在无花果树的阴影下，从那扇他熟悉的小门里走了出去。

十四

保罗回到家里，他再次走上那漆黑的楼梯。危险已经过去了，至少他已经克服了对危险的恐惧。

当他经过母亲的房门前，他停了下来，他觉得最好还是立刻把他和爱妮斯谈话的结果告诉她，把爱妮斯对他的恐吓告诉她。但是他听见屋里传来她的打鼾声，于是他离开了，母亲已经睡着了，她信任她的儿子，她相信他会安然无恙地回来。

安然无恙？保罗回到自己的房间，就像刚从一场糟糕透顶的旅行中回来一样。他环顾四周，一切都是那么安静而整洁，他踮着脚开始换衣服，不想破坏这里的宁静。

接着他把衣服挂在衣帽架上，黑色长袍在墙壁的阴影间显得更加阴暗。他把帽子放在细长的木制衣架顶端，长袍柔软的袖子慵懒地垂在地板上。

他忧郁而空虚的灵魂就像被吸血鬼吸干了血一样干瘪，这令他感到异常恐惧。他觉得自己刚从罪恶的阴影里解脱出来，然而他的罪孽依旧在等待着他，等待明天和他一起暴露在光天化日之下。

某一刻，他意识到自己很害怕再次坠入噩梦里。他还没有获得救赎，他还需要熬过一个夜晚，就像还要与汹涌的大海做最后的斗争一样。

他已经累了，他的眼皮沉重地垂了下来，但是某种莫名的焦虑却让他无法以任何方式休息，他无法躺倒在床上，甚至无法坐下。他继续在房间里来来回回地走着，不时停下做一些他平时不会做的小动作，他慢慢地打开一个个抽屉，想看看抽屉里放了些什么。

他走到镜子边，看见了自己的模样。他脸色发灰，嘴唇发紫，双眼深陷。“好好地看看你自己吧，保罗。”他对镜子里的自己说道，接着稍稍后退了一步，好让光线更加清晰地照在镜子上。同时，镜子里的他也向后退了一步，看上去像是要逃跑。他凝视着他的影像，看着那双放大的瞳孔，突然间产生了一种奇怪的想法，他觉得或许镜子里的那个人才是真正的保罗，他不会说谎，他苍白的面孔完全暴露了他对翌日的恐惧。

“为什么我要自欺欺人、装出一副镇定的样子呢？我心里根本无法平静。我应该听从她的意愿，今晚就离开这里。”

接着他稍稍镇静了些，走到床边，扑倒在床上。他闭上眼睛，把脸埋进枕头里，他觉得这样可以更清楚地看见自己内心深处的良知。

“是的，我应该今晚就离开这里。耶稣要求我们一定要避免丑闻的发生。我最好还是叫醒母亲，告诉她今晚发生的事情，或许我们可以一起离开。她会再次带我离开，就和小时候一样，这样我就能重新开始新的生活了。”保罗想着。但他又觉得一切的想法都只是一时激动，他没有勇气把他所想的那些事情付诸行动。

那么然后呢？实际上，他心里相信爱妮斯是不会把她的威胁付诸行动的。那么他为什么还要离开呢？现在，对保罗而言，回到她的身边与她一同堕落已经不再是一种威胁。他已经通过了这场考验。

于是他再次兴奋起来，他似乎听到了这样的声音：“但是你应该离开这里，保罗。快去叫醒你的母亲，然后一起离开。你感觉不到是谁在和你说话吗？是我啊，我是爱妮斯。你觉得我真的不会在众人面前揭发你吗？或许我不会那么做，但我还是希望你离开这里。你觉得你已经摆脱我了吗？不，我会一直躲在你的心里，在你的生命中埋下厄运的种子。如果你还是坚持留在这个村子里的话，我就永远也不会放过你。我会变成你脚下的影子，变成你和你母亲之间的高墙，变成你与你自己之间的高墙。快滚吧！”

他试着让她镇静下来，其实是为了让自己的良心得到宽慰。

“是的，我会走的，你听见了吗？我走，我们一起走，你会一直在我的心里，比我自己更有生命力。镇静点吧，不要再折磨我了。我们会在一起的，我们会一起远行，直到永远。当我们四目对视、双唇相接时，我们就已经远离彼此了，我们分离了，成为敌人。只有现在我们才会真正的结合，伴随着你的怨恨，以及我的忍耐和放弃。”

接着，他被一阵强大的倦意包围了。他听见窗外传来一阵低低的哀叹声，持续不断，就像一只鸽子在寻找它的同伴时发出的声音一样。保罗觉得，这充满了痛苦和欢愉的哀鸣仿佛是夜晚本身发出的悲叹。夜晚笼罩在皎洁的月光下，洁白的月光温柔而朦胧，空中散落着如同羽毛般小小的云朵。后来他意识到那其实是他自己发出的哀叹声，但困意已经令他平静下来，无论是恐惧、痛苦还是回忆都渐渐远去了。他觉得自己仿佛真的骑在马上远行，走在高地的小径上。一切都是那么安静而清晰，透过巨大的黄色楷木，他隐约看见一片被嫩绿色的小草覆盖着的林间空地，温和的绿色使他的目光放松下来。几只鹰停在岩石上，凝视着空中的太阳。

突然间，警卫出现在他面前，向他行礼，接着把一本书摊开放在保罗的马鞍上。保罗重新开始读圣保罗的《哥林多人》，正好接着他昨晚读到的地方往下读："上帝知道贤人们的思想，他也知道那些思想都是虚妄而徒劳的。"

星期天的弥撒比平时晚一些，但保罗还是会一早就去教堂，听那些想在弥撒之后领取圣餐的女人们的忏悔。于是母亲像往常一样来叫他起床。

保罗已经睡了几个小时了，他睡得很沉，一夜无梦。他醒来后什么都不记得了，一片混乱中，他只想再次入睡。但敲门声一直响个不停，一瞬间他想起了一切。他立刻从床上跳了起来，恐惧令他浑身僵硬。

"爱妮斯就要去教堂在众人面前揭发我了。"他如此想着。

他也不知为何，当他睡着的时候，他深信爱妮斯一定会像她威胁的那样，去揭发他。

保罗浑身无力地倒在椅子里，膝盖已经失去了知觉。一阵模糊的云雾仿佛使他的思维变得混沌起来，他觉得现在去阻止丑闻还不迟。他可以装病不去做弥撒，从而争取时间去安慰爱妮斯。但只要一想到如同昨天一般的悲剧还要再度上演，他就变得更加焦虑起来。

保罗站起身来，透过玻璃窗，他的额头面朝着天空。他在屋子里踱步，脚步重重地落在地板上，他想从那全身血液冻结般的麻木中解脱出来。然后他开始穿衣服，他把腰带紧紧地系在衣服里，就像是猎人们束紧子弹袋裹进大衣里，准备去山里打猎一样。

最后，当他大敞开窗户、把身子探出去的时候，他觉得在黑夜的噩梦过后，他终于再一次睁开双眼看见了白昼的光明，终于从他自身的牢笼里解脱出来，与外界的事物再次和睦相处，然而这种和睦是如此不自然，其中隐藏着太多的怨恨。他退回屋里，窗外清新的空气流进温暖而散发着香味的房间里，他再次被深深的焦虑感困住了，动弹不得。于是他选择再次逃避，他思考着该对母亲说些什么。

他仿佛听见母亲用略带沙哑的声音驱赶着那群企图跑进餐厅里的母鸡，还有它们的羽毛飞舞的声音，他仿佛闻到餐厅里咖啡煮开时的香味和屋外嫩绿的小草散发的气息。

高地下的某条小巷里，一群山羊向草场走去，发出一阵叮叮当当的响声。单调而沉闷的钟声仿佛发出一阵孩子般愉快的回声，安提奥斯正站在小教堂的钟楼上敲钟，以此唤醒熟睡的人们，邀请他们来教堂参加弥撒。

一切都是如此安静而祥和，在晨曦的笼罩下，世界万物都淡淡地涂上了一层玫瑰色的微光。保罗不禁想起了自己的梦境。

什么都阻止不了他走出家门，然后走进教堂，重新开始他的生活。然而他再次感到深深的恐惧，他恐惧前进，也恐惧后退。

他觉得自己仿佛正站在生命入口的边缘，就像站在山峰的最高处一样，再向上前行，他已无能为力，向下则是无尽的深渊。那一刻，不可言喻，他感到心脏剧烈地跳动着，发出咚咚的巨响。他觉得自己仿佛真的站在深渊前，溅起泡沫的激流在漩涡中翻滚着，不停地奋力旋转，没有任何理由，拍打着跟随在它身后的水流。

保罗觉得自己的心脏仿佛也正在生活的漩涡里徒劳地旋转着。他关上房门，坐在小楼梯上，就像昨晚母亲坐在那里一样。他已经放弃凭借自己的力量来解决问题了，只想等待别人的帮助。

母亲发现他坐在楼梯上。他一看见母亲就立刻站了起来，再次鼓起了勇气，但内心深处还是觉得有些羞耻，他很确信，母亲是希望他坚持他已经选择的那条路的。

然而一见到保罗，母亲那粗糙的面孔立刻就变得苍白，几乎露出了悲痛欲绝的表情。

“保罗！你为什么坐在这里？你不舒服吗？”

“母亲，”保罗走向门前，没有回头，说道，“昨晚我回来太晚了，所以不想叫醒您。我的确去找爱妮斯了，我去了。”

母亲看着他，脸色已经恢复了平静。在一阵短暂的平静之后，他听见窗外传来一阵急速而且持续不断的钟声，就像在屋子的正上方响起一样。

“她很好。她只是有些激动，她要求我立刻离开村子，否则，她威胁我说，她要去教堂里在众人面前揭发我的丑闻。”

母亲沉默着，然而保罗似乎感到她正支撑着他那僵硬的肩膀，就像他小时候刚开始学走路时一样。

“她希望我昨晚就离开，否则的话她今天早上就会去教堂……但是我不怕她，而且我也不信她会去。”保罗继续说道。接着他再次打开门,银色的微光晃动着洒在灰色的入口处,看上去仿佛抓住了他和母亲,要把他们拖进外面的亮光里。

保罗头也不回地向教堂走去,母亲站在门前,看着他的背影离她越来越远。她没有张开嘴,但她的下巴不由自主地微微哆嗦着,她再次感到心绪纷乱。突然,她回到楼上,走进自己的房间里,匆匆换上衣服,她也准备去教堂。她也紧紧地系上腰带,踏着重重的脚步走出门。在出门之前,她没有忘记再次赶走那群母鸡,把咖啡壶从火上拿走,然后关好门。最后,她用头巾紧紧地包住自己的下巴和嘴,因为无论她再怎么努力,她的下巴都依旧不由自主地颤抖。

就这样,她用眼神向路人致意,几个女人正从村里向高地上的教堂走来,老人们已经站在空地的围栏边,他们头上戴着帽顶尖尖的黑色风帽。远方地平线周围的天空已经染上了一层玫瑰色的红晕。

十五

这时,保罗已经走进了教堂。

几个前来忏悔的人已经在教堂里等待着了,他们围在忏悔室边,当别人都坐在长凳上等待时,有些早早来到教堂的人就已经占据了位置。还有些早起的孩子围在妮娜·玛西亚身边,她跪在圣水钵下,仿佛正在用她那恶魔般的小脑袋忍受着这一切。神甫心不在焉地走了过来,不小心撞到了他们,认出妮娜后,他立刻恼怒起来,因为妮娜的母亲故意选了一个很好的位置,好让所有人都能看见她们。对保罗而言,她既像是阻碍他前进的绊脚石,又像是对他无声的责备。

“请你们立刻离开这里!”保罗大声说道,他的声音在整个教堂里回荡着。孩子们围成的圈子立刻松散开,他们迅速地转移到别处,但依旧把妮娜围在中间,同时让教堂里所有的人都能看见她。

教堂里所有的女人一边继续祈祷,一边把她们裹着头巾的大脑袋转向妮娜,她似乎已经成为这个原始的小教堂的偶像了。教堂里充斥着一股乡野的气味,被乡村晨曦染成玫瑰色的尘埃在空气中飞舞。

保罗径直走过去,但他越发感到焦虑不安。他的长袍轻轻掠过爱妮斯常用的那张凳子,那是一张雕刻精细的古老的家庭跪凳。他目测着从这里到圣坛的距离。

“当我看到她站起来实施那可怕的计划时,我应该会有时间撤回到圣器收藏室里的。”保罗一边想,一边浑身颤抖着走了进去。

为了帮他更衣,安提奥斯从钟楼上匆忙地跑了下来,他站在敞开的衣柜边等他,表情严肃,脸色和平时一样苍白,几乎带着某种悲剧性的色彩。昨晚当他被告知今后也将承担起神圣的使命时,他的内心就充斥着难以言表的喜悦。他努力掩饰自己的表情,从钟楼下来之后,他那精神焕发的脸庞微微颤抖着,在那低垂的眼皮下,他的双眼正闪烁着喜悦的光芒,为了阻止自己笑出声来,他紧闭着嘴,咬紧了牙。他的心脏剧烈地跳动着,这个早晨对他来说就像是节日一般,他被阳光、低语和幸福所包围。然而,当他帮神甫整理白色法衣袖口的饰边时,安提奥斯抬起的双眼变得黯然失色了,因为他感觉到神甫藏在袖子下的手正在颤抖着,那张令他崇敬的脸也显得苍白而不安。

“您哪里不舒服吗?”安提奥斯问。

是的，他感觉很糟糕，尽管保罗摇了摇头表示他没事。他感到嘴里渗出口水，那咸涩的味道就如同血水一般。然而，他不安的内心深处又萌生出这样的希望，他想："我马上会倒下死去的，我的心会变得粉碎，如果这样的话，一切都会结束了。"

保罗重新走下去接受女人们的忏悔，他看见母亲站在教堂中殿的尽头，她跪在门边，浑身僵硬，一动不动，看上去仿佛正在监视着教堂的入口和里面的一切情况，就算发生塌陷，她似乎也已经做好了前去支撑的准备。

但保罗已经无法再次鼓起勇气了，他内心萌生的死亡念头越发强烈，紧紧勒住他的五脏六腑，使他的心脏几乎停止跳动。

当他走进忏悔室时，他稍稍镇静了些。他觉得自己仿佛已经被关进了坟墓里，但至少他现在是躲了起来，可以在隐蔽处观望自己的恐惧。木栅栏里传来女人们的轻声低语，她们温热的呼吸就像是蜥蜴爬过高地草地时发出的窸窣声。爱妮斯也曾来过这里，在隐蔽的小房间里，保罗曾无数次想起她。年轻女人穿着散发着薰衣草花香的舞会衣裙，经过焦虑不安的他的身边，她们的气息以及头发的香味都激起他更加强烈的情欲。

他原谅了她们所有人的罪过，他想不久之后他或许也需要她们的宽恕。

接着他再次焦虑起来，他很想走出去看看爱妮斯有没有来。长凳上还是空无一人。或许她根本就不会来。以前，她有时会来到教堂的尽头处，倚靠在女佣帮她带来的椅子上。保罗转过身，只看见母亲那僵硬的身影。他跪下开始做弥撒，他觉得自己的灵魂仿佛也在上帝面前弯下了腰，穿着用他的罪恶编织的衣服，就像他现在穿着白色法衣、戴着长巾一样。

当他每次需要转身为信徒们祈神赐福时，他都强迫自己闭上双眼，不再向后看。他觉得自己仿佛在一座陡峻的小山上不断地向上攀登着，每当他需要转向信徒们、扭过头时，他都感到一阵轻微的神经痉挛，接着他闭上眼，就像不想看见自己脚底的深渊一样。但透过他颤抖的眼皮，他仿佛看见在教堂灰色墙壁的背景下，爱妮斯黑色的身影出现在那张雕刻得很精致的长凳边。

爱妮斯真的来了，她穿着一身黑色的衣服，黑色的面纱遮住了她洁白的皮肤。她戴着黑色手套的手里拿着一本祷告书，书上镀金的扣环在指间闪闪发光。她看上去好像正在读书，但她连一页纸也没有翻动。女佣跪在她身边，头顺从地靠在长凳边。她时不时地抬起那双忠诚的眸子看着她的女主人，就好像知道她的悲伤一样。

他从圣坛上向下看去，俯视着众人，他不再抱有任何希望，尽管他的内心告诉他爱妮斯不可能像她说的那么做的。当他翻动着福音书时，一阵哽咽让他说不出话来，他再次发现自己浑身是汗。他必须用手扶着书，因为他觉得自己快要晕厥。片刻之后他又恢复了常态。

安提奥斯观察着他，他察觉到保罗的脸仿佛是一具死尸，正在渐渐腐烂。他站在保罗身边，随时准备上前扶住他。他时不时地瞅一眼那些站在栏杆前满脸胡须的老人们，观察着他们有没有发觉神甫的异样。

没有任何人察觉到保罗的异样。母亲一动不动地跪在自己的位置上，祈祷并等待着，完全没有发现他的不适。

安提奥斯关心地走到他身边，保罗察觉到后，有些惊恐地看着他。安提奥斯用充满活力的眼神注视着他，迅速地眨了眨眼，仿佛在对他说："我在这里呢，您尽管放心地往前走吧。"

于是保罗向前走去，就像行走在他即将受难的悬崖峭壁边。

一些血液重新流回他的心脏，神经也渐渐放松下来，实际上他已经彻底绝望了，已经放弃了与危险抗争的最后机会，就像是遭遇海难的人放弃挣扎一样，因为他已经再也没有力气与海浪搏斗了。

他转过身，睁开双眼，对信徒们说：“上帝与你们同在。”

爱妮斯依旧在那里，俯身读着那本一页都没有翻过的书，镀金的扣环在半明半暗的光线中闪烁着。女佣跪坐在她脚边，所有的女人，包括保罗的母亲，都坐在自己的脚后跟上，她们再次弯下腰鞠躬跪拜。神甫刚刚把书放到一边，她们就稍稍抬起了膝盖。

保罗把书放到一边，再次缓慢地做着手势开始祷告。他依旧深陷绝望中，他想着爱妮斯或许会陪伴他到受难的十字架下，就像抹大拉的玛利亚一样。再过一会儿，她或许就会走上圣坛，他们或许还会再相遇一次，在他们的错误的顶峰，赎偿他们共同的罪孽。

如果她为了惩罚他而来，如果她的恨意其实都是因为爱的话，他又如何能恨她呢？

他领了圣餐，喝了小小一口葡萄酒，酒就像鲜血一样流进他的体内，滴在胸腔里。他觉得自己仿佛变得坚强起来，再次振作起来，心里充满了上帝赐予他的力量。

当他向信徒们走去时，在一片低下的脸庞中，他再次看见爱妮斯的身影，爱妮斯跪在她的凳子上一动不动。她也俯下身，把头埋在双手间，或许她正在为之后的行动鼓起勇气。突然间，保罗对她产生了强烈的同情，他很想走到她的面前，原谅她的罪孽，把圣餐递给她，就像递给一个奄奄一息的人一样。保罗也鼓起了勇气，但当他走近她时，他的手指不禁颤抖起来，就像是触碰到了女人的嘴唇。

十六

圣餐刚刚结束，一位年老的村民唱起了一首赞美诗。信徒们随着他的曲调低声唱起圣经里的诗句，接着又高声重复了两遍对唱部分。

这是一首原始而单调的歌曲，就像刚刚在树林里安家的人类最为原始的祈祷一样古老，就像荒无人烟的海面上翻滚的海浪一样古老。然而黑色的长凳周围传来一阵低语声，他不再唱歌。爱妮斯觉得自己仿佛在夜里呼吸急促地跑过一座原始森林，然后从黑暗中走出来，突然看见面前是一片大海，沙丘上开满了野百合，野百合被晨曦染上一层金色的光泽。

某种东西仿佛从她的体内深处再次涌了上来，她觉得她的五脏六腑已经挤到了嗓子眼。她周围的一切仿佛都彻底颠倒了过来，她就像是倒立着走了很久一样，现在终于回到了原先的正常状态。

她的心里再次浮现出关于她、关于她家族过去的种种回忆，她仿佛听见老人和女人们的歌声；听见奶妈和用人们的声音；听见修建并装潢她的房子的工人们以及帮她种植果园、为她织布做成饰带的人们的声音。

她该如何在那群人面前控告神甫呢？他们一直都把她视为最纯洁的女主人，在他们的眼里，她甚至比那站在圣坛上的神甫还要纯洁。

爱妮斯也感受到了上帝的降临，上帝存在于她的身边，也存在于她的内心和她本身的激情里。

她很清楚她已经遭受了她本想让保罗承受的惩罚。但现在仁慈的上帝正通过老人们、女人们以及天真无邪的孩子们的声音与她严肃地对话，他劝告她，她应该让自己获得救赎。

在人们的歌声中，从前那些孤独的日子在她眼前一一闪过。她从小女孩长成少女，最后成为女人，她一直生活在这座教堂里，一直跪在这黑色长凳上祈祷，她的先辈们也曾在这里祈祷，这些场景在她的脑海里重现。其实这座教堂从某种意义上来说是属于她的家族的，教堂是她的一位女祖先建造的，传说教堂顶上的圣母像就是她的一位先人从野蛮的海盗手里夺下并带回村里的。

爱妮斯就是听着这样的传说出生并长大的，她从小成长在一种崇高的氛围中，这把她和阿尔的其他村民们分开了，她被丢在了村子里，被关在其中，就像是贝壳里的珍珠。

她如何能在这群人面前揭发保罗呢？

但正是因为她作为女主人的自觉，保罗在教堂这种神圣的场所里出现使她更加无法忍受，他明明是一个罪孽深重的人，现在却戴着圣人的面具，高高地站在圣坛上，手里拿着圣器，容光焕发地站在高处俯视她，而她则跪在他的脚下，因为爱上他而负罪。

爱妮斯的心再次因为愤怒和焦虑而膨胀。在黑暗的笼罩下，人们的歌声使她不由自主地颤栗着，她就如同不幸坠入了深渊里，正在苦苦哀求着得到拯救和公正。现在上帝忧郁而严肃地与她对话，命令她把她说谎的仆人从圣殿里驱逐出去。

她脸色变得苍白，浑身直冒冷汗。她的膝盖在长凳上颤抖着，她抬起头，定定地注视着圣坛上的神甫。她觉得一道诅咒的气息仿佛从她的嘴里吹向保罗，包围在她身边的寒冷也立刻把他笼罩起来。

保罗感觉到了那死神般的气息。

就像一月每个严寒的清晨一样，保罗的指尖就像结了冰一样冰冷，后颈的一阵哆嗦让他摇晃得更厉害了。当他转过身为信徒们祝福时，他看见爱妮斯正注视着他。那一瞬间，他们的目光相遇了，他就像沉入水底的溺水者一样，在那一刻，他想起他之前人生所有的快乐，他发现他唯一的快乐来自于她的爱，来自他们初遇时她看他的眼神，来自她给他的第一个吻。

他看见她举起了手里的书。

“我的上帝啊，愿您的旨意与我们同在。”他跪着哀叹道，他就像真的跪在耶稣曾经做过祷告的橄榄园里似的，即将迎来他那无法回避的命运。

他一边大声地祈祷，一边等待着。在信徒们的低语中，他似乎听见爱妮斯向圣坛走来的脚步声。

“她来了……她从长凳上站起来，正向圣坛走来。她来了……她正在行走，所有人都看着她。她就站在我的身后。”

这样的场景不停地浮现在他的脑海里，他仿佛着了魔一样，以至于讲不出话来。他看见安提奥斯已经开始熄灭教堂里的大蜡烛，他突然间再次转过身向后看去，这一次他不再有任何怀疑。是的，她就在那里，在他的身后，在圣坛的台阶上。

他站了起来，他的脑袋似乎就要碰到拱门了，他觉得自己仿佛快要被碾碎了。他的双腿再次颤抖起来，但他还是努力地重新走上台阶，走向圣坛，再次拿起圣体盒。

他转身准备回到圣器收藏室里。他看见爱妮斯已经从长凳边走到了栏杆前，正准备走上台阶。

“上帝啊，您为什么不让我死去呢？”

保罗在圣体盒前低下头，他仿佛把苍白的后颈暴露在即将挥向他的斧子面前。

当他向圣器收藏室的门口走去时，他看见爱妮斯也弯下了腰，跪在栏杆下的阶梯上。

她的脚撞在了栏杆下的第一级台阶上，就像是她的面前突然间竖起了一道城墙，她在它面前弯腰跪下。她无法超越这道墙向前走去。一层厚厚的面纱模糊了她的双眼。

过了一会儿，她再次向台阶上看去，圣坛下铺着暗黄色的地毯，华丽的圣坛上，灯已经亮了。

但神甫却不见了踪影，一道倾斜的阳光照射进来，穿过他本该在的位置，在地毯上印上一块金色的光斑。

爱妮斯在胸前画着十字，然后站起来向门口走去。女佣跟在她的身后。老人、女人和孩子们都纷纷回头看着她，他们冲她微笑着，用眼神祝福她，她就像是他们所有人的女主人，是他们心目中美丽和忠诚的象征。她与他们的距离是那么遥远，但她还是身处他们中间，身处他们的贫苦之间，就像是一朵盛开在荆棘中的野玫瑰。

在出门之前，女佣用指尖沾了一点圣水，她在门前弯下腰，用手帮爱妮斯拍掉衣服上的灰尘，那是她跪在圣坛的台阶上留下的。

当她直起身子时，她看见爱妮斯脸色惨白地看向教堂角落里的神甫的母亲。她一动不动地坐在墙壁面前，头低垂在胸前，就像是害怕墙壁倒塌而努力地支撑着它一样。

一个女人察觉到爱妮斯和女佣的目光，也转过头向母亲看去。接着，她猛然挪动到母亲身边，低声叫她，并用手抬起她的脸。

母亲半闭着双眼，目光无神，她的瞳孔向上翻着，已经失去了光泽。她的念珠从手中落下，头垂在扶着她的女人身上。

“她死了！”女人大喊道。

一时间，所有人都站了起来，所有人都涌到了教堂的尽头。

此时，保罗已经和安提奥斯一起回到了圣器收藏室里，他把福音书再次送了回去。

他颤抖着，或许是因为寒冷，又或许是因为快乐。他觉得自己真的像一个从海难里死里逃生的人，现在他需要活动身体取暖，让自己相信一切都只是一场梦。

一阵模糊的声音从教堂里传来，一开始声音很轻，后来就变得越来越大。安提奥斯从门边伸出头，看见人群静止般地聚集在教堂的尽头，就像是大门被堵住了一样。但一个走上圣坛台阶的老人悄悄地向他示意道：“神甫的母亲不太舒服。”

保罗飞奔下去，还穿着白色法衣，他跪倒在地，紧贴着人群，想更清楚地看看母亲，她躺在地板上，头垂在一个女人的膝上。

“母亲！母亲？”

母亲的脸已经僵硬了，一动不动，她半闭着双眼，为了不让自己喊出声来，她的牙齿依旧紧紧地咬在一起。

保罗立刻明白了，母亲是因为他的罪孽而死的，因为那种他同样感受到的恐惧而死去了。他克服了那巨大的恐惧，但母亲没有。

当他抬起双眼，在身边混乱的人群中与爱妮斯的眼神相遇时，他也咬紧牙关，努力让自己不要大喊出来。

奥涅斯托

天色渐暗，几艘帆船停歇在码头边。在风平浪静的黄昏时分，黄色的船帆犹如一件件黄色的长袍，披在红色的桅杆上。然而这时，一张又一张赭色的渔网开始忙活起来，它们纷纷从空中飘入水里，不一会儿，被夕阳染红了的蛤蜊和鱼便成群结队地落入陷阱里了。

在这个小渔村里，所有人的身心似乎都在无休无止地随风行进着，但今天的黄昏却特别宁静，宁静得有些不同寻常。海面上波澜不惊，如一面镜子清晰地映照出捕鱼船的轮廓，鲜艳的色彩如夏天绚丽的蝴蝶般轻盈地飞舞在碧蓝的河水里。一对对情侣静静地在河岸边漫步，他们的倒影浮在水面上，一刻也不落地跟随在他们身后，眼前的景色美得有些不真实，似乎只有在他们的梦境里才会出现。

海湾附近那一带人烟稀少，颇为荒凉。一眼望去，远方的海湾尽头处只剩一个孤零零的黑色身影和一位坐在船头的渔夫。渔夫已经上了年纪，但身体看上去仍然很壮实，不同于海边其他的劳动者。他穿得像典型的赤脚落魄水手，衣衫褴褛，不修边幅。他那黝黑的皮肤沐浴在血色的夕阳的余晖中，更多了一些沧桑。他的脚边伏着一只小狗，浑身雪白，体积甚至还没有他的脚大。他一边弯下腰给那只小狗喂食，一边嘴里还对它絮絮叨叨着些什么。小狗好像能听懂他说的话似的，时不时地抬起头，用两只红色的小眼睛看着他；当他抚摸它身上的毛时，它就用舌头舔舔他的手。

“这只小狗多大了？”我走近他，站在码头上问道。

渔夫似乎因为他的小伙伴受到关注而感到有些受宠若惊，他推了推他的帽檐，回答道：

“五十天。”

“长了五十天了，竟然只有这么小。它应该还会继续长个儿的。”

“不，夫人，它不会再长大了。”

“它爱叫吗？”

“不，它通常很安静。”

“那你养它做什么呢？”

渔夫一时不知该如何回答。过了一会儿，他说：

“它长得很可爱，不是吗？”

说完他便笑了，快乐的笑声发自肺腑。

只是因为它很可爱，这便是最好的理由了。此刻一丝幸福感涌上了他的心头，因为他终于知道自己为什么要养这只小狗了。

与此同时，那个近乎定格在波光粼粼的大海背景里的黑影转过身，走了过来。随着身影的逐渐放大，一位拄着拐杖的驼背老妇人逐渐进入了我的视线。她步履蹒跚，似乎疲惫不堪，但仪表仍然十分端庄，她那在夕阳的照射下泛着红光的脸蒙上了一层白色的面纱，宽大的额头上满是皱纹，犹如浪潮退去后沟壑纵横的岸滩，但额头下面那一双碧蓝的眼睛却依旧明亮动人。

她在经过我身边时停下了脚步，朝我打了个招呼，然后面带微笑地看着那只小狗。小狗见到她后使劲地摇摆着尾巴，似乎也在向她致意问候。

“太太，”她踌躇了一下之后对我说，“您也许已经不记得您许下的诺言了。”

我确实不太记得自己曾经许下过什么承诺了，她的记性倒是一点都不赖，连我都不记得的事情她却还能记得。我对她倒是有些印象，大约在七年前的秋天——一切都遥远得仿佛是场模糊虚幻的梦。在这片海滩上，疾风劲吹，卷起漫天风沙，我就在这里碰见了她，当时她正弯着腰在浅滩的海藻丛中捡树枝。我突然记起，那时候我似乎答应过要给她一件全新的羊毛外套。

“你说的没错，只不过我当年的羊毛外套早就穿旧扔掉了。不过你不用担心，我会兑现我的诺言，给你一些其他的东西作为弥补的。”

“那拜托您还是给我羊毛的东西吧！上帝保佑，在夏天我们还算能够勉强过活。可是，坦白地说，这里严冬漫漫，寒风凛凛，我们几乎都衣不蔽体，日子凄苦难捱。”她转过头去对渔夫说，“奥涅斯托，这些都是事实吧？”

渔夫似乎本来并没有在听我们讲话，他垂着脑袋，用双手托住下巴，露出整齐的黑发板刷头，就像一株弯曲的植物梗上长出的刺儿一样。当他听到身后发问的声音时，立马抬起头，回答道：

“这些都千真万确。”

老妇人看了我一眼，她的神情有些捉摸不清，似乎带有一丝对渔夫的嘲讽之意。

“奥涅斯托，今天捕鱼的收获可好？”

“马马虎虎。今天的海太过平静了。”

“难道你船上什么都没有吗？”

渔夫的表情看起来有些尴尬。他没有站起身，只是掀开身旁草席的一角，露出了一个篮子，篮筐里装满了已经被冻得发硬的鱼，好像刮胡子的钢片似的银光闪闪。渔夫表示愿意分一些给她。老妇人把一块手帕系在拐杖的末端，把它当做网，伸到码头的边缘处，于是渔夫抓了一把鱼放在里面。老妇人把鱼慢慢拉上来后，准备分给我一半，我理所当然地拒绝了。

后来，我也兑现了我的诺言，我把自己的一件极其陈旧的黄色羊毛外套给了那个老妇人。

最美好的盛夏时光悄然逝去，天气开始逐渐转冷，天空时常阴云浓锁，好似闹翻了的情人一样。来自亚得里亚海的强劲的西南风不停地嘶吼着，让人心烦意乱，海边卷起漫天黄沙。来到这片荒芜的沙滩总会让人产生一种错觉，仿佛是置身于无边无际的沙漠，连惊涛骇浪也得望而却步。

整个小渔村也一下子变得死气沉沉了，只剩下一排排看起来像厚厚的果仁饼似的小房子。那些比较富裕的渔民都住在新房子里，透过墙上的玻璃窗，还时常可以看见他们屋子里宽大的衣柜的柜顶上摆满了酒、贝壳和大理石雕制成的鸽子，柜子旁边竖着一些铁制的衣帽架，上面挂着些他们出海时穿的破旧衣服。刚入冬的天气已经寒冷难耐，因而这些衣服已经穿不着了。

沿海的富民区后方是茅草屋密集的贫民窟，正如老妇人对我所说的那样，他们的日子过得极其贫苦。所有人都面带愁容，看起来毫无生气，被悲惨的生活折磨得憔悴不堪，即便是年纪轻轻的小女孩，也像得了肺痨似的，个个面黄肌瘦。

为了找到那位老妇人，我来到一个庭院里。这个院子又长又窄，近乎是一个小巷子。院子四周的墙壁脏兮兮的，且布满了裂纹，上面嵌着一扇扇低矮简陋的木门，木门背后便是一个个脏乱破败的屋子。相比而言，那位老妇人的家算是最干净的了。她的小床在壁炉旁边，被看起来像地毯一样的呢绒绸缎覆盖着，那通常是渔民们放在捕鱼船里用的。房里还有一张小桌子和一把小椅子，她看见我后急忙把椅子上的灰尘掸去，然后邀请我坐下。不过除此之外，她似乎没有因为我的到来而感到局促不安。当我把我的羊毛外套递给她时，她仔仔细细地把羊毛外套前后翻看了一遍，一点都不像是在接受他人的施舍，反而像是在店里买衣服一样。最后，她终于把它挂在了墙上的钉子上，和其他破旧的衣服混在一起，嘴角露出了一丝笑容。

"亲爱的夫人，对于您的帮助我非常感激。真不知道应该怎样答谢您。"

"那你就跟我讲讲你的故事吧。"

话音刚落，她便立刻冲我阴沉着脸，露出猜疑的眼神，她似乎看出来这是我经过一番思索后提出来的要求。随后，她倚着她的拐杖，略微弯下腰，她的驼背因此耸得更加明显了。她一言不发，陷入沉思，像之前在奥涅斯托船边讨了鱼后要分给我一半一样，她使劲地想要从她的记忆里搜刮出什么，然后掏出来给我。

"夫人，您还记得吗？"她开始说道，同时抬起满是沟壑的额头，"您还记得那天您出现在奥涅面前时，他表现得多么尴尬吗？当时他支支吾吾，连话都不会讲了。但是，他其实可有钱哩，这您没看出来吧？他有两条新船，还有三幢房子出租给别人住。他的确是个能干的人，每天钓的鱼可以卖一两百里拉。不过，不知道您当时有没有注意到他那窘迫的样子。他从来不会主动来找我，但是一旦我有什么需要，只要跟他说一声，他肯定就会马上来帮助我。您知道这是为什么吗，夫人？当我还是个天真的少女时，我在他家当女佣，准确地说，是在他爷爷家里，那时候他还没出生呢。他的父亲当时也还只是个年轻小伙子，年纪只略比我大一点。他父亲向我许下承诺，说要娶我，后来我还为他生下一个男孩，可他却背弃了他的诺言。一直到现在，奥涅斯托都耻于接受这个事实。”

狗

今天早晨,天气十分晴朗,我在海滩边遇到了一只狗。

三个农民坐在沙滩上,他们的身旁放着一把合上的伞、一个篮筐以及他们走路走累以后脱下来的鞋。

这只小狗蹲在他们的前面,脚爪浸在水里,一动不动。透过脑袋上戴着的面罩,它凝视着大海的远处,就像一名渴望解脱束缚的囚犯似的。

我也脱去了鞋子,一边漫步在海滩上,一边饶有兴致地看着那只狗。于我而言,比起虚伪的人类,我更喜欢动物。

过了一会儿,那只小狗也扭过头来看着我,它那绿色的眼珠子流淌出一丝温情,脸上露出诚恳的表情,娇小的身躯上裹着灰色皮毛,皮毛上面布满了不规则的褐色块儿,犹如一张天然地图。

它似乎很快就看出我的心情很好,一如这风和日丽的天气和那风平浪静的大海,于是便跟在了我身后。

我边走边听着身后扑通扑通踏水的脚步声,像孩童蹒跚学步似的。不一会儿,它追上了我,用它的小鼻子轻轻地蹭着我的小腿,似乎想要引起我的注意,想要我允许它跟随在我的身边。我转过身来,充满爱意地抚摸着它那如被天鹅绒包裹着的脑袋,那一瞬间,我突然觉得在这个世界上我终于找到了一个朋友。

小狗看起来对此也很兴奋,它跑到了我的面前,用那被海水浸湿的四只爪子蹦蹦跳跳地踩着水,不停地溅起亮晶晶的水珠。

它时不时地会停下来等等我，回头看看我是否对它的表现感到满意。

它的眼里充满了愉悦之情，我想我自己大概也是如此，我们都忘乎所以地沉浸在当下的快乐之中。大海是我们漫步途中的另一位伙伴，它一贯脾气暴躁，尽管它不常冲我们发威。在这安宁怡人的氛围中，它似乎也在不知不觉中变得温顺起来，微微翻滚的海浪在一旁为我们的步伐打着节拍。潮湿的海滩像是一面明亮的镜子，太阳也被映照其中，但它似乎只肯把自己容颜的倒影投射在我们前方，坚决不让人靠近它，不让人看清它的面貌。

两个高个子的年轻人肩并肩地走来，他们互相把胳膊搭在对方的肩膀上，摆成了一只双耳陶罐的造型。随后一位身材娇小的金发女郎也款款而来，她的身后就再也没有其他人了。

小狗一直走到很远的地方，在那片空旷寂寥的海滩上，散落着许多缺角的贝壳，就好像是遗落在战场上无人收拾的茫茫白骨。

它仿佛站在了天地之间的交界线上，一个人类永远也无法抵达的地方。只有几只鸟儿盘旋在远方那洁白如玉的小沙丘的上空，划出一道道优美的弧线。

没有人到过那里，兴许是害怕身处荒无人烟之地的孤独，所以人们总是中途折回，回到人多的地方，一个彼此互相仇视、互相伤害的地方。

而小狗却依然自顾自地往前走。它时而欢腾地跳跃着；时而在沙地里打滚，抓着掉落在地上的细枝玩耍，浑身沾满了沙子；时而四脚朝天，露出粉嫩嫩的肚皮，浑身微微颤抖，好像要紧紧抓住整片天空似的。

在我看来，它似乎已经把我遗忘了，欢呼雀跃地沉醉在无拘无束的自由中，就如我时常随心所欲地畅游在自己的幻想世界中一样。

于是我便独自折回了。然而，我刚走了几步，突然听到身后一阵踏水飞奔的声音，我转过身去，顿时又惊又喜，它竟然与我四目对视，一步不停地朝我奔来。它的眼睛好像在说话，好像在向我苦苦哀求道："请不要丢下我！如果你愿意，让我陪伴你一起走吧，我会在你前面探路，早一步到达你将要去的地方，让你安心前行。"我从来没有见过这样的眼神。

这只小狗是属于我的，只要不是那些农民的，它就肯定归我了。我想把它带走，让它帮我照看我的花园；在这些寂寞冷清的日子里，我们可以一起坐在树影下相互陪伴，灌溉着我们友谊的土壤；我还要叫它帮我看管我的房子。

我暗自思索着、盘算着，仿佛看到种子就迫不及待地希望它开花一样，

现在小狗已经来到了我身旁，和我隔着一小段距离继续一起走。它会时不时地停下来，远眺一望无际的大海，颇为陶醉地嗅嗅海藻的腥味儿，抖抖它的小耳朵。在我们折回的路途中，它像是在寻找些什么东西，走走停停。我蹲下来，轻柔地抚摸着它的头，它抬起眼睛看着我，似乎是在向我表示它的忠诚。

我们又回到了那些农民歇脚的地方，小狗便不再前行了，再次把四只爪子浸没在水里，通过面罩上的小孔，目不转睛地眺望着大海，如同放风的犯人重新回到了监狱里。

"这是你们的狗吗？"我问那几个农民。

"不，小姐，我们都以为它是您的，现在看来，它是找不到主人了。"

当我一旦想得到它时，它就不再愿意跟随我了，因为现在它

不再想要玩耍了。它在这个地方失去了它的主人，就要留在这里等主人回来。

临海眺望的小狗啊，今天你教我看清了一个事实，你那双绿色的眼睛跟人的眼睛一样会撒谎！

你还让我明白了：当我们自我迷失的时候，只需要停下脚步，任由幻想来填补这段空白，等待我们唯一的主人——我们自己的意识——来带我们走出迷惘。

两个人

有这么两个人，他们步行在卡鲁拉山谷崎岖不平的山路间，一身轻便装，既没有背任何行囊，也没有披着斗篷，一路上谈笑风生，愉悦的心情甚至让他们忘记了旅途的艰辛。

年长的那个人总是很赞同年纪较轻的人所说的话，他看上去似乎很乐意从年轻人那里学到点什么，并时不时地向他的同伴提出一些他无法理解的问题。

他们走着走着便来到了一个羊圈，这里住着一位当地的贫穷牧民。羊圈非常破旧，呈现出一番原始的风貌，里面还有一间用粗糙的石头堆砌成的简陋的小房子，小房子旁用树枝搭起了一圈篱笆，用来围住一头牛，上面则用干树条堆出一个简易的顶棚。

当他们两个走过去时，牧羊人那年轻的妻子正在顶棚下面给她的一对双胞胎洗澡，两个小婴儿赤裸着，浑身肉鼓鼓的，活像一对活泼的小天使。一只狗在一边悠闲地溜达着，还有一只刚出生几天的小羊羔，站都站不稳，就那样歪歪倒倒地靠在女人的身上，仿佛是她的第三个孩子，小羊羔的嘴里还不停地咩咩叫着，好像在叫她妈妈。

眼前风景如画，美不胜收。绿意盎然的大片草地上，缀满了纯白的阿福花，厚厚的粉红色的云朵堆积在草地尽头的地平线上。年长的那个人沉醉在此刻的美景中，不禁感动得流泪。这时，牧羊人从畜栏里走出来，就像看到了多年不见的老友一样，他热情地朝他们打招呼，并欢迎他们到家中做客。

“请给我们一点喝的吧。”年纪较轻的人说。

牧羊人请他们坐下后，给他们倒了一些刚挤出来的新鲜牛奶。他看他们一路长途跋涉，却几乎什么都没有带，就邀请他们留下吃饭，如果他们乐意的话，还可以在这住一晚；不仅如此，为了表示对客人的欢迎，牧羊人还亲自宰了一头羊，用其中的一部分羊肉准备了一顿丰盛的大餐来招待他们，剩余的羊肉则包在羊皮里，让他们带着上路。

在交谈时，牧民得知他们准备继续往深山里走，于是便建议他们去找他的一个十分富有的亲戚。那位亲戚家有良田百亩，家畜成群，还有不少仆人，以及一个很大的养畜场，在这附近一带还没人能比得上他。

“你们去他那儿，他肯定比我招待得更加周到，”他说道。

牧羊人的妻子，也就是那个聪明灵巧的女人，补充道：

“如果他心情好的话。”

到了傍晚时分，两个人恋恋不舍地离开了这个宁静美丽的地方，继续上路了。略微走远后，年纪大的那位转过身，看到牧羊人正在陪他的孩子玩耍，那条狗和新生的小羊羔也围着他们转，大家都快活得像盘旋在森林里的小鸟一样。已经有一半沉入地平线的太阳，此刻也使劲地将自己的光芒拉长，再拉长，以便可以把他们包围住，与他们共享欢愉。

“我的朋友，”他喃喃自语道，“我要感谢你，因为你让我真真切切地看到了这世间还有发自内心的快乐。”

他们又走了很久，终于赶在深夜前到达了富有的地主家。这里虽被称为住宅，却更像是一座小型城堡，房子正面的外墙砌满了花岗石，一圈精致的黑色铁栏杆把它团团围住，庭院和养畜场都被一圈矮墙封闭了起来。房子周遭层峦叠嶂,如同这座高楼的天然围墙。此刻,月光如水,将房屋和山峰镀成银色。

这时,主人的看门狗不知怎的竟开始狂叫不止,他们从震耳欲聋的狗吠声中还听出了一个男人的咒骂声,随后他们又听见了女人的嘶叫声和孩子的哭泣声。忽然,一只瓷碗从窗户里飞了出来,撞到了房子外的一块石头上,“砰”的一声便碎了。各种嘈杂刺耳的声音混杂在一起,一点一点地涌向远处,回荡在空旷的夜空中,那条通向房子的道路似乎也在止不住地颤抖。

年轻较轻的那个人犹豫了下,最终还是走上前敲了门。

里面的吵嚷声很快便消停下来了。一个女佣开了门,对着两个人浑身上下扫了几眼,看到他们邋邋遢遢、衣衫褴褛的样子,一下子就拉长了脸。

“如果我家主人与你们不相识的话,他是不会招待你们的。”她说道,“路过的流浪汉都希望能被收容在这么豪华的房子里。不过我还是会去问下我的主人的。”

她当着他们的面把门摔上,但一直没有再回来开门。过了一会儿,里面各种乱糟糟的声音——哭声,尖叫声,又响了起来。于是年轻人又过去敲了敲门。

“等会儿就给你们开门。”里面有人回应道。

这次来开门的是个男仆,虽然他的表情比之前的女佣要和善一点,但依然对他们表现出不屑一顾的态度。

“今晚太不凑巧了!”他嚷嚷道,“今晚家里闹腾得实在厉害。男主人打了女主人,于是女主人就拿孩子和用人出气。他们总是这样,总是为了钱的问题相互猜忌、彼此不和。”

“麻烦您去问下您的主人,问问他愿不愿意招呼一下我们。”小伙子对男仆说。

男仆进去通报男主人，之后就没有再出来了。

年轻人再一次敲了门。

这次是男主人亲自来开的门。他怒气未消，满脸通红，手里握着一根短棍，身旁还蹲着一只狗。

“如果你们继续敲门的话，我就让你们尝尝这棍子的滋味儿，也让这只狗尝尝你们脏兮兮的小腿的味道。”

“砰通”一声，他嘴里一边骂骂咧咧，一边把门重重地摔上了。

年长的人惶恐地退到一边，在胸口反复画着十字。年轻人则什么话都没说，然后走到空空荡荡的养畜场旁边，从贫穷的牧羊人送给他们的羊肉里挑出几根羊骨，扔了进去。

突然之间，播种了羊骨之后，原本光秃秃的土地上长出了一大圈肥壮的羊，多得把整个养畜场都填得满满的。然后这两个人便离开了。

“你为什么要这么做？”年长的人问道，“你什么都没给那个招待我们的穷人，却让这该死的有钱人变得更加富有。”

“他的财富就是他的灾祸，他的钱越多，就会愈加不幸。而那些穷人则生活在有蓝天和土地的王国里，他们的内心是充满幸福的。”耶稣说道。那位年长的人正是他的仆人皮埃特罗，他们两个人周游世界，不断地寻找怀有善心的人。

美拉莉

人们时常怀疑上帝是否存在。谁也不知道上帝在哪里，他是在天上，还是在地上，或者在其他什么地方？总而言之，从来没有人见过上帝。

于是，为了向人们证明他的存在，上帝决定选一个好日子显灵。

然而，这一天既不是在春天，也不是在夏天和秋天，而是在冬天。

虽然已时值冬季，但这却是一年当中最美的一天，犹如镶嵌在一枚戒指上的蓝宝石一般。

于是人们把所有的窗户都打开，阳光静悄悄地照进屋里，空气中到处漂浮着喜悦的气息。

在这样的时刻，上帝让人们感知到了他的存在，他在天上，在人间，存在于天地万物之间。

这天，美拉莉也来了，跟我们一起庆祝节日。

美拉莉只有五岁，尽管她还不识字，但她的胳膊下面却紧紧地夹着一份儿童画报。

她那粉嘟嘟的小脸蛋儿，在白白嫩嫩的皮肤的映衬下，就像是刚从海里捞出来的珊瑚。

她上身穿着一件红色的外套，布料柔软，小巧可爱，头上还戴了一顶红色的小帽子，帽子上面绣着撒丁岛孩童身上常看到的经典图案，美拉莉那双乌黑的眼珠子和撒丁岛上的孩子一样，闪着迷人的金色光彩，仿佛在诉说着古老的故事，她的眼神充满了一种超凡的力量。

然而，美拉莉说话的方式，尤其在表达自己看法的时候，却几乎和托斯卡纳人一模一样。

据说，这是因为美拉莉的父亲曾经从比斯托亚山区一路游历到努奥罗山区，途中遇到一位女子，两人相爱并结了婚，后来他们一起买下了美拉莉。

当我们正在花园里享受温暖的阳光时，一位科学家走了过来。

他一看到美拉莉，就觉得眼前一亮，立刻被她所吸引了，然后他很笃定地说道：

“她以后必将成为一个了不起的女人！”

他没有说明原因便离开了。接下来，我们就对这个未来的伟大女性产生了强烈的兴趣，纷纷急切地问道：

“美拉莉，你长大以后想做什么呢？”

美拉莉毫不遮掩地回答道：

“我想跳舞。”

她说这句话的语气显得有些急促，心里想着：你们会不会不明白我的意思呢？

“我还想成为一名园丁。”她思索了一会儿又补充道。

“为什么呢？”一个人追问道。

“因为你园子里的那些樱桃树、葡萄树还有其他的树都在一刻不停地往上长。”

这些树确实如她所说的那样，不停地向上生长，它们的树根，如同鸟儿们的爪子一样，不甘心只停留在同一片光秃秃的土地上。

没想到，美拉莉还真的有在花园里工作的天分。

只见她饶有兴致地刨着泥土，或是拎起沉重的一桶桶水倒进土里，时常还会发现一些不知名的小虫子。她对虫子可是一点儿都不害怕，甚至还会冷不丁地捏下树枝上的虫子来吓唬我们，看到自己的恶作剧奏效后便得意地哈哈大笑。

看到她所做的一切我们不禁想到了撒丁岛的祖先，他们既是开垦土地的劳作者，又是与土地朝夕相伴的亲密朋友。

这个小话痨一会儿评论他人的穿着，一会儿又用略带嘲笑的口吻来批判她的小伙伴，不过，我们并不总是谈些无关紧要的话题，甚至，我们的谈话还会上升到令人担忧的高度。

比如，有一次，美拉莉硬是要我背她，然后把嘴巴凑到我耳边低声说道：

“你知道吗，上帝那儿有一群狼呢。”

“狼？用来做什么的？”

“我不知道，我只知道他身边有一群狼。”

“上帝身边是一群天使。”我说道，同时我心里感到有些不安，“谁这么跟你说的？”

“阿丽娜告诉我的。”

“马上去把阿丽娜找来。”

她把阿丽娜从花园的一角叫来，而自己却趁机爬上栅栏门，然后踩着门顶端，又爬到旁边的菩提树上，接着她的声音就从上面传了下来，犹如五月的菩提树上飘散着的幽幽花香。

“阿丽娜！阿丽娜！阿丽娜，快过来！”

阿丽娜才刚刚走到我这里。

“你觉得这个故事版本如何？为什么你要说上帝身边是一群

狼？这种事情是可以跟孩子说的吗？”

“我可从来没有说过啊！”

“美拉莉！你为什么要撒谎？到底是谁……”

“呃，”她打断了我的问话，“是我自己瞎编的。”

美拉莉到底会变成一个什么样的人？

我们谁都不会知道。至少现在，最好还是让她随心所欲地奔跑在她的小世界里，朝其他小孩子扔扔小石子，或是哼着歌儿，为她所热爱的舞蹈尝试迈开最初的舞步。

“美拉莉戴着两百个戒指，
左手一百个，右手一百个，
她要去找她的未来丈夫，
美拉莉就这么离开了。”

明 天

去年秋天，我住在一个富农的家中，房子的一边是广阔的农场，另一边是迷人的罗马涅海。

从外面看去，房子就像一座崭新的别墅一样。大门、阳台和走廊前都砌着精致的雕花石阶。栅栏门的两旁各由一排杨树守护着，在风的吹拂下，树叶相互摩擦，发出窸窸窣窣的声音，像是孩子轻灵的笑声。打开栅栏走出去，前方是一片繁茂的铁树林，树下小径交错，树影婆娑。但屋子里却依然保留着它最初的面貌，陈旧、简陋、昏暗，除了几件劣质的家具、几幅粗糙的挂画以及脏兮兮的窗帘外，便什么都没有了，木质的房门以及楼梯的扶手也因年代久远而掉了漆。

住在一楼的女主人也和这座房子一样，穿得像个贵妇人。她长着一头乌黑浓密的头发，牙齿洁白如玉，看起来简直不像是真的，毫不夸张地说，她那双水汪汪的大眼睛充满了活力与灵气。然而，她却天天和农民们一起下地干活。

“脑袋瓜还算灵光，但是人已经不再年轻啦。”一天，她笑着说道，牙齿连带牙龈一起露了出来。然后，她抬起一只手，手指一根一根地伸直，直到把五根手指都伸了出来，在这个过程中她始终默不作声，过了一会儿她又抬起另一只手，竖起了大拇指。

“啊，帕尔米娜夫人，您已经六十岁了？”

接着她又竖起了食指和中指。

“八十岁？”

她摇了摇头。

“不，七十七岁，再加上几个月。”

“您说笑了，帕尔米娜夫人。”

“上帝保佑，我确实已经这么大岁数了。看上去年轻的秘诀就是我始终生活在这里，这儿有我的家和我自己的农庄。我就像《圣经》里的女人一样，听从上帝的指示，每一天都要为了第二天而辛勤劳作，并且拥有了预测未来的能力。因为我总是能够预见到未来要发生的一些事情，所以我可以想方设法躲避灾难；如果不幸的事情仍然降临，那我就像对待客人一样接纳它们，即便它们令人憎恶。这样一来，不管遇到什么事，我大多可以安之若素，也就不需要承受太多痛苦。不过，我也不是没心没肺的人，偶尔心情低落的时候，我总是对自己说：帕尔米娜，你是个坚强的女人，你必须超越自我。我就这样克服了悲伤的情绪。我十六岁那年，父母把我嫁给一位年老的男人。这个男人很富有，尽管我十分不情愿，但还是不得不嫁给他。我告诉自己：帕尔米娜，你只有十六岁，而他已经四十八岁了，他会比你早死三十年，他死后你就可以改嫁，嫁给一个同你年龄相仿且你喜欢的男人。我的丈夫，一个死气沉沉、毫无情趣的老头，也是个虔诚的基督徒，全心全意地信仰上帝。他整整活到了九十岁，简直老成了玛土撒拉了！所以，你应该知道吧，那时的我早就过了可以再嫁的年纪了，因而，我对生活只得无欲无求了。我的丈夫死后，我为他哭丧，并且强迫自己相信，一起生活了这么多年以后，我已经习惯爱他了。”

“那你的子女呢？”

“我有两个孩子，而且都是儿子。我也不愿意生女儿，因为女人总是无法掌控自己的命运。她们容易受到引诱，或是被情人抛弃，甚至还会遭到丈夫的虐待。我亲自给我的两个儿子喂奶，因为如果不用母乳喂养，他们便感受不到母亲的爱。我把我的孩子当成心头肉，悉心抚养他们，为他们打点好一切，在他们身上我几乎倾注了全部的心血。其中一个儿子学业有成，另一个儿子，也不负我的期望，在家帮忙把农场大大小小的事务打理得井井有条，而且我这个儿子一表人才，精明能干，又很听我的话。然而，后来他却被家里的女佣所迷惑，他怎么就不明白呢，这个居心不良的女人一心想要怀上他的孩子，然后嫁给他，成为这个家里的女主人！我把她赶出家门，不许这个肮脏的女人再踏进我的家门半步。可我的儿子却始终不肯离开她，在一个风雨交加的日子里，他带着那个女人离家出走了。不久以后，他们结婚了，我也就和他们失去了联系，甚至在宣布他父亲的遗产时他都没有露面。不过我听说他做生意发了财，这让我多多少少得到些慰藉。”

“那么另外一个儿子呢？”

这时，仿佛有一道阴影袭来，笼罩住了她那张神采奕奕的脸，她露出一丝悲伤的神情，但更多的却是愤怒的情绪，似乎是在心底对命运设计的骗局表示抗议。

“他在战争中死去了。”

也许她心里再也不想听到那些毫无用处的劝慰了，于是，为了阻止我说出这样的话，她立刻接着说道：

“我的儿子虽死犹荣。公爵亲自给我写了一封信，在信里大大夸赞了我的儿子。信里写道：‘您应该为拥有这样的儿子而感到自豪。’是的，我感到十分自豪。因而现在，时间的流逝对我来说并不意味着我离生命的终点越来越近，而是离我和我的儿子在另一个世界重逢的那天越来越近了，这可是相当划得来的。我只想在我自己的家里，躺在自己的床上，静静地死去。我不可能在马路上被车撞死，因为我从不出门。我也不愿意长期卧病在床，因为我不想有人一直守在我身边照顾我，而且我的床太大了，来照顾我的人很难帮我起身。我有时也想过要把我的床分成两张等大的床，但是我在这张床上睡了整整六十年了，这又让我实在不舍得这么做。唉，矛盾的是，我又一度有些害怕死亡，因为很可能我又得和我的丈夫在一起了。不过，总的来说，现在的我对此还是能够坦然处之的。"

就在我们交谈的那天，从帕尔米娜夫人住的房间里不时地传出一些断断续续的声响，像是挪动家具或是轮子在地板上滚动的声音。不管什么事情，她都习惯亲力亲为，过了一会儿，她又来到她那富饶的农场，在丰稔的庄稼地里和农民们一起干活。她看上去面色红润，神情安详，举手投足都怡然自若，似乎再也不会有什么事情能使她担忧的了。

可是，接下来的几天，她的身体突然开始出现奇怪的症状：五脏六腑绞痛难忍，像怀孕的女人一样呕吐不止。极度的不适使她惴惴不安起来。

她请人叫来了医生，医生诊断后说可能是因为她用力搬动床时腰部闪了气，情况并不严重，只需要做个手术即可防止病情恶化。

"那就做手术吧。"她笃定地说道。但是当医生告诉她手术需要在手术室进行的时候，她再次感到十分忐忑。

"您放心，这不会有什么危险的。如果您想更长寿一点，并且平静地在自己家中、在自己的床上离开人世，那你就赶紧做出决定吧。手术不会发生什么意外的，请您相信我。"

不相信他还能相信谁呢？这可是她最信赖的一位医生，况且他还答应陪着她去手术室，嘱托一位享有盛誉的外科医生来给她做这个手术。

于是她便答应了。她把家门钥匙和农场都交托给我看管。

“我可以预见到未来的一切,所以我可以放心地去。再见!”

一天后,在博洛尼亚的一家诊所里,帕尔米娜夫人离开了人世,就在做了那个手术之后。

钱　包

神甫身材魁梧，下巴上长满了浓密的胡须。这天他刚做完布道，正准备回到修道院去。修道院的旁边紧挨着一个大果园。此时正值梨树和李树开花，盛放的花朵洁白如云，缀满枝头。微风伸出手，轻轻抚摸着树梢，然后看着白色的花瓣一次又一次在空中轻盈飘扬，犹如雪花从天而降，悄然起舞，最后缓缓落下，铺满空空荡荡的过道——微风似乎对这种小把戏乐此不疲。尽管已经临近黄昏，阳光却依然十分充沛，在一条条小路上洒下一地金黄。一个女人疾步行走在园子里，她有些焦虑不安，一直左顾右盼，两只手前后摇摆，上衣的下摆在风中起伏，犹如翩翩舞动的翅膀，正面是黑色，反面则为紫色，

神甫走进果园后，又往后退了几步，因为他看见那个女人把颜色亮丽的圆形手提包挂在小臂上，当她快步前行时，她的包就像钟摆一样不停地左右晃动，神甫仔细一看，发现手提包的拉链没有拉上。手提包像是张开嘴，试图打个呵欠、卖弄风情似的，结果一不小心从嘴里吐出了一个鲜红色的钱包。

他正要喊住那个头也不回、疾步如飞的女人，想提醒她钱包掉了。然而，张开嘴的那一瞬间他却心生胆怯，因为在这万籁俱寂的园子里，哪怕一丁点儿的声响都会造成惊人的动静，于是他便不由自主地把话咽了回去。他穿过过道，捡起那个鼓鼓囊囊的钱包，手心感受到了它的余温。钱包被球形扣紧紧扣住，虽然鼓

得满满的，但却没多少分量，皮革和麝香的味道融合在一起，让人不禁联想到了皮肤的气味，仿佛这钱包是从女人身上割下来的一部分。

他急急忙忙把钱包塞进了自己的衣袖里，好像被魔鬼附身似的，一种说不清道不明的心理在作祟。随后，他很快意识到自己究竟做了什么——他拿走了别人的钱包，钱包里面装着别人的钱，可是他却不愿意面对自己这无异于盗窃的行为，他的思绪因此陷入了混乱。

他转身准备再次穿过那条过道，假装什么事都没有发生过一样，可是，修道院里那座乳白色的楼房伫立在他面前，从楼上敞开的窗户口里，一双蓝色的眼睛像是被镶嵌在黑色的眼眶里，正死死地盯着他——那是修道院的主教。

刹那间他感到被兜头一瓢冷水浇透了全身，他那被僧袍包裹住的魁梧身躯似乎冻结住了——这使他无法动弹，也让他无法回过头去，追上那个女人，把钱包还给她。

怎么办？主教就站在楼上，把一切都看在了眼里，他会像上帝那样对他进行裁决的。

他又跑回到果园里的小路上，如拼命挣扎着逃出漩涡一般，然后深深吸了口气，竭力使自己保持镇静。冷静过后，他心想着自己应该马上去找主教，把钱包交到他手里，这样自己心里那块沉重的大石头就可以落下了。

当他登上那座房子的二楼时，身旁突然涌来一群教友，他们看上去很神秘，匆匆穿过楼道后跑上楼梯，不断地与他擦肩而过，他身上那件宽松厚重的僧袍在一次次碰擦下轻轻飘拂。他感到自己仿佛是一只笨重的大鸟，不停地遭受着一群黑鸢的袭击。从他身边经过的神甫们个个都沉默不语，在这寂静得可怕的时间和空间里，他混乱的情绪中更多了一丝悲伤。

他继续往楼上走，越往上心脏跳得越厉害。当他迈上楼梯的最后一阶，无限接近他所要抵达的那一层时，耀眼的光线从敞开的窗户中闯了进来。他看见他的教友们把倒在地上的主教从地上抬起来，主教穿着单薄的长袍，他的脸苍白得像是快要融化了似的。

“难道他因为我犯的错死了？”原本他想来到主教面前，消除掉自己的耻辱感，但现在，他非但没有感到如释重负，心中反而愈加恐慌。

主教只是昏厥了而已，他因为罹患哮喘而经常晕倒。

“看来主教上楼只是为了呼吸更多的新鲜空气，但这里的空气却使他的病情更为恶化了，这样看来，兴许他根本就没有注意到我。”当他的同伴们把主教抬下楼时，神甫独自站到窗口边思索着。

他朝之前捡到钱包的地方看去，窗口离那儿很远，很难识别出体积那么小的物体。要不然跑下去在那个地方放个东西测试下吧？可是这么做有什么意义呢？他不是已经决定要忏悔了吗？一种好似正在奔赴死亡的悲哀涌上心头，使他的内心深受煎熬。再看看窗外，灿烂的阳光，和煦的微风，一唱一和，好像在玩暧昧似的；楼下的菜园里，成片的花朵顶着太阳在微风中颤抖不已；城市里人声鼎沸，犹如五月的养蜂场一样喧闹……整个世界，所有的一切，在他眼里，却如同巨大的坟墓一样，他感到自己的灵魂已经被玷污了，精神也变得很颓靡。

随后，他下了楼，守在主教房间的门外，一动不动。他等着主教苏醒后，能批准他进去向主教坦白事实。主教的医生不久前进了主教的房里，他同时也是一位神甫，平日里游手好闲，无所事事，现在终于轮到他忙活了。他时不时地大声嚷嚷，好像在自言自语。

站在门口的神甫仔细地听着里面的动静，过了一会儿，他听出病人的情况大概已经有所好转，他的内心终于平静了些，精神不再那么恍惚。然后，他听见房间里有人在低声说话：

“主教醒了，也许该让别人知道他晕倒的原因。”

门外的神甫听到这句话不由得怒火中烧。他一向对这位供奉神职的医生十分鄙视和厌恶，而现在这些情绪就如蛇一样缠绕着他的心。

他仍然在门外等待着，整个身体靠在墙上，如同一幅定格在墙壁上的画。太阳逐渐将它的整张脸埋入地平线下，风停止了吹动，走廊的窗口里嵌着的那方天空正在逐渐失去颜色，空气变得暖湿黏稠，从遥远的地方传来颤抖的歌声，犹如花园里时淡时浓的花香。那个疾步行走在果园里的女人，也许正在路上愤愤地诅咒着把她的包拉开的小偷，她的咒骂将会使这夜晚原本柔和的空气变得令人窒息。

房门终于打开了，高高瘦瘦的修道士表情冷漠，像从盒子里弹出的弹簧一样冷不丁地从里面蹿出来。

门口的神甫看都没有看他一眼，就把他拦住了。

“我需要见主教。”

“不可以，他已经睡了。”

年迈的主教饱受病痛的折磨，他脸色惨白，整整躺了一夜。虽然胖神甫不用承受这种疾病的苦痛，但是躺在破旧床铺上的他一整晚都噩梦不断，一时掉下万丈悬崖，一时被囚禁在阴森恐怖的监狱里，一时又在黑乎乎的沼泽地里拼命挣扎，在一个又一个接连不断的梦魇里，那种无法驱散的恐惧与窒息感就和他捡到钱包后穿越那条马路时的感觉一样。而那钱包一下涌到了噩梦的漩涡顶端，犹如飘扬在大肆叫嚣的魔鬼队列上方的红色旗帜；一下子又钻到了他的脑袋下面，变成了黏附在他脊髓上的恶性肿瘤，然后又肿胀成非常丑陋的形状，滑到床铺下，被一只贪婪的老鼠啃噬着，发出诡异的噪声，惊醒了修道院里的所有教友。他们满屋子上上下下地乱窜，拿着布料僵硬的教士服互相拍打，发出金属撞击似的声音。那个高高瘦瘦的恶魔医生教友，拽着一个女人的头发走了过来，那个女人身穿表面为黑色、内里为紫色的外套，她怒气冲冲地闯入修道院，大声控诉这片孕育着罪恶根源的土壤……

“不能再这样下去了，”神甫摇了摇头，脑子里出现了一些凌乱的想法，“我是一个大男人，我必须战胜自己。我要去市政厅，把钱包交到失物招领处。主教总是教导我要及时忏悔，纠正自己的过错。”

可现在仍然是晚上，他那美好的想法仿佛是浮在空气里的肥皂泡泡，撞到了黑漆漆的墙壁，立刻就消失不见了。他灵魂中的小人又冒了出来，用牢固的绳索捆住这个躯体肥大的男人，使得他只能像落网的海豚一样在自己的小床上翻来覆去，苦苦挣扎。这下，他的怒火彻底被点燃了，他恨不得抓起枕头下面那只带有体温、散发着香汗气味的钱包，往窗外用力一掷，狠狠地把它抛进无边无际的黑暗中。

然后他的意识逐渐清醒了，他起了床，望着窗外，等待着黎明的到来，脑海里想象着自己一个人走向河边、用清澈的河水洗净灵魂的情景。

第二天，他终于见到了主教。

“主教大人，昨天，在您病倒之前，您站在窗口，看见了我所做的一切。”

瘦削的主教凝视着他的脸，沉默不语，他的目光很迷离，似乎完全不记得他昨天站在窗口的事情了。他到底有没有看见那一幕？

神甫内心再次受到了诱惑，他又忍不住萌生了隐瞒事实的念头，但很快他就把这个念头打消了，然后从袖口里掏出一个钱包。

主教看过他手里的东西后，又盯着这张犯了过错的人的脸，他的目光直向神甫逼近，流露出强烈的好奇心。

神甫顿时感到他白白遭受了精神上的所有痛苦。瘦弱的主教什么都没有看见，更加没有对他起半点疑心。不过，他依旧进行自我救赎。可当头顶黑色的耶稣弯下腰带着沉痛的心情倾听着一切时，他又该如何自我救赎呢？

“主教大人，这个钱包是昨天从我面前经过的女人落下的。我把它捡了起来，非但没有叫住那个女人，把钱包还给她，反倒自己藏了起来，企图把里面的钱占为已有。”

主教露出他惯常的带有嘲讽的笑容，无论是对待朋友还是对待敌人，这始终都是他最厉害的武器。他的笑容使神甫感觉芒刺在背，甚至比一顿尖酸刻薄的辱骂更刺痛他的内心。

“那你想用这些钱做什么呢？”

“我不知道。我度过了无比煎熬的一夜，我捡了钱包后看到了您，一想到在您面前做出这种事情，我的心里就充满了内疚感和羞耻感。我想现在就去市政厅，把钱包交出去。”

“钱包里没有那个女人的身份信息吗？”

“我不知道，我没有打开过。”

“你现在打开看看。”

钱包被打开后，主教那张死气沉沉的脸露出了更加戏谑、诡谲的笑容：里面涌出了一沓厚厚的情书。

情　敌

仅仅在婚礼后的第十五天，年轻的新娘就发现自己的丈夫出轨了。

他们去了一趟山里，那个地方是附近最有名的蜜月胜地。他们并没有住在大多数新婚夫妇通常选择租住的膳宿公寓——在那里，甜蜜的小夫妻总是会遭人嫉妒的，有时别人还会拿他们开玩笑，甚至还有人喜欢窥伺他们。所以，他们决定住到一位村妇家里，这位老妇人曾经在新郎家当过女佣。整座房子都被包裹在一片茂密的栗树丛里，这样他们就可以放心住下，尽情享受，倒省却了不少顾虑。

周围景色怡人，恍若仙境。白天，沐浴着蘑菇散发出的清香气味，夫妻俩像两只小猫一样穿梭在灌木丛中。素雅的金黄色的小花点缀其中，宛若在半明半暗的树丛间燃起了一根根小蜡烛。可惜，如此明媚的景色却没能让这对年轻人成为如胶似漆的恩爱夫妻，自始至终，新郎都无法投入到新娘试图营造的爱情氛围中去。

老妇人为他们准备的三餐几乎都是以蘑菇为食材的，非常美味可口。中午，夫妻俩就在厨房里用餐，热气腾腾的厨房看起来颇具古老的弗兰芒风格；晚上，他们情愿在楼上的小房间里吃饭，因为这时候厨房里总是挤满了深红或者黝黑肤色的人，老妇人的丈夫、儿子以及亲戚，从调皮捣蛋的小孩到鸡皮鹤发的老人，都齐聚一堂。他们都是粗犷鄙陋的樵夫，白天一直待在深山老林里，将粗壮的树干砍断后，沿着河岸滚下山，直到晚上才回来。狼吞虎咽地吃了一顿之后，他们就悠闲地坐着喝喝酒，吸吸烟斗。

厨房里飘出的烟味缓缓地弥漫到了楼上的婚房里，新娘很讨厌这股气味，每次闻到都会感到反胃。而新郎本来也只是偶尔抽点香烟，其他烟则几乎不抽。然而，到了他们婚后的第二个礼拜，他抽烟抽得更多了，烦躁的情绪也显露无余。而新娘，作为一个深爱着他的女人，凭借她那敏锐的直觉，将这一切都看在了心里。最初令她吃醋的就是丈夫的香烟，尽管她本身并不十分反感抽烟。

后来一连几天刮风下雨，除了盼着天晴以外，小两口整天无所事事，丈夫除了抽烟还是抽烟。更糟糕的是连日的倾盆大雨使那家人都没法出去干活，只得长时间地闲坐在厨房里，因此屋子里从早到晚都闹个不停，还飘着散不去的烟味。有时候还会有人到楼上的房间里去，那些身材魁梧的人踩在楼上那掉光了漆的木地板上，每走一步地面都发出咯吱咯吱的响声，令人感到整个房子都在轻微震颤。小夫妻俩只得呆在卧室里，逼仄的房间里放了一张床后便没有多少剩余的空间了，人就好似被关在一口活棺材里，百无聊赖的时候只能抽烟，而抽烟又使人更加百无聊赖。

于是他们决定，如果天气还不转晴，他们就离开这里。

一天晚上，新娘感染了风寒，身体不适，便早早地上床了。老妇人给她泡了一杯热腾腾的花茶，茶水里散发着奇异的香气，让她感到心情很舒畅。喝完后她便昏昏欲睡，像吃过阿司匹林似的。她请求新郎暂时出去一下，去他喜欢的那所公寓听音乐。

不过新郎宁愿到楼下的厨房里去，跟那些有趣的山民坐在一块，他总能找到点乐子。

房子里又弥漫了他们烟杆里的烟味儿。年轻的新娘已经沉沉地睡去，进入梦乡的她在不停地冒汗，对外界的感知全无。她的灵魂在梦境中游移，肉体却还在呼吸着别人嘴里吐出的烟味。

第二天晚上，新郎就有些不对劲了。他主动劝妻子喝一杯安神的茶，然后早早上床睡觉，待她躺下后，便迫不及待地下楼了。

尽管新娘躺在床上时脑子里已经迷迷糊糊了，但一丝困惑始终在她心里挥之不去，那群抽劣质烟、喝蹩脚酒的粗人浑身脏兮兮的，满口粗话，她不明白跟他们混在一起有什么好玩的。

到了第二天早晨，新娘看到厨房里出现了一位美艳的女子，她的存在仿佛给这个狭小昏暗的厨房增添了光彩，这让年轻的妻子不免妒火中烧。这位美丽的女子穿着吉卜赛人大红大紫的艳丽衣服，衣服上挂满了叮当作响的金属链条和铜片，墨绿色的发髻上别着许多亮闪闪的头饰。她皮肤白皙，个子高挑，身材丰腴，两只绿色的大眼睛如盈盈秋水，闪亮动人，宛若隐藏于原始森林中的翩翩仙子一般。她生来便踩着蘑菇，与深谷里的野兰花相伴。

她是老妇人的其中一个媳妇，从山谷中的一个村子里来的。

到了这天晚上，新郎又催促新娘早点上床睡觉了。

这次她没有答应。

“如果你要离开的话，”她以一种几乎连自己都听不出的声音说道，“那我就一直坐着看书。”

同时她也拒绝喝那杯催她入睡的茶。在她看来，老妇人和她的丈夫合谋起来欺骗她。

于是新郎只得留了下来。虽然人没有走出房门，但是心情好像被厚厚的阴霾吞噬了一样。房间里，两人沉默无言，安静得只能听见他们反反复复翻动报纸的声音，如同大雁飞过时拼命地扇动翅膀发出的声音。

随后，房里回荡着轻微的声音——那是新郎在打呵欠。

这种令人抑郁的氛围又持续了几个晚上。白天，新郎总是找各种借口远离他的妻子。而且只要那个穿着吉卜赛衣服的女人不在家，他的妻子就坐立不安，密切观察着丈夫身上发生的一切。终于，有一天，她发现丈夫从外面回来以后眼神闪烁不定，浑身散发着某种劣质烟草的气味，也就是她所预想的情敌的衣服和头发里发出的挥之不去的气味。她顿时陷入恐慌之中，然后，她心里暗暗决定要想个办法证实一下。

当天晚上，她声称自己感冒复发，又向老妇人要了一杯花茶，假装准备早点睡觉，并且还像之前那样劝丈夫暂时出去。随后，新郎果真飞快地出了门，就像一只被困在家里很长时间的小猫那样，冲出房间，急切地朝一个满是猫的花园奔去。

她目睹了这一切，冷汗直流，心脏跳动得十分厉害。

过了一会儿，她悄悄地起了床，穿上衣服，蹑手蹑脚地在黑暗中摸索着走下木质楼梯，穿过楼下通向厨房的房间。

厨房的门是敞开的，透过那扇门，她看到了令她永远也忘不掉的一幕。

一群樵夫刚刚吃过晚饭，桌上堆满了镶着蓝色花纹的灰白色瓷盘和瓷碗，有的碗里还残存了一点玉米粥，有的杯里也还有没喝完的酒。

老妇人和她的媳妇刚从桌边站起身，屋里的这群人，有老有少，有红皮肤也有黑皮肤，有胡子拉碴的也有秃顶的，每个人的嘴里都叼着烟斗，手里都举着一杯酒。而她那面无血色的金发新郎就坐在这群人中间，叼着一根像树根似的栗色烟斗，神情倦怠不堪，迷离的目光中倾诉着内心的忧郁，活像耶稣被包围在一群使徒中间。

人生游戏

高里奥和他的妻子漫步在国民大道上。虽然才刚进入十一月，但已是寒风凛凛，空中乌云密布，浓雾氤氲，空气中弥漫着潮湿阴冷的气息。

正值晚上八九点，夜色笼罩下的国民大道上寂寥无人，房屋的轮廓在一片朦胧中渐渐变得模糊不清。许多商店都已经关门了，人行道看起来似乎比平时更加宽敞。零零星星的紫色灯光忽明忽暗、闪烁不定，电车从这片迷幻幽艳的紫色中匆匆驶过，车轮碾过潮湿的轨道发出沉闷的呻吟声。走到空旷寂寥的道路尽头便可以看到特尔米尼广场，广场上的喷泉溅出的水珠喷洒在浓稠的雾气中，形成一朵迷人的淡紫色的水晶丁香。

高里奥夫妇加快了他们的脚步，这样可以驱除些寒意。高里奥太太挽着她丈夫的胳膊，丈夫也紧紧握住他妻子纤细的手。他们俩穿戴得都很整齐，但是在这个时节却略显单薄。高里奥留着一头长发，头戴一顶破烂的帽子，颇有艺术家的风范；他的妻子比他略高些，戴着一顶镶了一圈羽毛的黑色扁平帽子，帽子下面乌黑的长发在风中飘扬，拂过她那张小巧精致、小麦肤色的脸蛋。

年轻的高里奥正向妻子讲述他昨晚做的梦：

“我觉得编辑好像回复了我，他说：‘你的作品《春天》已经通过审核了，我愿意支付一千里拉的稿酬，但版权必须归我，而且你只能用未婚时候的名字发表，否则，这部作品让人看起来就像是翻译过来的一样。’”

“这真的是你做的梦吗，还是你自己凭空想象出来的？”卡丽娜漫不经心地问他。

“我怎么会凭空瞎想呢！你连梦都不信！”

“这样的梦确实有些奇怪！”她渐渐变得活络起来，“我自己也做过很多这样的梦，多到我现在再也不相信梦了，当然，这些都无关紧要了。今天晚上我心情不大好，你别太在意。无论如何，我们不会饿死的。”

高里奥太太沉默了一会，继续说道：

“我的脚已经冻得无法动弹了，寒冷让我心情烦闷、思维迟钝，就和我想到你的工作时的感受一样。”

“我的工作怎么了？”他笑着问道。

“你就是一个可耻的帮凶。”

高里奥是彩票公司的职员。卡丽娜瞧不起一切国家机构，在她看来，彩票公司自然也是政府的帮凶，一个盗窃团伙。

“说得很好，谢谢，”高里奥说着还微微鞠了个躬，“你和我这样的人结婚了，那你算什么呢？”

“我也是帮凶。”她用戏谑的语气回答说。

“你根本不需要这么做，你的父亲……”

“够了！”卡丽娜用近乎粗鲁的语气打断他。

于是，他们俩都陷入了沉默，这个烦人的话题就算是结束了。正当这对年轻夫妇走在人行道上、快要到达罗马集市时，他们遇见了两个穿着皮衣的女人，其中一个女人把她的衣服尾部拖在地上，摆出一副贵妇人的滑稽姿态。

“为了让我的心情平静下来，我得踩一脚那条尾巴。”卡丽娜嘀咕了一句。说罢，她果真走上前，朝着那位优雅的女士的裙子踩了一脚，然后拉着目瞪口呆的丈夫从那女人身边走过。

被踩了裙子的贵妇人受到了不小的惊吓，随后便操着一口罗马方言对卡丽娜骂骂咧咧起来，然而高里奥夫妇已经走远了，他们钻进了百货商店里，穿梭在陈列柜之间的人群中。卡丽娜咯咯直笑，像个小姑娘似的。

"谁叫她把裙子拖在地上的？"卡丽娜说道，"活该被踩！"

"你这样也太任性了，要是换作你的裙子被别人踩了呢？"

"我又不是动物，所以我是不会有'尾巴'的。"她说着说着又拾起了之前的理由，"我之所以会这样是因为天气实在太冷了。天气怎么就这么冷呢？为什么我们会这么穷呢？为什么我的父亲会娶那个恶女人呢？而且他们结婚以后连生活费都不给我了！为什么我就找不到一家出版社，而偏偏好多蠢女人和丑八怪却找得到？"

"你的问题就在于自视过高。"高里奥用父亲般的口气说道，"也有一些女人，她们配得上她们所拥有的地位，因为她们坚持不懈地去努力、去奋斗，从不自命不凡，直到她们得到了人们的认可。而你却恰恰相反，你不愿意奋斗，还认为自己天资很高。当五六个出版社都拒收你的稿子后，你就觉得自己是受害者。依我看，只要你能变得谦虚一点，你的好运自然就会来了。"

听完这番话，高里奥太太发出一阵冷笑，但是高里奥并没有因此而恼怒。他不生气是因为他自己都觉得他用来安慰妻子的那些观点是站不住脚的。

"你还有个缺点，"他继续说道，"就是你只把作品寄给大牌出版社，选一个规模小一点的出版社也许可以……"

卡丽娜叹了口气，推了下她的丈夫。

"我就是成功不了，行了吧！"她吼了一声，"麻烦你不要再说下去了,不然我就把你的眼珠子抠出来!”

“谢谢,你真是对我客气了!”

于是他们都不再说话了。

这时,他们走到了国家大剧院附近,他们在陈列着曼特加扎的作品的玻璃橱窗前停住了脚步,看了看他的新书。

他们俩此时还是想着同样的事情,但都不再说话了。

街上车水马龙,熙熙攘攘。幽幽的灯光如流水般静静地流淌,在行人们的脸上蒙上了一层淡淡的水蓝色面纱。国家大剧院的门面上挂着几个十分耀眼的字母,这正是今晚上映的喜剧的标题。光线落到湿滑的人行道上,照得路面闪闪发亮。一大群人正涌向大剧院,此时,忽然有一辆马车停在了高里奥夫妇面前,从马车上走下来两个女人,其中一个女人身材肥腴,浓妆艳抹,头戴一顶饰有羽毛的帽子;另一个女人头上什么都没戴,一头金色的长发垂落在双肩上,她身材瘦削,穿得比较朴素。那个胖女人径直朝剧院里走去,而那个瘦女人则停在了卡丽娜的身旁,面无表情地望着书店的橱窗。她眼圈发黑,目光浑浊呆滞,面容苍白,仿佛被定格住了一样,一动不动。当她看到卡丽娜正盯着自己看时,方才回过神来,便转过了头。她望了望眼前这对年轻的夫妇,眼里仿佛燃烧着嫉妒之火,随后便走开了。

“总是有人比我们更加不幸的。”卡丽娜心想,但是她并没有因此而感到欣慰。他们继续向前走。一辆推车从皮洛塔拱门中疾驰而出,上面载满了铁片,随着推车的颠簸,铁片互相撞击,“哐当哐当”地发出嘈杂的声响,后面还跟着一辆由驴拉着前行的小车。高里奥夫妇处在这两辆车之间,不得不快步小跑,他们身后的那辆车几乎快要撞到他们了。

“我们就快要被这头驴撞死了!”卡丽娜说,“被一辆汽车撞死也就罢了,可偏偏这是头驴!"

"这还没那么危险,说不定还可以让你出名。"

"不!我不要!我不要!"她拼命地摇着头,大声喊叫,"以前有两个人生了疥疮,听说一个人叫老实人,另一个人叫潘格罗斯。有一次,他们想要自杀,但是后来他们还是没有这么做,因为他们害怕当地报社会把这件事报道成他们是因为得了顽疾才自杀的。"

"这有什么关系吗?"高里奥问道。

"哎,"卡丽娜向他解释,"我宁愿我的名字不出现在报纸上,也不想被报道成我是被一头驴撞死的。慢着,我们究竟要走到哪里去啊?"

"你想走到哪就走到哪。不然我们去喝杯咖啡吧?你想喝点什么吗?我请客。"高里奥殷勤地问道。

"谢谢,先生,我什么都不需要!"她用同样的语调回答他。

这是几乎每天晚上都要上演的一幕:高里奥提出要带卡丽娜去咖啡馆,然后卡丽娜拒绝了。这听起来很好笑,但是却一再触到他们的痛处,因为两人彼此心里都很清楚,他们根本就去不起咖啡馆。

他们来到了威尼斯广场,在科尔索大道的街角停下了脚步。他们看到高里奥的一位同事站在达尼诺香肠奶酪店的橱窗前发愣。

"卡尔齐!"高里奥冲他喊了一声。

卡尔齐听到叫声后转过身来。他是一个金发碧眼的犹太人,别人几乎看不出他的年纪。他那微微发红的头发梳成偏分,头上戴着的硬质小帽子略微倾斜地盖住后脑勺,身上穿着一件十五年前的老款深蓝色风衣。他只在右眼前架了一个镜片,这使得他看起来始终都像在冷笑。

“你近来过得怎么样?”他转身朝向高里奥问道。

他从不正眼看卡丽娜。虽然他们也是多年的故友,但是他从来没有主动开口跟她说过一句话。

“你在做什么呢?”高里奥问他,“发现了什么新玩意儿吗?”

“你知道吗,我在这家香肠奶酪店发现了一个好东西:维亚达纳香肠!”卡尔齐一脸严肃地对他说。

高里奥装出大吃一惊的样子,对他说:“真的吗?还有其他什么东西吗?”

说完高里奥也开始盯着橱窗里看,但他的妻子却拽了拽他的胳膊。

“我们走吧,”她说,“看这些没用的东西做什么?卡尔齐先生,你要不就赶紧跟我们走,要不就一个人滚蛋吧!”

卡尔齐站在高里奥身旁。高里奥对他说:

“你也不去跟卡丽娜打声招呼,真是太不懂礼数了,这样是干不了大事的。”

于是卡尔齐走到了卡丽娜身边。

这时候就连科尔索大街都开始变得冷清寥落起来了,脚下的道路坑坑洼洼、泥泞污秽,走在街上仿佛置身于一个空阔漆黑的门廊里,看不见尽头,夜幕在上方向四面八方无限蔓延,看不到边际。街边一排影影绰绰的路灯,发出的昏黄灯光融化在了这片蒙蒙雾气中。

“你的婚礼准备得怎么样了?”卡丽娜问他。

卡尔齐站在橱窗前,他的单片眼镜在橱窗玻璃反射光的照射下闪闪发亮。听到这位年轻女士的问题,他露出一丝得意的笑容。

“很好！很好！只不过……可以选择的范围太大了，现在最需要的就是邮票了。您为什么不穿那晚你穿的斗篷呢？您难道不冷吗？”

“我觉得似乎不太冷。”卡丽娜说，“那么你现在是怎么打算的呢？”

“还没什么打算呢。使徒圣巴巴拉不是说过吗，人需要更加耐心、更加冷静些。结婚对于我来说，就是一个乐趣无穷的游戏。况且我还希望能够拿下一张好牌。”

“那个寡妇呢？你们没在一起吗？”高里奥往前站了一步，然后问他。

“哪有什么寡妇！完全没这回事，她根本不是寡妇。”

“那她究竟是什么？”

“差不多的事，”卡丽娜冷笑着说，“不过她有的是钱，对不对呢，卡尔齐先生？这不就是您想要的吗？只要是有钱的，您就尽管大胆、冷静地去谋划这件事吧，不用管太多其他事情了吧！”

“可是，亲爱的女士，她连钱都没有啊！现在您好好听听我遭遇的事情吧。听着，听着！”卡尔齐说道，那句“听着，听着！”像是在喃喃自语。

他摘下那个单片眼镜，朝它吹了口气，他一边用衣角擦拭蒙在镜片上的水蒸气，一边说道：

“昨天我收到一封信，这已经是第二十八封了。我想我应该拿给你看看的，上面写着：‘亲爱的先生，我看到你在《讲坛报》上登出的广告，我想我应该符合您的要求……我今年四十岁，长相甜美，有三万资产……如果您愿意的话，为了能让我们彼此相处得更好，请您明天十点来卡罗·阿尔贝勒多小花园门口赴约，我明天会穿这样的衣服……请您明天手里捧一束雏菊来。’鬼知道哪有什么雏菊！我真是受够了……”

“您可以带一朵纸做的。”

“够了！够了！我后来还是去了，和她见了面。这个女人身材相当壮实，不过长得还算讨喜。哪只有四十岁，她已经五十岁了！不过这也就罢了。她还给我看了她的证件，这些都没什么问题。当我们谈到我的债务时，她表示愿意帮我偿还。我们一起散步时，几乎都没有看对方一眼。当我们走到布顿门口时，我情不自禁地停下来看了看她，她这时也停了下来，我便邀请她进去喝一杯柑桂酒。啊，对了，您知道我发现了什么吗？那里的刺柏酒口感非常纯正，是卡尔特修道院的修道士亲手调制的。”

“是真的吗？”高里奥又忍不住讥笑他一下，“在哪里？在哪里？”而卡尔齐则始终面朝着高里奥。

“卡尔齐先生，您还是接着讲故事吧，拜托了！”卡丽娜故意作出哀求状。

然后，卡尔齐的兴致似乎一下子转到了刺柏酒上，他一再提议要他们往回走一段路，好把卖那种酒的小酒吧指给他们看。

“朝后转！”年轻人一声喝令，像是刻意打趣似的。

“我不去！”卡丽娜回答道。

“卡泰丽娜女士，这样的话我就不会继续讲我的故事了。”

于是他们便开始往回走，顶着凛冽的寒风，穿梭在浓稠的雾气中。他们又回到了威尼斯广场，走进了那家小酒吧。待大家都坐下后，卡尔齐又重拾刚刚的话题：“那个犀牛竟然同意和我一起去喝一杯！天哪，喝了一杯、两杯、三杯酒！不过喝完最后一杯后她表示她来付账。随后她向我提出建议说：‘我们到城外去吃早饭吧，各自付一半饭钱。’那样也行，于是我们就去了。”

“她全让你付了？”

“不，我们一人付了一半，可她居然醉得不省人事！我只得把她扶到床上，把她留在了那儿：让上帝和圣母玛利亚保佑你吧！来三小杯刺柏酒！”卡尔齐大声喊道。

一个男人站在柜台前，他的身边有两只小狗，其中一只比另一只小一点。卡丽娜向前探了下身子，看了看那两只小宠物，然后问那个男人这两只小狗是不是母子。

“那只是另外一只的爷爷了！”男人恶狠狠地回答道，像是被谁惹怒了似的。

“它们平时吃什么呢？”

“每天吃三十分币的饼干，喝一点儿牛奶。”

卡丽娜站起身来，轻轻叹了口气。

“你喜欢养宠物吗？”高里奥转向他的妻子，用哄小女孩的语气对她说，“明年你就会有一只的，那时候我们就有钱了。”

“对呀，对呀！”卡尔齐毫不客气地插了句，“到时候你会有一只更大的。来，尝一口这刺柏酒，闻闻这香气，品品这口感！卡泰丽娜女士，您怎么不舔舔嘴唇呢？”

“味道像白兰地。”卡丽娜说。

“是吗？怎么会像白兰地呢！”卡尔齐仿佛受了委屈似的嚷嚷道。

他们喝完酒后一起走了出来，可不一会儿卡尔齐又跑进了酒吧，然后再出来赶上了高里奥夫妇，把他们一直送到家。他们又重新漫步走过国民大道、四泉路以及 920 大道，高里奥夫妇就住在 920 大道上的一座大楼的顶层。空无一人的街道上，一排每盏都装了四个灯泡的路灯仿佛是形状怪异的黄色的花，绽放在潮湿的雾气中，若隐若现。巴尔贝里尼大厦附近的喷泉一侧，一个驼背的金发小女孩蜷缩在一张椅子上，看守着她那卖火柴和报纸的摊位;奇异的花形路灯发出的昏黄的灯光洒在她畸形的身躯上,然后又在地面上投射出一个忧伤的影子。在这个泥泞不平的十字路口,空旷寂寥,浓雾缭绕,置身其中的卡丽娜感到仿佛有一曲悲歌无休无止地萦绕在耳畔,而她的心情也随之跌入谷底。卡尔齐在一旁喋喋不休,不厌其烦地重复着他那些无聊的话题。他的言语就像是生了锈的铁片互相摩擦而发出的噪音,不停地挑动着她的神经,使她心烦意乱。她觉得有必要说些什么来严厉地制止他。

“特奥多罗先生,”她问道,“您为什么不去自杀呢?你的生活有什么意义?”

男人惊讶地看着她,然后又望了望高里奥,看见他笑了,于是卡尔齐便用一根手指顶着前额,连连摇头。

他们走进了高里奥寓所大楼的豪华前厅。庭院里,喷泉吐出的水珠在空中划出一道道优美的抛物线,流水的声音像窃窃私语似的。宏伟的入口通道边矗立着两排大理石柱子,一盏硕大精美的吊灯挂在中间,熠熠生辉。每当卡尔齐穿过这条通道时,他的心中总是充溢着肃穆庄严之感,就像参观一座寺庙一样,他每次都会驻足端详一番,端详着一楼的大理石台阶以及安放着一尊白色雕像的壁龛。

这次也是如此,高里奥就站在他身旁,卡尔齐迟迟不前。卡丽娜走到门卫那,看看有没有她的信。

“有谁住在这儿?”卡尔齐仿佛发现了新大陆似的,“天哪!这些有钱人啊,连楼梯上都要放雕塑。”

“要是你看到那个房门入口……”高里奥说,“前天他们家接待客人,就把门敞开着。他们家里铺满了天鹅绒,还有各种盆栽植物作装饰。”

“哇！那究竟是谁家啊？”

“是一个戴假发的德国女人住在那。对了！”高里奥突然惊呼起来，像猛然间灵光一闪似的，“这个女人应该很合你的胃口！”

“真的吗？”他面露微笑、神情得意地问道，但随即又转移了话题，“可惜920大道上没有什么商店，这点我倒是不大喜欢。”

“那又怎样呢？我们又不是国王，就算是我们这样的有钱人也得遭受这样的麻烦啊……”高里奥回答道，但是当他看到卡丽娜手里拿着一个包裹走了过来，他便立刻打住了。

“这下你可满意了，拿着！”她用刻薄而又愤怒的语气吼了一声。她的小说再次被拒收了，这一切在她看来似乎都应该归咎于她的丈夫。说罢，她便从旁边那个台阶很高且没有什么装饰的楼梯走了上去，她的丈夫紧随其后。虽然他们没有邀请卡尔齐上楼，但他也跟着高里奥夫妇一起上了楼，他想看看包裹里面到底是什么东西。

“他们甚至连看都不看一下！”卡丽娜一边嚷嚷，一边快步登上楼梯，她那焦急而又痛苦的声音回荡在这空阔而又冰冷的楼道里。

“他们不看什么呢？”卡尔齐问道，他绞尽脑汁想要让高里奥把事情告诉他，可是在火冒三丈的卡泰丽娜太太面前他似乎无计可施。于是他在第一层楼道的平台处停下脚步，朝上面喊了一声：

“我亲爱的朋友，请你别让我爬到了屋顶才有机会跟你说句晚安。”

高里奥也停了下来，但是卡丽娜还继续往上爬。

“那么，就晚安吧！”卡尔齐又走上来几步，对着面无表情的高里奥说了一句。

“你不上来了?”

“上来做什么?”

“我请你喝杯酒。”

卡尔齐略微思索了下。

“什么酒?”

“托斯卡纳红酒。”

“你知道哪里有最好的托斯卡纳酒吗？说出来肯定会让你大吃一惊。”

高里奥有点恼怒了,这次他真恨不得好好教训他一番,但是他和他的妻子相反,他能够很好地掌控自己的情绪,于是他再次邀请卡尔齐去他家坐坐,卡尔齐便欣然接受了。

高里奥已经看不见卡丽娜的身影了,于是他就有气无力、漫不经心地慢慢往上走,时不时地停下来歇一会。

“究竟还要走多少级台阶啊？三十万?”卡尔齐抱怨道,“每次来这洗一身汗水澡倒是不错的。”

高里奥没理睬他,他见状便赶上他,拽住了他的胳膊。

“耐心点、冷静点!”卡尔齐压低了声音在高里奥的耳边咕哝着,“你妻子到底拿到了什么东西啊?”

“她的手稿,”高里奥方才回过神来,回答说,“她写的一部还算不错的小说手稿。可她偏偏只愿意寄给那些大牌出版社,那自然只能被拒收了。”

“哇！你的妻子可是一名作家！而且她还是一名新人。”

“可她至今都还没有机会发表她的作品,”高里奥说,“她的毛病就在于急于求成。”

“这样,这样,”卡尔齐像是一个人自言自语一样,脸上写满了诧异,“她的小说有多长?”

“大多数都是短篇。虽说很短，但是都很有新意。我很少看到过这么好的小说。”高里奥回答道。

“换作是我，我会把它卖了，”卡尔齐若有所思地说，“可以在《讲坛报》上登个广告，总会有人愿意为此砸钱。反正目前也没有出版商看得上这些手稿！”

“卡尔齐啊，”高里奥想象着卡丽娜的反应，心头不禁涌上一阵寒意，“要是她听得进去就好了！”

“别提她了！”特奥多罗不屑一顾地说道，“女人的想法都是很荒谬的。天哪，一共有一百六十八级阶梯！我家乡钟楼的阶梯数目也只有这里的一半。”

他们终于走了上来。

“怎么有一股臭味！”卡尔齐走进了阴暗、逼仄的客厅后不停地嘟哝着，“你们难道从来不开窗吗？亏了这附近还有空气呢。”

“确实有股臭味！”高里奥有点恼怒，也嚷嚷了起来，“这味道哪里来的？应该是卡丽娜从诺曼塔诺桥带来的花散发出来的。”

“我才不管什么花不花的，”卡尔齐扯开嗓门喊道，“如果不开窗，那么这股恶心的味道让我根本没法待在这里。”

高里奥打开了饭厅的窗户，这个饭厅同时也被当做客厅。这时，卡丽娜把自己关在房间里，以免自己忍不住要把那个信封狠狠地砸到特奥多罗身上。

“你已经躺床上了吗？睡着了吗？”约莫半小时后，高里奥在房门外问了一声，然后走了进去。

卡丽娜躺在床上，把头蒙在红被子里，然后从里面伸出一根手指摇了下，表示她还没睡着。

“走了那么多路，你的脚怎么样啊？”

“觉得脚底发热。”

“卡尔齐那家伙不知道是怎么回事!”高里奥一边脱外套,一边说道,“他非要我告诉他你手里拿着的那卷手稿的内容,否则他就不离开。”

“那你就去跟他胡乱讲点!”卡丽娜把头从被子里伸出来,脸气得通红。

“冷静点,冷静点!”高里奥劝说道,同时又把自己脚上淡色的鞋子一只一只地脱下来,“他认识的人多,跟谁都谈得来,什么印刷工人、记者,或者是众议员……你难道不知道吗,他可是个生意人。”

“我不需要这些人帮忙。”

“你谁都不需要,但也没有人缺你不可!”丈夫的语气显得不满。

她不再说什么了,残酷的现实在她心里笼罩了悲伤的阴霾,她却只能选择沉默。高里奥提起他的一只靴子,条件反射似的检查了一番。他的靴子夏天穿完后冬天继续穿,他发现,虽然鞋子有磨损,但是却还没有穿破,好像一位固执的不肯卧床静养的病患似的。这只可怜的靴子啊,无异于严重的肺痨病人,饱受煎熬,饱受折磨,却倔强地不愿倒下。当高里奥弯下腰把它放回到地毯上时,心里产生了某种冲动,想要给他妻子点颜色瞧瞧。于是他先脱去袜子,狠狠地往地上一砸,准备大发一通脾气,但沉默了片刻以后,还是把自己的情绪压了下去,用尽量平和的语气说道:

“听我说,有时候你真是蛮不讲理,我真的无法理解你这一点。现在,在这种情况下你想怎么办呢?你还是趁早打消这种念头吧,什么特雷弗,什么卢克斯,或者其他什么出版社,甚至是萨拉尼,统统都不要妄想了。既然是你逼我说的,我就跟你说白了,没有一家出版社会出版你的小说的。就算是杰作又怎么样呢?

他们照样不会理睬你。你又何必这么固执呢？你把你的作品寄到报社去，也许他们会以连载形式刊登出来，这样还能打响点名气。你还奢望点什么呢？你就是这种人，手里有点资本，就恨不得马上翻倍，就算毫无收益地囤在手里，也不愿意拿出来赚点小利息。你看看其他作家，好多人都是从在地方报纸上发表作品开始的，你看，现在连欧洲最大的杂志社都在为他们出版作品了。”

卡丽娜笑了，然后再次把头蒙到被子里去。听到卡丽娜的笑声，高里奥又壮了壮胆，解开睡衣领口的一粒扣子，继续说道：

“现在这些报社出丰厚的报酬征集连载小说，他们还承诺将刊登的小说出版成书，并且保留在报纸头版上。为什么你就不能……”

“这点子是你的混球同事提出来的吧？”卡丽娜那张气得通红的脸又从被子下面露了出来，她伏在弄皱了的雪白的床单上，嘴里骂骂咧咧道，“你们这些小员工就这点出息，眼里只剩那两个子儿！”

“唉，可也的确如此！”她心里感到一阵辛酸，接着说道，“我现在连家里的伙食开销都承担不起了。我的父亲之前答应过给我补贴的，可现在为了供那贱女人好吃好喝的，就反悔了。我一分钱都没得到，一分钱都没得到！没错，所以我就应该出卖我的思想，就应该让我苦苦追求的艺术沦落为一种谋生工具，应该让我灵魂深处的梦想与粗鄙的连载小说同流合污。我出卖我的小说供人娱乐，用这种方式得来的钱换取面包来填饱肚子，用这种方式得到车夫、士兵以及其他读者的施舍。这意味着……”

“卡丽娜，你简直疯了！”她的丈夫躺了下来，对她说，“你冷静些，我不是这个意思，我亲爱的卡丽娜……”

他试图把她抱在怀里，可是她却把双手交叉放在胸口表示抗拒。

“还不如这样,”她平静地说道,“我把我的小说卖给一个蠢蛋,以他的名义来发表,就算我自暴自弃了,也不能侮辱我的作品。”

高里奥突然想起卡尔齐也有过类似的想法,但是他没有吱声,更加不敢表示出对这个主意的赞赏,怕又惹怒了他的妻子。这在卡尔齐看来,是一项事业的开始;而对卡丽娜来说,这意味着她艺术生涯的终结。然而他对他的朋友和妻子的逻辑都很反感,于是便提点自己的意见:

“但是买下你小说的人也可能以连载形式出版,或者交给民间的私人出版社。”

“你真是幼稚!买下一本书的人怎么可能只是为了再卖出去呢?他会像付费给作者一样,出钱让大出版社出版的。”卡丽娜回答道,这时她已经完全泰然自若了。

“这样的话,我们就和好吧!”丈夫说道,“啊呀,你的脚怎么是冰凉的。刚刚你还说你脚底发热!”

“我是觉得发热,因为我沉溺在我的幻想中,大概不会有人能夺走我的幻想吧?当你和你的同事在一块时,我的思绪无拘无束,幻想着……慢着,我为什么要跟你说这个呢?不,我不想跟你说,你不配。”

“卡丽娜,”年轻的丈夫一本正经地说道,“我也曾有过幻想,我的幻想就是像现在这样做一个幸福的人,有份工作,有自己爱的人,和我的妻子情投意合。虽然我们没有钱,但有的是梦想和爱情,有美好的愿望,有思想和灵魂,我们拥有的这一切,是金钱和荣誉都换不来的。然而,我觉得这种感觉正在慢慢消失,因为我所认识的那个人,原本日子过得颇为宽裕,不必为俗事所扰,她自视甚高，不慕名利，清高孤傲，有时候会有点夸夸其谈，但同时她也十分善解人意，慷慨大方。可是现在，当她一碰到困难，就怨天尤人，变得不可理喻……”

“我要睡了……”卡丽娜说着，就把眼睛合上了，“修道士也可以对着墙壁喋喋不休的。”

高里奥从她的语气中感觉到了细微的变化。他转过身，不过不是对着墙壁自说自话，而是把灯关了。窗外的月亮在浓厚的云层中忽明忽暗，一缕月光穿过这扇窗户的玻璃，轻轻地洒落到房间里每一个角落。过了一会儿，房间里传出了亲吻的声音。

早上，卡丽娜第一个醒来，她把头发凌乱的脑袋伸出被窝，然后把视线投向窗外，看到天气晴朗，她感到一阵莫名的喜悦。

透过氤氲着水气的玻璃窗，她隐约看见了澄澈的天空，众多鸟儿云集在巴尔贝里尼的树丛中，啁啾不停，云雀那清脆的叫声显得格外突出，让卡丽娜想象到喷泉的无数水滴飘散在空中，如烟似雾，长长的水柱从中涌出，似有冲入云霄之势。

街上车水马龙，人声鼎沸，犹如远处滚滚浪涛在翻腾涌动。忽然从隔壁两间房里传出悠扬婉转的小提琴声，如怨如慕，如泣如诉，融入到这马路上的嘈杂声和树丛间的鸟鸣声中。那两间房被转租给了一个外国人。

卡丽娜侧耳倾听，眼前情不自禁地浮现出这样的场景：深秋时分，挂满露珠的枯黄树木静静地伫立在楼下的花园里；鸟儿们欢腾地穿梭在树枝间，树叶上的露珠滴落在它们身上，把它们的羽毛弄得湿漉漉的。在这样的季节里，那只云雀难道不感到冷也不觉得饿吗？为什么它的啼声充满了欢愉？

她不禁又想到了放在茶几上的信封，顿时觉得她的作品和鸟儿的歌声似乎并无二致。这是一个美好的故事，一如它的标题，幸福满满地洋溢其中。读过这个故事的人,也许会体会到鸟儿啼鸣时的喜悦。可是,这个故事的作者,就如同那些在冬天造访的鸟儿,正在忍受寒冷和饥饿的折磨,这一切又有谁知道呢?

其实卡丽娜深谙世情,尽管她没有表现出来,但是她一直不抱有什么幻想。圣年带给罗马的是疯狂而可怕的诅咒。各种生活必需品的价格一天比一天贵,高里奥那点微薄的工资已经不足以支撑家里的各项开支了。为了不搬到更糟糕的房子里去,他们只保留了卡丽娜整天待着的那间阳光充沛的卧室,然后把其他两间房都转租了出去。但是这还不够,远远不够!卡丽娜只好把女佣也辞退了,雇了门房的小姨,一位年老的大妈做钟点工,可即便如此也无法应付家里每况愈下的经济状况。尽管这些尚未让卡丽娜陷入绝望的境地,但是像这种天气,当卡丽娜冻得浑身发抖时,她就无法保持泰然自若了。悲伤的情绪在她心里久久挥散不去,一个凄凉的事实在她脑海中反复萦绕着:她的文艺创作生涯还没来得及萌发便要胎死腹中了,这个她最初所坚持的梦想正一点一点地化为泡影。

在寒冷的刺激下,她的神经犹如琴上紧绷着的弦,似乎随时都会绷断,灵魂好似秋日飘荡着的云,好似漫无目的流淌着的河水,但其实只需要一缕阳光的温暖,几声鸟鸣的欢愉,以及清早清新空气的滋润,美妙的音乐就会重新奏响,愁云惨雾也可以瞬间驱散。

这天早上,她看起来似乎心情不错,当她的丈夫醒来,她转向他,说了一番耐人寻味的话:“你听,那些鸟儿在歌唱,它们既没有房子,也没有面包和衣服,但它们同样可以活得快乐,而且它们还试图通过自己的歌声把这种快乐传递给别人,即便不是特意这么做的。我们为什么就不能活得像这些鸟儿一样呢?”

“为什么？”年轻的丈夫说道，“为什么我们就不能好好珍惜自己所拥有的呢？”

“因为我们还没有学会那么做。”卡丽娜说。

“这不是昨晚我对你所说的话吗？”丈夫大声嚷嚷道。

“我不记得你昨晚对我说了什么。”她回答道，“但是现在我想让你看看我会不会好好把握我所拥有的东西。”

“你想做什么？”

“我要去找那家报社的总编辑，把我的作品《春天》给他看。如果他拒收我的作品，我就把它卖给第一个买它的人。”

高里奥看着妻子郑重其事地说出她最终的打算时，面露不悦之色，眉头皱起，坚决地说道：“我不同意你这么做，你听懂了吗，我不同意！”

“那我们走着瞧吧！”卡丽娜说完，嘴里就哼起了歌。

随后，她便起床了，一番梳洗后，走到门口给刚到的钟点工开门。

“早上好，太太！今天天气可真暖和！”女佣一进门便大声说道。她是一位身材小巧、上半身穿着紧身衣的老妇人，一头亮泽的金发被梳成蝴蝶形，她身上穿的陈旧的蒙古皮衣，倒是赋予她一种贵妇人的气质。

“你今天迟到了，”卡丽娜说道，“赶紧去生火吧。”

“是您今天起得早，”这个老妇人一边反驳道，一边脱去她的外套，“您已经把头梳好了啊！哎哟，您这么美丽的头发怎么能梳得这么糟糕呢？如果您见到房东太太的头发，你就会发现她的头发梳得有多好看了！”

卡丽娜又走进房里，推了推躺在床上看书的丈夫。

“行了，赶紧起床，我要开窗透透气了。”

“小鸟儿，今天早上你怎么啦？”高里奥抚摸她的头发问道，“你晚上梦见什么了？”

“别管我，我的头发已经够乱了，手快拿开，我要开窗了，然后想要出去走走。你快起床吧！”她一边说道，一边挣脱了高里奥的怀抱。

“你今天早上怎么像着了魔似的！”高里奥说道，“这个点儿你想去哪儿？”

当他把衣服穿好时，卡丽娜已经把窗户打开了。她趴在窗台上，稍稍把身子探出窗外。她从高处望去，整个城市尽收眼底。尽管对此她早已司空见惯，但她还是情不自禁地发出赞叹。经过夜晚一场大雨的洗礼后，在这秋天的早晨，整个罗马城，在水蓝色的雾气的笼罩下，变得光彩照人，宛若新生，犹如一座刚刚被撕开神秘面纱的梦幻之城。

在茫茫苍穹尽头，柔和的淡紫色的云彩涂抹在那条呈半圆形的水平弧线上，一望无垠的绿色田野上依稀可见纵横交错的田埂，树丛间雾气缭绕，玫瑰红色的云朵漂浮在其上方，缕缕阳光从云层中挤出，仿佛是给互相紧挨着的云朵镶上了一圈金边。这是一幅绝好的色彩斑斓的风景图！在卡丽娜的窗下，在巴尔贝里尼花园里，秋天正悄悄地露出她迷人的笑靥。树叶被镀上了一层金黄色，中间也夹杂着星星点点的红色和赭色，挂在树叶上的露珠在阳光的照射下闪闪发亮。树丛间，一条条肉色的小径镶嵌在土壤这块硕大的幕布上，鲜艳的树木如同点缀其上的妙笔。鸟儿们在被腐蚀了的雕塑四周欢腾地蹿上跳下。没有一丝风，也没有一个人来惊扰这片静谧之地。通往平台的阶梯上流水淌过的痕迹隐约可辨，金黄色的树叶时而贴着台阶随风打转，时而静静地躺在林荫小径上。这个隐蔽的小花园坐落在这个城市深处僻静的一隅，独自施展出自己的魅力，犹如一颗掩藏在贝壳里的珍珠。

然而这个花园带给卡丽娜的，既有欣喜，又有难以名状的伤感。她内心多么渴望能够拥有它，可却偏偏只能远远地欣赏它。在这个充满鸟儿动人歌声的梦幻花园里，无论是白天还是夜晚，除了园丁，她从没有见过其他人从这里面的一条条金黄色的小径走过。这儿就像一座宝库，被一头猛兽看守着，它既不懂得欣赏，也不允许被其他人占有。

啊，如果能在这明媚的秋日的早晨，来到楼下，怀着轻快而又欢愉的心情，踩着厚厚的落叶，漫步在飘满清香的树丛中，拥抱那些历时弥久而破败不堪的雕塑，耳边回荡着云雀那清脆悦耳的歌声，隐约还掺杂着枯黄的叶片之间互相摩挲的声音，透过金色树叶的缝隙，仰望头顶上方那片澄澈的天空，还可以看到缀满露珠的树枝折射出钻石般的光芒。在这生机勃勃、美不胜收的宁静之地，整个人都如同获得新生。

可是谁阻止她这么做呢？

是哪头愚蠢的猛兽看守在这花园的栅栏门不让她进去呢？

她想起在那些开放公园里，她常常和一些老妇人一起晒太阳，同时她忍不住又意识到，就在这个早晨，她得穿过卡罗·阿尔贝勒多小花园，把她的手稿带给报社的编辑，用自己的梦想来换取面包，这让她感到既恶心又辛酸。随后，她离开窗台，“砰”的一下把窗户重重地关上。

高里奥已经穿好了衣服，一边很仔细地刷着他那顶旧帽子，一边神情黯然地喃喃自语道：“马上我们得去干那苦差事了……”

卡丽娜听见了高里奥对着他的“难友”嘀咕的那句话，当她目光扫过那顶帽子后，便一下子忘记了那些鸟儿，忘记了晴朗的天气，忘记了罗马清晨那如诗如画的景色，忘记了一切美好而又虚无的东西，方才的那丝幸福感荡然无存。

丈夫出门后，她给她的父亲写了一封信，把她所有愤懑的情绪都倾泻在了满满一纸尖刻的言辞中，随后她便带着她的手稿出门了，准备先把信寄出去。淋了一夜雨的路面泥泞不堪，然而天空碧蓝如洗，空气也很暖和。天宇尽头飘浮着几朵白云，如同一座座白雪皑皑的山丘屹立在远方。车站前的广场上，人来人往，熙熙攘攘，许多人正在等待着从南方来的一个朝圣团。一阵风吹过，花园里的树木随风摇曳，不时地甩下几滴晶莹的水珠和几片枯黄的树叶。一辆辆如庞然大物般的电车从人群中疾驰而过，走在路上的人们急忙退后让道。

这时卡丽娜把刚刚的心事搁在了一边，饶有兴致地观察着形形色色的路人。对于这位少妇来说，这种兴致还带有一丝嘲讽的意味。她时不时地看到一群人簇拥在招摇撞骗的江湖术士周围，或是徘徊在商店的玻璃橱窗前，抑或是围观一个调皮的小孩子在人行道上画画。她当作自己纯粹是在欣赏艺术，以此来掩饰自己的好奇心。

她把信投到了信箱里，然后径直走到车站出口。那里停着长长一排豪华的客运马车，透过车上锃亮的玻璃，可以看到车夫坐在高高的座椅上，像是舞台上令人望而生畏的外交官一样，严肃地俯视着人群。

不一会儿，那些朝圣者到了，车站的出口被人群挤满了。从车站里走出来的几位神甫身材都十分高大，长着满脸的络腮胡子，似乎好多天都没有剃过了。他们催促着一群穷女人往前走，那些妇女身上都驮着一个大包袱，她们一脸倦容，眼神中流露出惊异之情。这时周围的流动小贩全都挤进人群，向朝圣者和神甫们一拥而上，来推销他们的东西。其中一个金发小贩，举止优雅，看起来颇有绅士风范，他在那些穷女人的面前挥舞着一捆镀金的念珠，用沉闷的语调吆喝着：

“两个铜板！两个铜板！圣年的念珠，统统都卖两个铜板，两个铜板！”

一些瘦小的擦鞋者不知是从哪里冒出来的，他们迅速钻出人群，来到朝圣者们的跟前，手脚麻利地为她们擦拭靴子。这时，一个侏儒走过来，她穿着紫红色的上衣，脖子上围了一圈精致的皮领，口袋里鼓鼓囊囊地塞满了彩票，嘴里不停地嘀咕道：

“小心点！小心点！”

站在卡丽娜旁边的两个朝圣者用看怪物似的眼神盯着侏儒。当这个侏儒看到她们惊讶的表情时，便趁机走上前向她们兜售彩票。

“快走！”一位神甫操着粗哑的嗓音，催赶着朝圣者们向前走。

这些流动小商贩们混杂在人群中，互相推推搡搡，兜售着五花八门的东西：小吃、明信片……空气里弥漫着糕点的香气，街上车水马龙，人声鼎沸，奏出一曲奇特的交响乐。

一个身材魁梧的神甫突然晕倒了，一头栽进人群中，人们拥上前去把他围住，纷纷投去好奇的目光。卡丽娜被这涌动的人流推着不断向前走，在这人头攒动的广场上，她一眼就看到了一个秃顶的神甫，他的额头发红，过了一会又慢慢变紫。身旁一个卖小吃的小贩暗地里开了个粗俗的玩笑，她听见后忍不住“噗哧”笑了一声，而后又立刻反感起自己这种邪恶趣味来。这种油然而生的羞耻感使她一下子烦躁起来，于是她赶紧脱离了人群。

心事重重的卡丽娜走在广场上，这时一辆自行车从她旁边疾驰而过。她忽然回过神来，看到了那个骑着自行车、头戴鸭舌帽的金发男子。卡丽娜想起这个人就是她所要去的报社的专栏编辑，顿时，她的脸都变红了。

“没有什么好害怕的!”她自言自语道，“我有什么好脸红的呢，又不是被人发现我要去讨饭。”

于是她不自觉地加快了脚步。在阳光的照射下，路面上的积水迅疾蒸发干净，人行道仿佛被洗过一样。蔚蓝色的天幕上，挂着几朵半白半灰的云朵，阳光普照下的国民大道如一幅色彩明艳的画，漫步其中的行人的轮廓被勾勒得格外清晰。

卡丽娜十分喜爱这条宽阔、美丽的大街，正如对于优美的风景、对于文学和艺术的喜爱一样。有时在白天，当卡丽娜独自一个人漫步于人潮中，或者游荡在空空荡荡的马路上时，她总会感觉有些迷茫。在阳光的渲染下，眼前的某些景象如梦似幻，使她的思绪在不知不觉中游离到了现实之外。这时她感到自己仿佛不是行走在路上，而是漂浮在汩汩流淌的河流中，甚至仿佛看到阳光照耀下的水面浮着碎金，熠熠发光，这一切使她深深陶醉。

亦如这天早晨，水蓝色的光芒洒在轮廓鲜明的人行道上，穿行在其中。卡丽娜意识有些模糊，但是她并没有忘记自己此时要去哪里、要做什么。一想到即将要面对的残酷现实以及即将要被扼杀掉的梦想，她心中的悲凉感便无法消退。

“勇敢点！我没有什么好畏惧的。”她一边不停地轻声自言自语，一边向报社的编辑部走去。

当卡丽娜上楼时，迎面走来一位身着黑色正装的女士，不知为何，看到她后，卡丽娜更加壮胆了些。

卡丽娜走进编辑部，一位脸色苍白、眼眶发黑的小伙子面无表情地走了过来，问她说:“请问您想找谁?”

“我要找你们报社编辑部主任。”

“他今天没来。”

她在心里反复告诫自己不要害怕，于是便用一种高傲的语气说道：

“他告诉过我他十一点会来，请把我的名片给他。”

小伙子接过名片后便走开了，不一会儿他又回到原处，对她说：

“请跟我过来。”

卡丽娜走进一间宽敞的大厅，里面有些昏暗，只有一丝微弱的光线透过屋顶的天窗射进来。大厅里陈设很简单，只有几张陈旧的黄色沙发和一张盖着绿色绒布的桌子。

一个工人坐在墙角，有些局促不安地等待着，或许他是来对某条新闻表示抗议的。看到他之后，卡丽娜觉得自己再次受到了侮辱。时间在静静地流逝，她手里攥着自己的手稿，来回踱着步，却一直没有人过来叫她，她只得像那个工人那样耐心等待着。过了一会儿，她实在等不下去了，便站起身，走出大厅，来到走道里。有几个人忙不迭地从过道的几个门进进出出，敞开着的门里传出说话声和笑声，似乎是有人在打电话。这时，一个年轻人出现在走廊尽头，他手里端着一杯咖啡，看到卡丽娜后便快步朝她走来。

“请问报社总编在哪？”她红着脸问。

“请跟我来。”年轻人说道。

他把卡丽娜带进一间昏暗的小会客厅后，又走进了隔壁一间屋子，门就这样半掩着。从里面传出的声音好像是说有个女人想要见经理。

“可怜的总编！”她听见一个鼻音很重的说话声，语气中带着嘲讽意味的同情。

顿时，卡丽娜感到怒上心头。他们当她是什么人了？或者他们猜到了她此行的目的，知道她是什么人，并且对她轻视到了这种地步，甚至都在同情和嘲笑接待她的人！她心里的耻辱感愈加强烈，于是二话没说，甩头就走。当她走到过道时，那个年轻人从里面探出了头，把她叫住：

“小姐，您请进。”

那声“小姐”听起来带有奉承之意，于是她又退了回去，跟着年轻人进了主编办公室。

里面坐着一个面无血色的胖男人，嘴唇上方留着两绺长长的八字胡。此时他正埋头写些什么，木制的写字桌在大玻璃门反射光的照射下泛着淡淡的银光。在卡丽娜进去后的五分钟里，她坐在主编的对面，只顾盯着桌面上的反射光和他的八字胡看，她发现那两撮胡子一边长一边短。

“好的，”听完她的提议后，主编和善地对她说道，“你十二月上旬再来一趟，到时候我给你答复。”

卡丽娜又回到了国民大道，先前自己走过哪些路都不记得了。挥之不去的阴霾始终覆盖在她的心头，但同时她又对自己最终作出的牺牲涌出一种满足感。

返回的路途中，她再次漫步在帕尔马大街上，然后扶着石灰石栏杆，登上了通向花园的阶梯。当她抚摸着栏杆粗糙的表面时，观察到潮湿的石栏表面经过长年累月的侵蚀已经千疮百孔，如同吸满了水的海绵一般。路边那些法国梧桐光秃秃的枝头上，只剩稀稀拉拉的几片颜色好似铁锈一般的枯叶，它们拼命地抓住这见证着它们兴衰存亡的树枝，迟迟不愿与其分离。此时卡丽娜又想起了自己的梦想，正如这树叶和石栏一样，它们曾经是多么美好、多么坚定，但现在依然也无法避免在残酷的现实中饱受摧残的命运，尽管她一直竭力不让自己的梦想彻底破灭。

卡丽娜一回到家，便发现了一件让自己惊喜的事情：她昨晚在酒吧看见的那只讨喜的小狗竟然出现在了自己的家中。这只小宠物，像披了件蒙古皮衣的雕塑一样，浑身雪白。它像饭厅里的主人似的，用它的小牙齿啃着扶手椅边上的流苏。当卡丽娜进来后，它便看着她，水汪汪的眼睛里透着通人性的灵气，然后摆出一副骄傲的姿态，冲她轻声叫了一下。

她弯下腰，双手捧起这只可爱的小宠物，把它高高举起。过了一会，她又把它放在自己脖子上，然后带进房间里，轻轻放在床上。她脱下帽子，打开衣柜的抽屉，找出来一条衬带，然后一边给小狗的脖子围上这条衬带，一边像个孩子似的和它说话：

"喂，你的爷爷把你丢在哪了？我的小家伙，你这是跑到哪里来了呀？要是你觉得冷，我就把露西亚的皮衣给你穿。等下啊，可不要乱动！快看，给你配上这条红衬带后，你现在看起来可漂亮了！待会高里奥看见了肯定要笑的，不要动！"

这时，她听见了丈夫在楼梯上走动的脚步声，于是赶紧拿来露西亚的皮衣，盖在小狗身上。小狗静静地躲在皮衣下面，十分配合。

"嘿，我们有小宝宝了。"高里奥进门后，她对他说道。

跑上楼的丈夫尚未停止喘息，听了卡丽娜说的话，便走到房里，掀开皮衣一看，就咯咯笑了。

"卡尔齐那个疯子！是他送来的吧？"

"是的。"卡丽娜微笑着说。

然而麻烦很快就出现了，这只小狗什么东西都不吃，包括卡丽娜亲自为它绞碎的肉。

"送这只小狗来的男人说它只吃饼干。"露西亚想起来了，连忙说。

"啊，这样的话，可爱的小家伙，这儿就不是你该来的地方了。”卡丽娜惆怅地冲着小狗说道。

不过她还是叫人买来了饼干，但却不像一开始那样高兴了，她开始埋怨起卡尔齐来。

“他根本用不着这么做！你看如果我把小狗还给他，他也许会把它烤了！”

但它是那样讨人喜欢，所以她还是不舍得把它还给卡尔齐。卡丽娜整天忙着帮它洗澡、为它梳理身上的毛以及给它佩戴绸带。然而在卡丽娜的悉心呵护下，它不仅一点都没有长胖，反而日渐消瘦了。

在十一月底的一天晚上，卡丽娜发现养这只狗给他们的家庭开支增加了很大的负担，这使她再次苦恼不已，又开始自怨自艾起来：“我的生活真是不幸，连一点点享受快乐的机会都不肯给我。”

当天晚上卡尔齐造访，于是她就把这股怨气发泄到了卡尔齐身上。

“说说看吧，你们圣诞节晚上有什么计划吗？”卡尔齐进门后，问高里奥。

“我？还没想好呢。现在计划这个太早了吧！”

“嘿，也不早了，”卡尔齐说道，然后把身上的大衣脱了下来，叠好放在椅子上，“你看看我，我就已经想好并且安排好了。我指给你看过，在都灵大街上的一家军人合作商店，那里卖的一种猪蹄皮灌肠……”

“特奥多罗先生，”卡丽娜走过来打断他的话，“我们打算在圣诞节那天把那只小狗烤烤吃了，反正它是没经过我们同意就被您送来的。”

“哎哟，哎哟，”卡尔齐并没有生气，“我的小伙伴在哪？”

他看到了小狗，见它变瘦了，说肯定是卡丽娜不给它喂吃的。

“它每天都要吃五十克饼干！”高里奥说道。

“我说它怎么变瘦了！它需要吃一百克，一百克知道不！你知道要用哪种饼干来喂它？卡丽娜太太，你怎么不把它放这，你这是要把它带哪去？”

“你把它拿走！”卡丽娜说道，“我们是穷人，别说养狗了，我们连自己都养不活。”

听了卡丽娜说的话，高里奥心里满是不悦，但看到妻子一脸悲伤的样子，他只得把怒火压下去。已经怀有身孕的卡丽娜开始有一些不适的感觉了，她面无血色，眼圈发黑，嘴唇干燥泛白，时不时感到反胃作呕，痛苦难耐。特奥多罗也瞥了她一眼，下意识地眨了眨眼，他的单片眼镜跟着掉了下来。随后他立刻转移了话题，神秘兮兮地向高里奥透露一种鉴别真伪香槟酒的最好方法。

“当你把酒倒出来的时候，你得看好了，”卡尔齐压低了嗓门说道，同时做出一个倒酒的姿势，“看着酒从瓶子里流到高脚酒杯里时产生的水柱，如果水柱的颜色是金黄色的，那么这个酒就是真货。”

卡丽娜坐了下来，把小狗抱起放在自己的两膝之间，听见他们的谈话后，便饶有兴致地抬起头。然而高里奥却害怕妻子又会说出什么扫兴的话来，便赶紧换了个话题。

“你结婚的事进展得怎么样了？”

“上帝啊，还是不要提这件事了！”特奥多罗说道，他用双手抱住头，故作苦恼状，然而脸上却流露出一丝得意的微笑，“这真是令人抓狂啊！现在我已经收到六十几个四十来岁的女人的信了，个个都说自己有一笔嫁妆钱。哎，怎么又提起这茬儿事了！”

“我觉得你说得也太夸张了吧。”卡丽娜冷笑了一声说道。

于是，卡尔齐从口袋里掏出一沓皱巴巴的信，往桌上一扔，然后用手拍了拍桌上的信，大声说道：

“这就是证据！您自个儿看看吧。”

卡丽娜根本就懒得看，而高里奥则打开了其中几封信，粗略地看了下内容后，就忍不住捧腹大笑起来。

“你像是要结婚的人吗？”卡丽娜不屑一顾地说道，“说句老实话，你懂什么是婚姻吗？”

“我清楚着呢，首先就是要还债……”

“你有债在身，竟然还想建立一个家庭？”卡丽娜说道。但是特奥多罗打断了她的话：

“每个人都有债要还，谁没有？”

“像我们就没有……”

“哈哈，你们确实没有，所以你们的日子才过成了这样！”自以为是的特奥多罗用说教般的语气说道。

“我们的日子过成什么样？”卡丽娜逼问道。

“哟，你们过得连一只小狗都养不起了！”

“我们是养不起狗，但是我们还没有到像你那样出卖自己的人格和自由的地步！”

“卡丽娜，给你看下这封信，真的非常搞笑。”高里奥对她说，然后笑着把信递给她。

“别给我，别弄脏我的手！”卡丽娜说。

“那么你呢，”卡尔齐托起他的单片眼镜，皱了皱眉，又摆出一副说教的架势，“如果你要生存，你就得出卖高于自由的东西，那就是你的才华。如果你不愿意，或者情愿挨饿受冻，过着生不如死的日子，那你就是个大傻瓜。”

“那你就是个道德沦丧的人！像你这样的禽兽，我必须把你从我家里赶出去……”

高里奥站起身，走到妻子身旁，用一只手抚摸着她的头发，请求她去睡觉：

“拜托，快去睡吧。”

然而她却一动不动。卡尔齐站起身，把桌子上的信收好放回到口袋里，装出一副被伤了自尊的样子。

“我这就走，”卡尔齐一边说，一边把大衣披在身上，“但是，卡丽娜太太，你必须明白，你是错的。什么是道德？道德就是善待自己。如果大家都遵循这个行为准则的话，那么这个世界才会变得更好；如果大家都像我一样……”

“那么人生就沦落为一场龌龊的游戏。”卡丽娜说道。

“人生难道不是一场游戏？”

“至少不是如此令人厌恶的，而且，”卡丽娜换了种语气继续说道，“与你这种人说话有什么意义呢？正如你所说的，我的处境确实非常不幸，不幸到不得不和你这样的人交谈的地步。”

这句话实在太尖酸刻薄了，卡尔齐彻底被羞辱到了，于是他说道：

“好了，去睡吧，睡吧，晚安。跟你们的女仆也打个招呼。高里奥，你也来吗？晚安，卡丽娜太太。”

“我跟他去一会，马上就回来。”高里奥对妻子说道。

过了不到一分钟他就回来了，门也没有关上。卡丽娜把睡着的小狗放在了沙发上。

“听着，”他对卡丽娜说，“卡尔齐想要回那只小狗，他想开个玩笑：按了一下一楼人家的门铃，然后把小狗送给来开门的仆人。”

“不，”卡丽娜大叫一声，“你这个笨蛋！给我滚开！”

“对不起，”他用略带讽刺的语气说道，“我本来还认为你肯定愿意做出点牺牲的。”

相比于之前和卡尔齐之间发生的激烈的争吵，丈夫的这句话更加激怒了卡丽娜。她的脸气得发白，整个人都陷入了痛苦与怨恨的漩涡里。

卡丽娜打开房间的窗户，俯视窗外的景色。夜色苍茫，漆黑一片，寒气逼人。四泉路上的路灯幽幽地吐出昏黄的灯光，巴尔贝里尼大厦灯火通明，光线笼罩着楼下的花园。花园里，落叶随风起舞，互相摩挲，如同在冰冷孤寂的海洋中翻腾着的小小浪花。放眼望去，在阴沉沉的天空下，整个罗马城灯光如昼，犹如一颗镶嵌在黑幕上的璀璨明珠。

卡丽娜环视一圈，确定下面没人能看得到她后，就举起那只小狗，把它往下一扔。随后，她用颤抖的双手把窗户关上，眼眶里噙满泪水，内心久久无法平静。

是的，她那些离经叛道的想法就像燃烧在内心里的烈焰一样，因而她常常恐惧自己会逐渐变得神经衰弱。症状不是已经出现了吗？那只无辜的小狗陪伴了她三个礼拜，并且给她带来了快乐，现在她却亲手杀死了它。可为什么她又忍不住哭泣了呢？她从来没有像现在这样，难道她本身就像大多数女人一样神经不正常吗？啊！不，不，她不想这样，她不要沦为生活的奴隶，她要成为人生这场残酷游戏里的赢家。

“我要像海难中的逃生者一样，站在岸边的礁石上，”她心想，“在经历过狂风暴雨和滔天大浪的侵袭后，获得了新生，到达繁花似锦、平静如初的彼岸。”

而后，罗马迎来了罕见的严冬。酷寒的天气使卡丽娜的生活变得更加难熬，加上连日持续低烧，她所遭受的痛苦是前所未有的。

好不容易有几天晴朗的日子，卡丽娜就会去卡罗·阿尔贝勒多花园，静静地坐在一把石椅上，神情忧郁地看着花园里的孩子们嬉戏玩耍。更多的时候，她只能呆在家里，瑟瑟发抖地望着窗外冰冷的雨滴敲打着窗户。

卡丽娜的父亲曾经写过一封信给高里奥，在信里表明他的生活也非常拮据："我现在也是独居，家里一穷二白，东西全被那些见利忘义的小人榨干了。我娶过一个穷女人，可惜除了爱情她什么也给不了我。"对生活来说，爱情就是微不足道的！

和卡丽娜结婚时，高里奥甚至连嫁妆都没要，不过他的岳父倒是主动提出每月给这对年轻的新婚夫妇一笔津贴。而现在在这对小夫妻最需要资助的时候，他却无可奈何地反悔了。但他又能怎么办呢？他也很想兑现自己的承诺，但现在却有心无力，为此他十分愧疚。他多么希望自己能够升职，这样或许就可以对他们做出点补偿了。

高里奥也一心盼着升职。同时怀有身孕的卡丽娜饱受寒冷的折磨，终日愁眉不展更使她显得憔悴不堪，因而这段时间也是卡丽娜最需要贴心的照顾和安静的环境以及最需要多多补充营养和能量的关头，否则他们的孩子肯定一生出来就瘦骨嶙峋，并且还无法给他一个温暖、幸福的家庭。

"唉，生活真是充满不幸，命运也令人无奈。这个多出来的小生命比生活必需品还不可或缺，但他却无法过生来就衣食无忧的生活。过着一贫如洗的生活却又要遮遮掩掩，这比在光天化日之下伸手讨饭更加悲哀。"高里奥夫妇就是这样想的。现在他们甚至连咖啡馆都不去了；为了省电车的费用，他们不惜长途步行；卡丽娜也辞掉了女佣，连香皂和皮手套都舍不得买……这些小小的牺牲一次又一次刺痛她的心，然而这一切都只是徒劳罢了。就像卡丽娜把那只讨人喜欢的小狗当作一张废纸一样扔出窗外，但仍然于事无补。

高里奥又何尝不在作出许许多多这样的牺牲呢？比起他的妻子，他所遭受的痛苦和屈辱是有过之而无不及，因为他得在外工作，他得更进一步地接触到生活丑陋的本质。他偶尔会去科斯坦齐放松一下，通常也就买张最便宜的顶层座位的票或者站票。当他看到剧院包厢里的那些妇女时便感到心如刀割，她们根本不在乎演出如何，而天资聪颖的卡丽娜却是那样热爱音乐、热爱艺术，但她却被艺术的神殿拒之门外。如今，他已经去不起剧院了，但他常常怀着既喜悦又苦涩的心情随着看戏的观众一起来到剧院门口，假装自己马上也要入场一样，然后在剧院门口流连忘返，看看大厅里贴出的大幅演出海报。一个包厢一晚上要八十里拉，整整八十里拉！他要工作半个月才能赚到这么多！

一天晚上，高里奥看到剧院的勤杂工正在把那些徘徊在大厅里的没有票的人赶出去，于是他赶紧趁他们还没开口时溜了出来。他愤愤不平，心想，滚吧，滚吧，把对戏剧的一腔热爱一起赶出去吧！让它在冰冷和黑暗中彻底湮灭！

到了十二月中旬，卡丽娜去了报社编辑部，可报社员工告诉她说总编不在罗马。年底她又去了几趟，但都被打发回来了，他们每次都借口说总编实在太忙了。她后来又写信给报社，也没有收到过任何回复。每次当她登上报社大楼闷热而又昏暗的楼梯时，她总是倍感屈辱。这么做对她来说与乞讨无异，但是她强忍着在心里对肚子里的孩子说道：

“一切都是为了你，都是为了你！”

如今,生活已经捉襟见肘,卡丽娜再也没心思管什么艺术了。她要依靠自己的才能生活下去,而不再想要维持那毫无意义的荣誉。为即将出生的孩子购置必备的物品,准备一笔付给产婆的费用……她不得不终日忙于这些庸俗不堪却又无法逃避的琐事。

这一年的最后一天,高里奥和卡丽娜在滨桥公园散步时遇到了卡尔齐。那天天气很好,公园里人山人海,大家都围在一个舞台周围。马车挨个停在一边,车窗玻璃在夕阳的映照下泛着橙红色的光。一些漂亮时髦的姑娘漫步在公园里的小路上,她们的眼神在人群中游离不定,似乎是在寻找她们的白马王子。

高里奥夫妇和卡尔齐在舞台旁边找到一张长椅,然后一起坐了下来。卡尔齐望着面前来来往往的人们,便又装作很懂哲理的样子开始高谈阔论:

"啊,在这个世界上,处处都是用新衣服和新帽子装点出的光鲜亮丽的外表,处处都有卑鄙的流氓!处处都重复着男人与女人之间的游戏!处处都可以看到爱与恨的交织!处处都上演着承诺与背叛、奉献与妒忌的好戏!"

"你和我不也是这芸芸众生中的一员吗?"高里奥说道,同时把裤管卷到膝盖那儿。

"说得非常对!你和我正是其中的一员!你知道我今天做了什么吗?我放弃了一件事。"

"你的婚事?"

"哇,你竟然猜对了!正是一桩婚事。那个女人三十六岁,长得相当漂亮。她承诺结婚后会立刻帮我还清债务,整整三十万里拉哦!她还是曼图鄂的一家香肠奶酪店老板的堂姐,并且预测她还是那个百万家产的合法继承人。"

"你就这么白白放走她了?"

“错过这家香肠奶酪店确实有点可惜，而且这对我来说还是很有用的。但是，你知道吗，有很多问题，她的过去有很多问题。”

“特奥多罗先生，难道您就没有问题吗？”在一旁的卡丽娜开口问道。

卡尔齐这才发现了卡丽娜的存在。

“啊，卡泰丽娜太太，您今天的心情如何？为什么您盯着那辆双驾马车的时候，目光显得格外忧伤呢？如果您认为那些坐在马车里的豪华座椅上的人是幸福的，那你就错了。事实上，他们比我们这些可怜的穷人还要不幸。”

“特奥多罗先生，收起你那套陈词滥调吧！说有钱人不幸福只是我们这些可怜人聊以自慰的方式，有钱人怎么可能体会得到我们穷人挨饿受冻的痛苦？”

“啊，对了，明天准备做什么？”

“我觉得在这点上没有什么好说的。”高里奥回答道。

“嘿！当然有，因为今天一点儿都不冷，明天也不会冷的。所以，如果你们愿意，明天我们可以去诺曼塔诺桥那里，一起在草地上用餐。”

“不！”卡丽娜马上回绝道，一想到要比平常花更多的钱她就感到害怕。

“为什么不呢？”

“因为我身体不太舒服！”她羞红了脸说道，但是她心里明白卡尔齐肯定已经猜到她拒绝的原因了，因为这时卡尔齐从口袋里掏出一份晚邮报，递给卡丽娜，用手指了指报纸上面的一则启事。

高里奥也凑过来和卡丽娜一起看那则启事。黄昏时分，空气中凉意阵阵，落日的余晖染红了报纸的大半面，乐队奏响了卡瓦拉多西的浪漫曲，人群安静了下来。落日熔金，暮云合璧，彩霞沉淀在远方的地平线上，霞光从树木的缝隙间透出，仿佛点燃了树丛似的。各式各样的乐器在光线照射下反射出金灿灿的光，它们的声音交织在一起，如同金喇叭似的，在无知的人群中渲染了无限哀愁。眼前的场景让卡丽娜感到一阵眩晕，她端起报纸，看到启事上写着："为生活所迫的小说家，不得不低价出售他的作品，内容非常有趣，并可为其他类似作品进行修改和校对……"由此可见，她的境况并非偶然！

"这才是正常人！"卡尔齐脱下帽子，说道，"我欣赏且佩服这样的人！"

这时，一位穿着浅色衣服的老妇人从卡尔齐身边经过，以为他在问候她，便向他回礼。这让卡丽娜忍不住笑了起来，心中的阴霾也被冲散了些。

"如果他的小说写得跟这则通告一样的话，那倒确实很有趣。"她用讽刺的语气说道。

"在不得不这么做之前，我宁愿先卖掉我的衣服、我的床，包括其他所有一切，甚至是鞋子。"高里奥附和道。

"我告诉你，很可能那个卖自己小说的作家连床都没有了，更不要说鞋子了。也许他就是为了买双鞋而出售自己的作品，这种做法非常正确。"卡尔齐边说边把报纸叠起来。

"那么你呢？"高里奥突然插话道，"你为什么不和刚刚提到的那个女人结婚呢？"

"这是另外一码事，我要是这么做就等于卖淫。"

"那么，这算什么？"高里奥用手指敲敲报纸问道。

卡尔齐摇了摇头，表示遗憾地说道："不，我的朋友们，你们根本不懂。你们要是卖了你们的床、你们的衣服和鞋子，那么最后你们还是要被迫出售自己的作品。出售作品是你们马上就可以做的事情，而且还可以免受很多苦。”

“那我宁愿饿死，”卡丽娜说道，“反正死的方式大同小异。”

“卡丽娜夫人，这话你也只能说说而已。”

“即便有人愿意售卖自己的才华，就像这个作家一样，可有哪个傻瓜愿意买呢？”高里奥问道。

“对，这种事情也只会发生在小说里。”卡丽娜说道。

卡尔齐摘下他的单片眼镜，用他那暗黄色的眼珠子盯着卡丽娜看。这似乎是他第一次注视着她的脸庞。夕阳把她的半边脸照射得通红，另一半苍白的脸被阴影遮盖着，露出一副厌恶的表情。

“你想要我来帮忙吗？”他问道，“如果有需要，可以告诉我。”

高里奥夫妇知道卡尔齐比较擅长忙活这种事情，比如说为了给朋友借钱，他甚至能跑去找高利贷，他曾经还从事过家具买卖，替人找过房子和保姆，帮助失业青年找工作……因此，高里奥夫妇知道他刚刚说的那句话是当真的。

“得了吧，我们还是换个轻松点的话题吧！”高里奥略有不悦地说道。

卡尔齐也没有再说话。他抬起头，重新把他那片单片眼镜戴上，跷着二郎腿，哼起了歌。过了一会儿，他突然站了起来，伸出一根手指，高里奥夫妇冷冷地碰了下他的手指，然后他便头也不回地径自离去了。

卡丽娜继续观望着人群，她看看女人身上穿的衣服，看看蹦蹦跳跳经过的孩子，又看到一只品种高贵的狗，它被一个留着八字胡、穿着格外宽松的衣服的年轻人牵着，还看到几位贵妇人正襟危坐在马车里，来来往往的男人的目光被她们所吸引。她脑海里模糊地浮现出一些往事，就像想起她亲手扼杀掉那只小狗的生命一样，事情虽已淡去，痛感却依然清晰。她感到某些东西已经彻底在她的体内死去，心里顿生悲凉之情。

高里奥站起身，朝她伸出一只手。她握住了这只对她来说意味着亲密和忠诚的手，从椅子上站了起来，同她的丈夫像两个孩子一样互相紧挨着，沉入茫茫人海中。

夜幕将至，秃得精光、稀稀拉拉的树枝点缀在深紫色的天空上，镶着金边的长条形浮云悬挂在远方的地平线上，如同浮在海面上的发光的小船，正一点一点地驶离人们的视线，最后完全消失在了这片忧伤的大海中。

现在连报社都拒绝她的作品了。《春天》不适合作为连载小说刊登在报纸上，更别说出版成书了。意大利人看小说或者看戏，都习惯于大哭大笑，动情不已。而《春天》是一个讲述幸福的故事，需要带着一颗平静的心去阅读。它不怎么煽动人心，却能引人深思。不，作者也许弄错了，她原以为在现实中被强迫着去微笑的人们早已疲倦不堪，他们想要在平静温暖的故事里找到宽慰、得到放松，但事实恰恰相反，每一个读者都是冷酷的利己主义者，以审视他人的不幸来愈合自己心灵的创伤，因而，他们热衷于从书里、戏剧里和报纸上的连载小说里，寻找悲惨的故事或者可以拿来当乐子的闹剧。他人的幸福反而会使他们心生嫉妒，甚至为之恼怒。总的来说，他们就是冷血无情的神，等着上供鲜活的祭品，而他们自己同时也是残酷命运的牺牲者！

这个令人悲伤的结论是卡丽娜从报社寄来的冷冰冰的婉拒信中得出的，尽管这封信措辞含蓄。最后一丝补贴家用的希望破灭了，连一度被她看不起的报社都把她推开了，卡丽娜体会到了前所未有的痛苦和耻辱。现在，她彻底被丢进苦难大众里了。她感慨万千，对自己的不幸遭遇有了更深的理解。

到了二月末，高里奥夫妇就开始有负债了，其中就包括拖欠女佣的工资。这件事让卡丽娜夜里常常辗转反侧、无法入眠，她为此而感到羞耻。有一次，露西亚坚持向她讨要自己的薪水，她瞒着高里奥，给了她仅有的几个戒指中的一个。

“卖掉我的衣服，我的鞋子，我的床……”她耳边不断回响起她对卡尔齐说过的话，“我宁可卖光所有东西，也绝不堕落到庸俗的深渊里！”家里的东西确实开始一点点变少了，等到这一切都卖掉以后，然后又能怎么样呢？然后鄙俗的日子终究来临：债主上门讨债，走进空荡荡的房子里骂骂咧咧，大肆叫嚣，同时也道出了残酷的事实：“我也要生存下去，所以你们必须马上去工作，然后付我面包钱和房钱！”

工作？即便她愿意工作，会有人愿意付给她工钱吗？会有人吗？会的，会有人给她工资的，而她又有什么理由不去付出自己的劳动而获得工钱呢？这总比偷抢拐骗强吧！在二月的一天下午，她倚靠着卡罗·阿尔贝勒多花园的栏杆，陷入了沉思。一如那天去报社送她的手稿那样，凝视着被腐蚀得千疮百孔的栏杆和那些光秃秃的树枝叉叉。在她身后，湿冷雾气笼罩下的卡罗·阿尔贝勒多的石像显得黯淡无光，它似乎正在慢慢远离这个散发着苍凉气息的荒芜之地，去开启自己未知的命运。在她面前，冷清的帕尔马大道边，几片枯死发黑的树叶刚从深红色的树枝上脱落下来，然后晃晃悠悠地飘零在空中，最后跌落在倾斜的人行道上。

这次卡丽娜没有再把眼前的景象和自己的梦想联系在一起，她感到自己的自尊已经随着天地万物一起枯死了。在清冷潮湿的时节里，这愁云惨雾既笼罩着树木和石头，又遮蔽了人的心。

她在这个萧瑟的花园里走过一圈后，从920街走了出去。街上马车来来往往，呈现出少有的一派热闹的景象。一小队狙击兵沿着斜坡向下一路小跑，像是一排俯冲的大雁，领头的士兵骑着一匹骏马，马身上架着黄色马鞍，像女人的身材一样富有曲线。迎面走来几个德国来的红衣神甫，他们看上去就像是一颗颗硕大的鲜红色的石榴花，点缀着身后形成暗黄色背景的圭里纳勒广场。

这个景象给她留下了深刻的印象：皮肤黝黑的狙击兵和身着红衣的神甫，壮实的良种马和绿色的马车，似乎处处都形成了鲜明的色彩反差。她每天都提前一大段时间去接高里奥，总是在同一时间静候在广场上，眺望前方被乳白色雾气遮蔽着的银色天空，在朦胧的视线里，还出现了远处建筑物的天蓝色圆顶以及罗马城的远景，就如同沙漠中的海市蜃楼。

这天，卡丽娜独自伫立在广场的栏杆边，她感到身体里出现了奇妙的颤动。她的孩子，她的小宝贝，他动了！尽管她对这个自然反应期待已久，但她的脸还是一下子变得灰白，心里产生一种奇异的感觉。她思索着，这会不会是肚子里的小家伙对她刚才那些悲观的想法表示抗议呢，但随后她又突然想起今天只吃了一点点东西，也许小家伙饿了吧。她感觉身体里仿佛有一根绳子从喉咙口连到她的肠子，这让她几乎要窒息。

于是她走下台阶，决定独自到行政楼去找卡尔齐。

到了行政大楼后，她看见大厅里站着许多人，方才想起今天是彩票开奖日。卡丽娜挤进人群，但是到了过道那儿她就没有再往里走，以免被高里奥看到，因为前面就正对着高里奥办公室的窗户，她看到窗户里有许多彩民正全神贯注地等待着开奖结果。

人们把宽敞的大厅挤得水泄不通，此时天空中乌云密布，从云层间的缝隙里透出的一缕亮光照射到等待开奖的职员身上。过道尽头有一个阴暗潮湿的小花园，一棵桉树静静地伫立在花园的围墙一侧，仿佛它也在密切观察着眼前的一切似的。

在一个大阳台上，彩票开奖仪式正在举行，主持人穿着红色翻领的衣服，身上披着金色饰带，一边慢吞吞地高声念着号码，一边转着圈把印着号码的小纸片向人们展示着。一位头戴圆顶硬礼帽的文质彬彬的工作人员伸出双手从主持人那儿接过小纸片，然后小心翼翼地将其叠好，递给坐在阳台正中央的彩票机构的经理。卡丽娜瞅了瞅那个经理，他不苟言笑，长着浓密的络腮胡子，手上皮肤红润。他略微动了几下手指，从容不迫地把每张小纸片塞进一个小球里，动作十分熟练，举止也非常优雅，似乎把它当成了一个神圣的使命并用一生的时间来专注于这件事。当他把纸片都塞进小球以后，他当着大家的面把小球投入一个机器中。

机器运作时，里面的齿轮发出了咯吱咯吱转动的声音。一个小孩站在一旁，身穿长长的白色罩衣，他面无血色，小手干瘦如柴，正看着表情严肃的人们焦灼地等待着结果。这些人像是围在圣坛前要完成一个奇特的仪式似的。然而卡丽娜发现几乎所有聚集在庭院里和过道里的人的穿着都显得很寒酸，但是他们却很注意自己的举止，生怕被人看出来他们是穷人，并且故作轻松，也许是想要掩饰自己内心的焦虑不安。有的人假装是出于好奇才走进来的，有的人在看自己的彩票号码，有的人在与身旁的人搭话……卡丽娜身旁站着一个穿着方格长衫的老头儿，他掐着手指好像在计算着什么，两片厚厚的灰白色的嘴唇在微微颤抖，

院子里，几个头戴鸭舌帽、穿着翻领上衣的小混混穿梭在熙熙攘攘的人群中。大厅里的人越聚越多，走廊的地面上布满痰迹，空气里弥漫着劣质烟的气味。在那片灰蒙蒙的人群中，一位穿着红色衬衫、举止优雅的女子特别显眼，一个犹太老人的身影在徘徊，一脸稚气的孩子们在嬉戏玩耍，几位贫苦人家的姑娘衣

衫褴褛，羞涩地退到一旁，倚靠着墙壁，用恐慌的眼神看看面前这些可笑的人，又看了看楼上开奖的机器。

在院子中央，有两篮橘子被搁置在灰绿色的潮湿的路面上，仿佛是两团火。卖橘子的小贩一边目不转睛地看着楼上的开奖仪式，一边漫不经心地叫卖着。

穿着白色罩衫的小孩被一块布蒙住了眼睛，这时轮盘也越转越快。开奖结果马上就要揭晓了，那个脸色苍白、面无表情的孩子此时好像代表着一笔微小单薄的财富。获得这样的财富不需要花太多心思，也没有什么光彩之处，但许许多多没有理想、没有追求的人却渴望着这笔钱。那个小孩把他骨瘦如柴的手伸到转盘里，随机摸出了第一只球。主持人接过那个球，把它放到了一个金属盘里，递给旁边的检查员，然后检查员再把它递给经理。一脸严肃的经理用轻盈的动作打开小球，就像他把小球合上时一样优雅。小球里的纸片露了出来，他把叠好的纸片展开后，把它传给身上挂着金色饰带的主持人。主持人举起纸片展示给台下心急如焚的观众看，同时报出纸条上的数字。随后那个数字便出现在了悬挂在阳台上的一块带框的板上，方才还在专注等待着的人们开始交头接耳起来。三三两两的人簇拥在一起低声交谈或是开开玩笑，发出阵阵笑声。这个场景重复了五次，一次又一次激起人们不安的情绪，然后在人群中引发了一阵又一阵的喧哗。站在卡丽娜身边的老头看看板上的数字，又看看自己手上捏着的一张纸，随后摇了摇头，毫无血色的双唇颤抖着，嘴里发出一声叹息。老人向身旁的卡丽娜点头告辞，已经准备离开了，同时他不停地打着呵欠，像食不果腹的老猫一样。卡丽娜看着他，心里觉得很悲哀。

“你经常买彩票吗?”卡丽娜问他，但立刻又后悔问出这句话。

这关她什么事呢？但她自己不也被卷入像彩票一样恶俗的游戏里了吗？她和这里的其他人又有什么区别？同样是被剥削者，同样是人生输家。既然她已经是这悲苦大众中的一员了，又何必去关心他人的不幸呢？

老人赌了两个数字——1 和 17。他的儿子从窗户里摔了出来，跌破了脑袋，所以老人现在急需用钱。他说他总是押这两个数字，但是从来没有赢过。他连两个号码都中不了，在接踵而至的不幸面前，他始终无计可施。

老人一边想着这些凄惨的事情，一边仍旧不停地打呵欠。他用布满血丝的双眼看着卡丽娜，做出乞讨般的姿态，压低了声音对卡丽娜说：

“亲爱的小姐，我从昨天开始就没吃过东西了，我是个贫苦的老人，请您行行好……”

“我什么都没有。”卡丽娜厉声喝道，老人吓得一跳，便赶紧走开了。

黄昏时分，天空中的积云已经退散干净，人群开始逐渐散去，空空荡荡的阳台上只剩几个黑色的数字了。在院子的围墙边，那棵桉树披着夕阳玫瑰色的余晖，依旧一动不动地站在原地，守护着它的那片角落。过了一会儿，院子里的人也走光了，只剩卡丽娜自己孤零零地站在污秽不堪的走廊里。走廊的地面上到处都是鞋底的泥印、痰迹以及烟头，空气里弥漫着令人作呕的烟味和臭皮鞋味。

办公室里还有些人把头探出门外看看那几个数字；两个职员匆匆跑下楼梯，来到走廊的窗户口，看下阳台上挂着的开奖号码；一个保安走了进来，抬头看过那个号码以后便破口大骂；一个军人走了进来，看过号码后苦笑了一下；随后又来了一位金发女人，头上没有戴帽子，穿着一件陈旧的蒙古皮衣，她也是来看号码的。当她看到站在玻璃窗后的卡丽娜时，便朝她打了个招呼。原来这个老女人是露西亚。

卡丽娜做了个手势，示意让她进去。

“你去找一下传达员，让他告诉卡尔齐有一位女士在等他，不过注意不要让高里奥看到你。”

露西亚知道关于卡尔齐的一些滑稽可笑的事情，她以为卡丽娜想愚弄他一下，于是便登上楼梯。

“他马上来。”她回到走廊后，神秘兮兮地说道。

“你可以走了。”卡丽娜对她说。露西亚便离开了。

天色渐晚，卡丽娜坐在玻璃窗旁等了一分钟，呆呆地望着面前楼梯口的一排木栏杆，栏杆的一根根支柱就好像一个个大大的问号一样，看得她心神不定。过了一会儿，当她看到卡尔齐带着一脸愁容急促地从楼上冲到走廊里时，忍不住噗哧一声笑了起来。

“你以为是哪个求婚者来找你的吧？是不是啊？”卡丽娜笑着说。

然而她马上又恢复了严肃的表情。

“高里奥看见你了吗？”

“没有，卡丽娜太太。”

“现在几点了？”

“现在是四点三十五分。”卡尔齐回答道。

“特奥多罗先生，”卡丽娜站起身对他说，“我需要你的帮助。”

“哇哦！您不是开玩笑吧？”

“我是认真的，我请求你帮我一个忙。还记得你在滨桥公园对我说的话吗？”

卡尔齐假装出一副记不清楚的样子，于是卡丽娜回到之前的位置，重新坐下，盯着卡尔齐看。

“拜托你了，我真的是认真的，”她又把刚才的话重复了一遍，“得啦，你肯定还记得！我想请你帮我在报纸上为我的小说登则启事，现在正是看你有多大本事的时候了，帮帮我吧，越快越好。”

“马上！马上！”他边拍手边说道，“圣巴巴拉使徒可是说过的，要耐心点，冷静点。”

“那需要多长时间？”

“这怎么可能知道？”卡尔齐做出深思熟虑的样子说道，“要登一则启事的话，得通过一段时间的协商和等待。”

“不就是登个启事嘛！”她大声说道，心里却感到有些气馁，“这事我也能够做得成！但是我希望这件事在没办好之前不要被我的丈夫发现，办好以后他爱说什么就说什么吧。”

“真是一位好妻子！”卡尔齐拍手称赞道。

这时，从楼梯上传来一阵脚步声。

“别出声！”卡丽娜急忙小声说道，她以为是高里奥来了，顿时惊慌失措。

再一看，原来只是一位职员下班了，正准备回家，他从他们身边经过，打了个招呼就走开了。院子里变得愈加昏暗，透过污迹斑斑的玻璃窗，她看见时不时有人进进出出。

“我们现在就来把这则启事写好，”卡丽娜说，“你帮我交到《讲坛报》去，接下来的事情就随它去吧。”

卡尔齐从口袋里掏出一本记事本，拿出一支铅笔，开始写起来。

他喃喃自语着，写了又擦，擦了又写。

“快点吧！快点吧！”卡丽娜央求道，她的目光不停地徘徊在大门和楼梯之间。

“拜托，急什么，急什么！你让我好好写，就快好了！”

写完以后，他把写的内容读了一遍：

“著名女作家，因生活所迫，现出售个人作品及其版权，购买者若想要以自己的名义将其发表，必将获得成功。有意者请来信至罗马，烦请保密。”

“一个，两个，三个……十个……二十五个字！你来看下还能不能精简些。不然把‘烦请保密’这几个字去掉，这样就差不多了，你看如何？”

“还是留着吧，”卡丽娜说道，“这样会更好一些。”

她打开钱包准备掏钱，然而卡尔齐却说：“别找了，以后再说吧……喔！”他沉思了一会后，拿出笔涂掉了另外几个字。

“你现在告诉我，你想要多少钱？”

“至少也要三千里拉。”

“嘿！差不多是一个秘书的月薪了！你花了多少时间写这部小说的？一年？”

“拜托你了，”卡丽娜又把这句话说了一遍，“这种时候不要再惹我生气了。你赶紧去帮我把高里奥叫下来。”

不一会儿，高里奥跟着卡尔齐从楼上下来了，他看见妻子面色苍白，隐约察觉到了什么，但又不便明说。

“你怎么了？”他摸了下她的指尖问道，“你的手怎么这么冷？”

“肚子里的孩子动了。”她低声回答道。

圣诞节礼物

罗比纳一家五兄弟都是牧民，这天他们干完活，早早地从羊圈回来，准备一起庆祝圣诞夜。

对他们来说，今年的圣诞节尤为特别，因为他们唯一的姐姐要和一位非常富有的年轻人订婚了。

按照撒丁岛的惯例，在圣诞节当天，未婚夫应该送给未婚妻一份礼物，然后他自己也要和未婚妻的家人一起庆祝圣诞节。

五兄弟围在他们的姐姐身边，他们想表现给未来的姐夫看看，虽然他们不如他有钱，但是他们体质强健，如一群勇士一般勤劳、勇敢、忠诚。他们派最小的弟弟费列去宰一头猪带回来。这个俊朗的小伙子只有十一岁，像圣·乔瓦尼似的身穿一件羊毛皮衣，背着一个背包，里面装着刚刚宰掉用来准备晚餐的一头猪，愉悦的心情在他那双大眼睛里显露无余。

小山村里冰雪覆盖，一座座黑色的小房子错落地矗立在山间，仿佛是在一张雪白纸上精心勾勒的素描；一座矗立在石头平台上的教堂，被树丛拥在自己的怀抱里，雪白的树丛如同缭绕在这座建筑周围的云烟一样，树枝被堆积在身上的雪压弯了腰，枝头上还悬挂着像水晶般晶莹透亮的冰柱。

在回家的路上，费列在雪地里发现了一串女人的脚印，于是他便饶有兴致地踩在脚印上，顺着脚印的方向走。那串脚印一直延伸到一个庭院的木栅栏前。这个院子是他们和另外一家人共用的，这家人也全都是牧民，而且比他们家还要穷困。两座低矮破旧的房子坐落在院子两头面对面的位置，就像一对手牵手的双胞胎姐妹似的。屋脊的烟囱里涌出袅袅炊烟，破败的门与门框的缝隙中溢出几束微弱的光线。

费列嘴里吹起口哨，想要以此呼唤屋子里的人给他开门。不一会儿，门开了，里面走出一位小姑娘，她的脸冻得通红，眼睛里闪烁着喜悦。

“费列，欢迎你来。”

“啊，莉亚！”他大声向她打了个招呼，这时，厨房的炉灶里火烧得正旺，暖融融的火光映照在身上。

莉亚的几个姐妹正围坐在火炉旁，年长的那位随后走了进来，一边给她的几个妹妹一人发几颗葡萄干，一边嘴里哼着应景的小曲儿，那是唱给襁褓中的小耶稣的催眠曲。

“你包里装的什么？”莉亚掂掂费列的背包问道，“啊，是一只小猪呀。你姐姐未婚夫家的女仆也把礼物带来了，看来你们是在准备盛大的圣诞晚会咯。”她说话的语气里隐约带有一丝妒意，可随后她的脸上就挤出了点笑容，补充道，“我们也是呢！”

费列刚想开口问她们准备怎么过节，莉亚却当着他的面把门重重地关上了。于是他只好穿过院子回到了自己的家中。

一到家里，他便闻到了一股浓郁的节日的气味。刚刚出炉的蜂蜜蛋糕香气扑鼻，桌上摆满了加了橘皮和烤杏仁的各种甜点，十分诱人。费列口水直流，他反复磨着牙齿，恨不得吃下所有美味的食物——可现在还没有开餐呢。

他们的姐姐早已打扮好了，穿上了节日的礼服。她身材高挑苗条，穿着绿色的紧身绸缎背心和红黑格子的短裙，白皙的脸蛋被镶花的丝绸手帕裹住了，鞋子也绣着精美的花纹，并且还别着一朵蝴蝶结，一眼望去，宛若降临到人间的小仙女。而他们的母亲，则因为刚刚丧夫而穿着一身黑色的装束，她面色惨白，神情忧郁，却又摆出一副清高的姿态。费列的眼睛和她的很像，而如今她的两只眼睛已经失去了光彩，让人不禁联想到童话里的女巫。

费列放下背包，从里面把猪掏出来。在这之前猪皮就被他直接剥了下来，整只猪身上都沾满血迹，一片血红。他把猪交给他的母亲后，想去看看未来姐夫送来的礼物。哪知未婚夫家送来的礼物也是一只整猪，但是个儿更大些，几乎没有肥肉，肉质也更嫩一些，看起来会更加美味。

“不知道我们的邻居会怎么过节，她们除了一点点葡萄干以外可是什么都没有，而我们家里却有两只整猪可以享用，还有蛋糕和这么多甜点呢。”费列心里对她们感到十分不屑，同时又有点恼火，因为刚刚莉亚在跟他打完招呼后便把门重重地关上了。

随后，费列的其他几个哥哥也都陆续回到了家里，原本干净整洁的厨房里布满了他们的脚印，充溢着他们身上带来的野腥味儿。他们的体格都很强壮，相貌英俊，眼睛乌黑透亮，脸上点缀着黑色的络腮胡子，身上穿的紧身背心犹如骑兵护胸铁甲。

当未来姐夫进门时，所有人都起身站到姐姐的身旁，仿佛是一队卫兵要保护美丽娇弱的女子，而不是为了关注未来的姐夫。姐姐的未婚夫年轻英俊，像个大男孩似的十分腼腆，旁边还有一个陪同他来的男人。这个男人是未婚夫的爷爷，已经年过八十，但腰板挺得笔直，身体看起来也很硬朗，身着一件毛呢上衣，脚上穿着一双过膝长靴，靴筒上围着一圈厚实的羊毛，把两只粗壮的腿严严实实地裹住了，很有中世纪骑士的范儿。这个老人年轻的时候曾经参加过意大利独立统一战争，他进来后，便向五兄弟行了军礼，似乎正准备对他们进行队列检阅。

看起来他们都对彼此非常满意。

他们把靠近火炉边最好的位置让给老人。老人的胸口挂着一块历时弥久的军功勋章，在闪亮的上衣纽扣的映衬下，犹如被行星包围的天体那般熠熠生辉。未婚妻给老人的杯子盛满酒，然后再给自己的未婚夫倒酒。当她端起酒杯时，她的未婚夫偷偷地往她手里塞了一枚金币。

她对他回以一笑，目光中充满了感谢。随后，她一边按年龄从大到小依次给她的母亲和几个弟弟倒酒，一边偷偷地把这枚金币给她的母亲和弟弟们看。

最后一个轮到费列。他好奇地伸出手想要把那枚金币拿过来看看，但是他的姐姐立马把手合上，像是在警告他：你顶多只能看一眼。

老人举起酒杯，祝大家节日快乐、身体健康，其他人也都一齐回敬老人，赠上圣诞祝福。

然后，他们按照当地习俗来庆祝节日，大家围在一起唱歌。老人是个出色的即兴诗人，当场吟唱出一些随时创作的曲子，未婚妻最年长的弟弟对此也十分在行。他俩以一些节日欢悦的话题来创作八行诗，你一首我一首，好像完全投入到了一场吟诗大赛中。周围其他的人都全神贯注地听着，时不时热烈地鼓掌叫好。

屋外钟声响起，弥撒就要开始了。

准备晚饭的时间到了。在费列的帮助下，他们的母亲撕下两只猪的猪腿，然后分别串在烤肉的棍子上。

一切看起来都棒极了。费列一把抓住一只肥美的猪腿，打开门走到院子里。

冰天雪地的圣诞夜寒风凛冽,但却比往常更加安宁。过了不久,这个小山村仿佛一下子苏醒了,银装素裹的冰雪世界里环绕着美妙的银光,当钟声响起时,人们的歌声和欢呼声此起彼伏,融入空气中,成了一支支交响乐。

然而,此时,庭院对面的小房子里却是一片安静。女孩子们眯着眼睛沉默不语地蜷缩在火炉旁,看起来像睡着了似的,但在她们心里仍然对圣诞礼物怀有美丽的憧憬。

费列来到她们家里,他把手里的猪腿在她们面前晃了晃。女孩们望见那只猪腿时,都瞬间惊呆了,但是她们都没有说话。不,这并不是她们所期待的礼物。这时,莉亚从楼上的房间里跑了下来,一声不吭地接过了这份礼物,连一句感激的话都没有说。

费列环视一圈,问道:“你们的爸爸妈妈呢?”

莉亚很不耐烦地回答道:“妈妈身体不舒服,爸爸出门买东西了。你快走吧。”

费列心事重重地回到自己家中。一切似乎都在意料之中,也无从伤感。也许这就是生活吧,总是充满变数,却又有点滴的喜悦流淌其中。从来没有哪个圣诞节过得如此快乐,甚至包括父亲在世的时候。然而只要一想到邻居家过着如此凄凉的圣诞节,他便从心底里感到悲哀。

所有人都出去做弥撒了,只有母亲一个人留在家里。她得看着架在火炉上的烤猪腿,为了把猪腿烤均匀,她得不停地转动着烤签。

五个兄弟、年轻的未婚夫妻和未婚夫的爷爷,像是全村的领头人一样,一齐走向教堂。雪花漫天飞舞,默默地跟在他们身后,把他们的足印填平。此刻,黑暗中闪亮着一圈圈光环,人们裹着厚厚的衣服，手里提着灯笼，陆陆续续地从不同的地方涌了出来。大家互相打招呼，赠上节日的祝福，看到门关着的人家便上前敲敲，提醒他们去做弥撒。

费列心不在焉地走在路上。教堂周围的树木顶着白色的树冠，在他的眼里，枝头上宛如缀满了白色的花。他一点儿也不觉得冷，身上裹着一层又一层厚厚的羊毛衣服，像一只沐浴着五月阳光的小羊羔，从内而外都感到暖融融的。雪花落在他的头上，不一会儿便把他的头发冻成了杂草状。这时，他脑海里浮现出做完弥撒回到温暖的家中后满满一桌美味等着他的情景，然而他又不禁记起，此时耶稣却在冰冷的马厩里出生，饿着肚子，浑身赤裸。蓦地，他竟然很想哭，很想把自己的衣服脱下来盖在耶稣宝宝的身上，很想把耶稣带回家。

置身于教堂里，会有一种如临春天的错觉。祭坛被结满红色果实的杨梅枝、月桂枝以及长春花的枝条包围着，枝条缝隙间插着的小蜡烛上跳动着明亮的火光，它们的影子被雕琢在教堂的墙壁上，远远看去好似筑起了一座花园。

祭台上放着一座人造小山丘，它用木头制成，表面被一层苔藓覆盖。耶稣就在这里诞生，东方三圣不畏险途、历经重重阻碍来到这里，一颗金灿灿的彗星从他们面前划过，为他们照亮了前行的方向。

一切看起来都很美好，光明和快乐似乎成了永恒。富有神力的三王从他们的宝座上走了下来，将他们的财富和爱心献给了出生在马厩里的耶稣——天下苦难人民的儿子；闪烁的星辰在他们前方为他们指路，带他们穿越了千山万水。这位为了全人类的福祉而牺牲的救世主，在最后一刻将他的热血洒在灌木丛中，洒在树上，随后，血红的玫瑰绚丽绽放，树上的果实立刻变得硕大而丰满。

这些都是母亲告诉费列的。

“荣耀归主，荣耀归主。”神父们站在祭坛上吟唱起来，于是下面的人群也跟着唱道：

“惟愿在至高之处，荣耀归于上帝。”

此刻，虔诚的人们聚集在一起，人间分外静谧。

费列也和大家一起吟唱，一种充实的喜悦感涌上心头，这是耶稣送给他的最好的礼物。

由于双膝长时间跪在冰冷光滑的地面上，刚从教堂里走出来时，费列突然打了个寒颤，但是他心里仍然很快乐，这种感觉甚至比之前更加强烈。当他快走到家门口时，他闻到了从窗户里飘出来的烤肉香气，于是他便像一只饥肠辘辘的小狗一样，立马跑到母亲跟前，想帮她把菜端上饭桌。

一切都已经准备就绪了。母亲拿出亚麻布桌布盖住地上的草席，按照当地的古老习俗，在院子里的顶棚下面，放一盘烤肉和一瓶煮得热气腾腾的葡萄酒，葡萄酒的表面上还漂浮着橘子皮，这样，即便丈夫的灵魂无法回到人间，也不至于食不果腹。

费列到院子里看了看，把烤肉和葡萄酒放到了顶棚中间，如此一来，那些流浪狗就碰不到了。随后，他朝邻居家看了一眼，窗口一直亮着昏黄的灯光，但始终听不见里面传出一丝声响，她们的父亲大概还没有带着神秘礼物回家吧。

费列回到家中，兴冲冲地开始享用丰盛的晚餐。

餐桌正中央放着一叠烤得香喷喷的烤饼，烤肉被切成一大块一大块，盛放在若干木质或者陶土的大盘子里，每个人都向前探着身子，取一片烤饼和一盘烤肉，吃得津津有味。

费列坐在母亲身旁，拿过一整盘烤肉，放到自己面前，毫无顾忌地开吃起来。他的耳边只剩下自己撕开猪皮时发出的“丝拉丝拉”的声音，身旁的长辈们和哥哥姐姐们的交谈声渐渐飘向远方，好像这些都是与他无关的事情。

过了一会儿，蛋糕被端上桌，像个小太阳似的，金灿灿的，还冒着热气。蛋糕旁放着形状各异的小甜点，有心形、水果形，还有花形的。看着桌上各种鲜艳的色彩交织在一起，费列突然感到一阵头昏目眩，他闭上眼睛，斜着身体靠在母亲的肩膀上。母亲以为他在哭泣，但其实他心里由衷地感到快乐，嘴角还露出了浅浅的笑。

当他饱餐一顿后，便想出去走走。这时他又想到了他的邻居，她们现在在做什么呢？她们的父亲带礼物回来了吗？

强烈的好奇心驱使他再次来到院子里，一步一步走近她们的房子，伸长了脖子，透过半掩着的小门偷偷往里面看。女孩子们和她们的父亲一起围着火炉坐在厨房里，她们的父亲虽然到家很晚了，但幸好还算及时。他们正一起烤着费列之前送来的那只猪腿。

可她们的父亲买的礼物在哪里呢？

“你进来吧，到楼上去看看。”父亲似乎猜透了他的心思，便叫他进门。

费列走了进去，登上木楼梯，走到了楼上的小房间里。他看见莉亚的母亲昏睡在一张木板床上，而莉亚则跪在一个篮子旁边。

篮子里面，躺着一个刚刚出生的小婴儿，被亚麻布层层裹住。小婴儿的脸红彤彤的，眼睛睁得挺大，鬓角处贴着两撮卷毛，长得十分可爱讨喜。

“这是我们的第一个弟弟，”莉亚轻声说道，“我的父亲正好在零点的时候买到了他，那时村庄里响起了《荣耀归主颂》的吟唱声。虽然他的一部分骨头粘连在一起，但是他会在末日审判那天长成健全的人。这就是耶稣今晚送给我们的礼物。”

小野猪

清晨，太阳刚刚升起，微笑着散发出第一缕光辉，小野猪在朦胧的晨曦中睁开双眼，看着眼前青翠的山峦、洁白的云朵、鲜红的太阳，这世界上最绚丽的三种颜色，在大海和天空组成的碧蓝的背景下交相辉映，楚楚动人。

在郁郁葱葱的橡树林的掩映下，近处积雪覆盖的山顶犹如缭绕在月亮周围的云烟一般，透出神秘的气息。在猪窝附近，泛黄的苔藓将山脚的岩石、山峰的斜坡和悠长的峡谷都染成了艳丽的黄绿色，好像那些牧民和土匪经过时都把他们黄色的大衣丢在了这里，并且还留下了他们的血迹。在这样的地方生存，怎能不变得坚毅顽强呢？

一只母猪把它那像稻穗一般硬邦邦的乳头轮流塞进依偎在它怀里的七只小猪崽的嘴里，然后伸出舌头把孩子们逐个舔了一遍。出生最晚的那只小猪崽，也就是我们勇敢的小主角，在喝饱了奶水后，感到心满意足，蹬开双腿，奔向无边无际的未知世界，将它的诞生地——那片橡树林抛在了身后。它的母亲在它身后呼唤着，发出悲痛的嚎叫声，但是小野猪对此依旧无动于衷，在洒满阳光的土地上不停地奔向前方。忽然，它在地上看见了另一只野猪把尾巴卷成环状，骄傲地向上翘起——这正是它的影子。

一天一夜过去了，小野猪的兄弟姐妹们都曾一一朝着太阳奔去，但它们看到自己的阴影时都感到十分恐慌，于是全都中途折回了。母猪把落在苔藓上的最后几颗橡子咬碎，发出咕噜咕噜的声音，呼唤着小猪们。其中有六只小野猪，皮肤都清一色地呈金色与黑色相间的条带状，犹如绸缎一般。它们一路上互相追赶，互相打闹，而第七只小野猪，那个勇敢地奔向广阔天地之间的先行者，却一去不复返了。母猪环视四周，眼球上布满血丝，凶狠的眼神中此刻也流露出一丝温情，它凄凉地嚎叫着，露出尖锐而亮白的牙齿，就如同那堆满积雪的山顶一般，但是小野猪没有理会，它头也不回地一直向前奔跑，再也不会回来了。

小野猪的旅途开始了。它躺在牧童的暖和的背袋里，嘶叫、拍打、挣扎，但统统都无济于事。完了，那如诗如画的自然山水、那清香怡人的苔藓气味、那刚刚体味到的如母乳般甜美的自由，顷刻间都化为了泡影！抑制不住的恐惧和对家的思念使这只背袋里的小猎物不停地用颤抖的嗓音嚎叫着。在后来很长一段时间里，它都被关在一个倒扣的篮筐里，对这个把它囚禁起来的小敌人，它恨得咬牙切齿。一个又一个小时过去了，一天又一天过去了，忽然，有一只小手从筐子外面伸了进来，把一碗奶放进筐子里。这只手干瘦、污浊，好像戴着一只黑色手套似的。两只乌黑的眼睛正透过破筐子的缝隙窥视着里面的动静。

“你咬不咬人？你不咬人我就把你放出来，否则你就只能乖乖地待在这里面，那我也就得跟你说晚安了！”

小野猪用它的嘴拱拱地，然后对着编织篮筐所用的芦苇呼哧呼哧地吹气，它的叫声中已经没有敌意了，而且还亲切地示好，似乎在恳请它的小敌人把它放出来。不一会儿，那只黑乎乎的小手又伸了过来，提起了倒扣的篮筐。小野猪踌躇了一下，又用鼻子嗅了嗅篮筐周围的地面，才畏畏缩缩地走了出来。眼前的这番景象和山明水秀的世界简直有着天壤之别：昏暗、逼仄的厨房，地面粘潮，天花板压得很低，设施极其简陋。为了防止小野猪逃出去，牧童的弟弟还把门关上了。炉子已经熄火了，小野猪钻进炉灶，开始了他新的冒险。炉子上正烘着一些麦子，是穷人家用来做面包吃的。

“哎呀，你不想出来啊？千万别把麦子弄脏了，我们家可就只剩下这点了。我妈妈靠给那些囚犯洗衣服来维持全家生计，我爸爸还在监狱里……”牧童趴在炉口边说道。

小野猪被这番话打动了，马上从炉灶里钻了出来，它那粉红色眼皮下的两只栗色小眼睛骨碌碌地转动了下，然后与牧童的两只黑色大眼睛相互对视着，这一刻它好像读懂了小男孩的心事。从此以后，小野猪和牧童就像亲兄弟一样要好，天天互相陪伴，形影不离。小野猪时不时呼哧呼哧地用鼻子磨蹭小男孩那两只脏兮兮的小脚丫，而它的小伙伴则时常给它梳理绸缎般的皮毛，或者把小野猪的小短尾绕在自己的手指上。

牧童和小野猪一起度过了不少快乐的时光。小野猪经常在堆满石头的院子里转悠，用嘴拱拱地，然后总是情不自禁地沉浸在对美丽山峦的回忆里，牧童则躺在地上，一边沐浴着温暖的阳光，一边模仿小野猪的叫声。

一天，村里的小巷子里走来了一位漂亮的高个子女人，她皮肤白皙，脸色红润，走起路来步伐轻盈，如同一面鲜艳的旗帜迎风飘扬。她身后跟着一个小男孩，他的小脸红通通的，就像一轮被金色光环包围着的小太阳似的。

忽然，小男孩看见了小野猪，他喊道：

“啊，这只小猪真可爱！我想要！”这个金发小男孩完全被它吸引住了。小野猪飞快地钻进厨房，躲进了炉子里。皮肤黝黑的牧童本来正躺在地上晒太阳，听到后他立马站起身来，恶狠狠地看着他们。

“那是你的小猪吗？”女人问牧童。

“是我的。”

“你把它给我吧，我付给你一里拉。”金发小男孩对他说。

“你就算去死我也不会把它给你的。”

“真没教养，你怎么说话的！”

“如果你不马上滚，我就用石头把你的脑袋砸烂。”

“该死的牧童，我要回去告诉爸爸……”

“我们走，我们走，”女人拉起小男孩的手说道，“我找他妈妈说去。”

那个女人果真来了。在几天后的一个晚上，牧童的母亲一边在破旧的厨房里给囚犯洗衣服，一边用和大人交谈的口吻和牧童说话，这时候，那个女人走了进来。

“我的儿呀，”母亲吃力地搓着被浸湿的衣服，气喘吁吁地抱怨道，“如果你的父亲还不出狱，我真不知道这日子该怎么过下去了。我的哮喘病越来越严重，靠洗衣服挣的这点钱又微不足道，你弟弟出去打工都没法自给自足，你说我该怎么办？我实在撑不下去了啊，我的帕斯卡勒杜！为了买麦子，我把奖章和银纽扣都抵押掉了。如果这样悲惨的状况继续下去的话，我们该怎么过下去啊……”

身材苗条、脸上抹了胭脂粉的女人走进这个简陋的厨房，坐在熄火了的炉灶旁。

“帕斯卡勒杜，那只小猪在哪里？”女人环视四周后问道。

牧童走到炉灶前，用愤怒而又轻蔑的眼神盯着她，只回答了一个字：

“滚！”

“玛利亚·坎贝达，”那个女人转身，冲着正在拍打着自己的围裙、把身上潮湿的衣服弄干的母亲说道，“你知道吧，我现在正在一个律师家里干活。法庭开审时，他经常被请去当公诉人。我的女主人非常有钱，他们只有这么一个儿子，在他的父亲眼里，他们的儿子就是个宝，所以这个小恶魔几乎可以得到他想要的任何东西。现在小少爷因为太贪吃而得病了，他的父母都急疯了。听着，小少爷前天看到一只小野猪，就是你家院子里的那只，他想要那只小猪，你把它给我吧，或者明天你和帕斯卡勒杜一起把它送来，那样就更好了。他们夫妇俩自然会付钱给你们的。”

“你的主人是律师？”牧童的母亲喘着气问道，“那你能不能帮我在他面前给我丈夫说两句好话？过几天他的案子就要开庭审理了，如果他不能被判无罪的话，那我也活不下去了……”

“我是不能向我主人说这些话的……”

“那好吧，明天帕斯卡勒杜把小野猪带去，至少……至少你替我跟你的主人说一声，把小猪送来的孩子是可怜的弗朗西斯科·坎贝达的儿子……告诉他，他的母亲有哮喘病……再告诉他我们一家子都快要饿死了……”

但女人什么也没有答应，众所周知，弗朗西斯科·坎贝达确实犯了罪。

小野猪的旅途又开始了，但这次是躺在它的小伙伴的臂弯里穿越了整座小城。两颗小心脏紧紧地挨在一起，糅杂了焦虑和好奇情绪的心在激烈地跳动着。牧童清楚地知道他不得不背叛他的朋友了，然而小野猪却怎么也不相信它的小伙伴竟然会出卖它。它的鼻子埋在了帕斯卡勒杜的胳膊肘里，它使劲地想要往外伸，用一只露在外面的眼睛不停地瞅着一路上的房子、来来往往的人、马路以及那些追着看它的调皮的孩子们。孩子们一直追到律师住的小别墅那，其中一个人承担了敲门的重任，他跑过去边敲门边冲着走到门口的俏丽女佣叫道：

“帕斯卡勒杜哭了，因为他不愿意把小野猪交给你们，如果你们不赶紧从他手里把小野猪抢过去的话，他就会逃掉，再也不给你们了！”

“不，不是这样的！我没有哭！你们这些家伙都滚开！”帕斯卡勒杜冲着那些孩子们吼道，同时试图把小野猪放到女佣怀里，然而女佣却示意让他进去。就在这时，律师走了出来，腋下夹着一包文件，正准备去法庭。他是个又矮又胖的男人，面无血色，嘴唇上方长了两撇浓密乌黑的八字胡，表情凝重，眼神显得有些忧郁。

“发生什么事了？”他问道。这时，女佣在一旁把挂在他西装袖口上的一根白线轻轻拂了下来。

“这个小男孩把他的小野猪带来给小少爷的，他是弗朗西斯科·坎贝达的儿子，可怜的弗朗西斯科还被关在监狱里，他们家穷困潦倒，都快要饿死了，他的母亲还得了哮喘……”

律师摇了摇手，好像是在示意“够了，不要再说了”，然后看了一眼帕斯卡勒杜说道：

“给他点东西吧。”

女佣把牧童带到了小少爷的房间里，屋子里干净明亮，小少爷正坐在他的小床上，身上裹着一条披巾，低着头看书，书里画满奇形怪状的人物——长着狐狸的脑袋和貂的尾巴的男男女女，披着熊、豹，或是猪的皮毛。看来这个金发小男孩特别喜欢各种各样的猛兽。他一看到小野猪，就立刻把书抛在一边，张开胳膊，兴奋地大声说道：

“把它给我，把它给我！”

金发男孩的母亲，一位穿着天蓝色睡袍、身材高挑的金发夫人走了过来，弯下腰，惊愕地对她的儿子说：

“什么！我的宝贝，你要把它放到床上去？你看，它浑身都脏透了！我们把它放到厨房去吧，只要你病一好，你就可以跟它玩了。”

“我就要把它放这儿！把它给我，不然我把披肩脱了，下床跟它玩。”

他们只好把小野猪递给他。由于经常钻进炉灶里去吃弗兰西斯科偷来的肉，小野猪身上沾满了炉灶壁上黑色的烟灰，它趴在小少爷的床上蹭了几下，把洁白的床单都弄脏了。

帕斯卡勒杜拾起地上那本书，呆呆地看着里面画着的妖魔鬼怪。

“你想要吗？想要就给你了。”夫人说道。

帕斯卡勒杜拿着书，走到屋外。门口那些野孩子还在等着他，一见他出来，便围了上来，问他用小野猪换到了什么东西。他们对帕斯卡勒杜一番冷嘲热讽以后，抢走了他的书。

然而帕斯卡勒杜追上了他们，一把夺过来那本书，把它夹在胳肢窝下，飞快地跑掉了。至少，这本书算是对那可怜的小野猪的最后一点纪念。

他那可怜的小伙伴沦为富贵人家的阶下囚，饱受折磨。有多少次小少爷差点把它掐死，有多少次它被蓝色裙摆下那双美丽的脚踢来踢去，有多少次女佣提议说：

“小少爷生日那天我们把它烤了吧！”

只有男主人还算善良。每当他面带微笑、从窗户口望着他已经痊愈的儿子在花园里蹦蹦跳跳时，他的眼神总是那么深邃和不安，这让小野猪的脑海中不禁浮现出它那深山里的母亲的眼神。

到好不容易有片刻安宁的时候，那时，小野猪才会开心起来，有时它会跑到女佣脚边蹭来蹭去，或者跟在她身后跑，甚至还会把鼻子伸进炖锅里。有时他们也会把它放到长满杂草和灌木丛的菜园子里，里面还种着一棵橄榄树和一棵橡树，在这里它终于找回了一丝曾有的快活和自由。它四脚朝天地躺在灌木丛中，仰望头顶那片缀满粉色云朵的天空，注视掩映在树丛间的乳白色的小房子，就如树林中窜出的白色峰顶。此情此景让小野猪产生了幻觉，它觉得自己仿佛回到了故乡。然而，有时小少爷会藏在某个角落里，然后突然拿着步枪、手枪、刀剑冲出来，把小野猪当猎物，玩捕猎游戏，当他没有射中小野猪时，便会跑过去，对它一番拳打脚踢。这时，小野猪短暂的快乐时光就被掐断了。

有一天，厨房里大大小小的锅子都上了炉灶，开始各自忙活起来。俊俏的女佣在弥漫着的蒸汽中显得更加楚楚动人，好似夜晚一轮橙红色的月亮在缭绕的云雾中若隐若现。这天正是小少爷的生日，生日宴会即将开始。受邀来的客人，主人家的几位好友，来到厨房看看女佣准备了哪些美味。其实他们真正的目的是来瞧瞧这位迷人的女佣。其中一位客人，当地的议员，鬼鬼祟祟地溜进厨房，对女佣轻轻爱抚了一番，然后把他的一把手枪藏在窗子后面一个隐蔽的窟窿里。

“我把手枪放在这里，是因为小恶魔每次都要翻我的衣服口袋找这把手枪玩。你千万不要动它，这枪可是上了膛的。”

厨房外传来一阵阵喧闹声，大家都在嘻嘻哈哈地谈话、说笑，各种声音交织在一起，十分嘈杂。客厅里，男主人和当地的法官正在讨论不久前一位法国的法官使用的《赦免法》。

“我们今天把那个可怜人无罪释放了，那个名叫坎贝达的，因为……”律师说道，“因为他偷东西也是生活所迫，他本性善良，但他得养活一大家子，家里有两个小孩……《赦免法》就可以用在这样的人身上。”

“如今法律只对有钱人毫不容情。”议员冷笑一声说道，其他人也都跟着笑了起来。

小野猪在厨房里和一只黑色的小猫一起舔着盘子里的剩菜剩饭。尽管盘子里给它们留了足够的食物，但小黑猫伸出它的两只猫爪，挡在小野猪的前面，霸占盘子里的食物，还得意地露出它那像米粒似的白色牙齿，扬起牙齿上方的八字须。

女佣去了餐厅后，小少爷倏地冲进了厨房。他穿着一件天蓝色的上衣，一头金发被梳得光滑发亮，仿佛戴了一只金色的头盔。他就像个小猴子一样，从一张椅子跳到另一张椅子，从炉灶上跳到桌子上，从一个窗台跳到另一个窗台。当他站在窗台上的时候，他无意中发现了窗子后面的那个窟窿以及藏在里面的手枪。他小心翼翼地把枪拿出来，看了几眼后又把它放回原位。他并没有欣喜若狂得大喊大叫，而是露出了像猫那样凶恶的眼神。

他奔向小野猪，当狡猾的小黑猫看到他时，敏捷地跑开了。小恶魔一把抓起小野猪，把它从厨房的窗口一下子扔进菜园子里。

“这次我们就来玩点更带劲的！”他蹦蹦跳跳地大声喊道，“站那不许动！”

小野猪闻着灌木的气息，感到很安宁，心里洋溢着满满的幸福。它看见小恶魔站在厨房的窗口，手里举着一把手枪，又看见小黑猫爬到橡树顶上，龇着牙齿，两只绿色的眼珠子骨碌碌地转着，露出恐惧不安的眼神。

一团紫色的烟雾笼罩在小野猪身上，它猛地跌倒在地，合上了眼睛。约莫过了几秒钟，它微微抬了下它那粉红色的眼皮，最后看一眼这个多姿多彩的世界：郁郁葱葱的橡树，雪白的屋宇，以及自己鲜红的血。

一块肉

我的一位老相识今天来找我，在这之前我们已经有很多年没见过面了。当瘦弱的她穿着一袭黑色衣服毕恭毕敬地出现在我的面前时，我猜想她此行的目的应该是有事需要我的帮忙，但她的表情平静如水，看不出一丝异样的情绪，而且眼神里还闪烁着孩童般的幸福光芒。

她询问了下我近来的健康和精神状况，相较于许多其他来客，她的言行举止显得格外彬彬有礼。在和我交谈了一会儿之后，她似乎察觉到了我的疑虑，便跟我聊了聊她的近况，以便让我放心。

"现在，我终于把我的房子租给了另外一户好人家，那家人很守规矩，也一直按时交纳房租。"她说道，"自从我那可怜的丈夫过世后，我吃了不少苦头。除了这座房子，他什么也没给我留下，而且连房贷都还没还清。那段时间，我无依无靠，终日沉溺在痛苦中，处境甚是凄凉。因此，我必须皈依上帝，一心向善，爱人如己，这样才能战胜对孤独的恐惧，重拾生活的信心。在别人看来，我犹如困在重重迷雾里，在漫无边际的黑暗中苦苦挣扎，在荒凉的沙漠里踽踽独行，惶惶不可终日，但事实并非如此。我觉得我们所爱的那些人其实始终活在我们心里，无论他们是否在我们身边，都会给我们带来光明与温暖。人生这趟旅途，就如同穿越荒凉贫瘠之地，最终抵达没有寒冷、没有痛苦的地方，否则它也就失去了意义。”

“不过，这些道理你可比我清楚得多，”她见我听得兴致盎然，便露出一丝得意的微笑，接着说道，“如果我接下来说的事情让你感兴趣的话，兴许你可以以它为素材写篇小说，假如再运用一些你擅长的艺术手法，说不定这部小说会很精彩。其实我早就有过这个想法，而且我也很想写，但这些事情都发生在我身上，恐怕由我来写并不合适。不过，我始终认为还是有必要把它说出来，这就是我今天来找你的目的。

“起初，在不幸的事情发生后，我一度沉溺在自怨自艾中，度过了一段浑浑噩噩的日子。为了能够勉强维持生计、满足日常所需，我不得不把我的房子租出去。为此，我自己不得不移居到地下室的两间逼仄的小房间里，里面有个狭窄的梯子，可以通向房子的花园。我只搬了两件东西下来：一是床，我的丈夫就死在那张床上；还有就是一台缝纫机。

“你可以想象得到，在那些日子里，我成天以泪洗面，每晚都梦见我的丈夫以及发生在他身上的事。我感到自己似乎也死了，被埋葬在我们的房子下面。这段时间里，没有人来找过我，我也没去找任何人。后来，我用房客付的押金办理了我丈夫的后事，剩下的部分勉强够我挨到月底，而且我还接了缝纫的活儿，雇主就是我的房客。这家人是从国外搬迁到这里的，他们很富有，日子过得甚是随心所欲。仆人们和孩子们整天疯狂地在花园里你追我赶，我在小屋里经常能听到从上面传来他们弹琴唱歌的声音，有时他们甚至还会跳舞，弄得我不得安宁。在我们的租赁合同里这些行为都是明确禁止的。虽然无休无止的吵闹声令我烦躁不安，但我却又十分需要这份租金来过活。我每天都活在痛苦的阴影下，沉默寡言，对一切都漠不关心，如同行尸走肉一般。而楼上那些人却毫不关心这些,他们把我的苦难踩在脚底下,这令我更加悲愤难抑。尽管他们并非有意,但他们嬉戏玩耍的声音、他们的笑声和吵嚷声,不停地从楼梯入口闯入我的房间,好似在嘲笑处于永恒孤寂中的我。

“狂欢节那天,花园里的树上挂满了‘流星’,小径上铺满了五颜六色的纸屑,一眼望去,犹如春色满园、繁花似锦。当时,许多人聚在花园里观赏美景,我听见一位太太对另一位太太说道:

“‘这是比斯杜迪寡妇的花园。’

“‘看来她是个快乐的寡妇。’另一位太太说。

“我听到后面这句话,不禁潸然泪下。

“现在,我们言归正传吧。

“房客家的孩子们经常和一只可爱的小猫一起玩,小猫的皮毛黑白相间,面部看起来像是白色的脸蛋上戴了半截黑色的天鹅绒面具,两只天蓝色的大眼睛从里面露出来,闪烁着非常迷离的眼神。它刚出生没多久,应该是个无忧无虑的小家伙。但是每当它出现在梯子入口旁边的小窗口前时,如果我盯着它看,它便会蜷缩成一团,用爪子挠着窗户栅栏。不过,它不敢跳进来,因为我曾经粗暴地把它赶出去过。那些小孩总是用非常残忍的方式虐待它,并且以此为乐。尤其是那个年纪最小的孩子,更是用尽各种招数来折磨它。有一天,只有他和那只小猫在花园里。忽然,我听见从花园里传来一声凄惨的猫叫,于是我便登上梯子钻出我的房间,亲眼目睹了那惨不忍睹的一幕。

“那小恶魔把猫绑在一根柱子上,用鞭子狠狠地抽打它,左一下,右一下,毫不手软。可怜的小猫浑身抽搐着,双眼瞪得大大的,看上去无比狰狞,带血的唾沫不停地从嘴里流了出来。

“‘别打了,’我大声说道,‘难道你看不出来它快要被你逼疯

了吗？你不怕它疯了以后把你咬死吗？'

“小恶魔听到我说的话后吓了一跳，不禁往后退了几步。我把小猫从柱子上解了下来，它已经东倒西歪、奄奄一息了。它用尽最后一丝力气跳到我屋子入口的窗户跟前，但它还是不敢钻进我的避难所，只是倚靠在窗户栅栏上，颤颤巍巍的。我走进屋里，从里面召唤它进来，它终于不再徘徊在窗口，颤抖着跳进了我的屋里，但它仍未摆脱掉恐惧的阴影，一进来就躲到了床底下，我便让它安静地呆着。过了一会儿，孩子们跑来找它，我对他们说我不知道它在哪。尽管那些小孩在我房间里叫唤了它好几次，但它始终没有出来。

“那群小孩离开以后，我用一个盘子给它盛了点食物放在床边。随后，我看见一只爪子伸了出来，从盘里抓了些食物后又立马缩了回去。

“渐渐地，它就胆大了些，舔着自己的几根胡须在我房里乱转，好奇地到处探索着。有时它安静地看了我一会儿，然后跳到梯子顶端，一溜烟跑了出去。我从里面看见它正在花园里和另外一只小猫玩耍。那一刻我顿时觉得它是在嘲笑我，挖苦我，其实我心里也知道这是我的误解，因为从那天起我们已经成了朋友。可我多么希望它只呆在我的屋子里，它可以在我房间里上蹿下跳，可以躺在我的床上，拨弄我的线团；当我叫它时，它就能乖乖地跳到我的膝盖间，静静地听我倾诉我所遭受的痛苦和磨难，同时听我咒骂它的主人。

“没想到那家人后来变得越来越过分。到了约定期限，他们非但没有支付房租，甚至连我的工钱都不给。我向小猫诉说着这一切，尽管这些和它毫不相干，相比之下，它对我的衣服纽扣更感兴趣些，因为可以把它当玩具。不过，它的陪伴多多少少还是让我有所欣慰。每当我抚摸它的皮毛,我就能感受到生命的活力缠绕在指尖,这种触感传递给我一丝温暖和愉悦。虽然它只是个动物,但比起人,它更令我感到亲近。

“不仅如此,它还非常通人性,至少比起其他猫,甚至比起其他动物,它更具灵性。之后发生在我身上的事情充分证明了这一点。

“后来的好一段时间里,我的房客还是迟迟没有付钱给我,而我性格怯懦,自尊心又强,所以就一直没有找他们催债。同时,我确实快要山穷水尽了,但我宁可忍饥挨饿,也不愿意在杂货店和面包店赊账。我依然只能把我的悲惨境遇吐露给小猫,而它则默默蹲在我干活用的篮子里,当一位安静的倾听者。

“在一个凄惨晦暗的日子里,天气阴寒,屋外大雨哗哗地下个不停,阴寒的天气又使疾病缠身的我变得更加憔悴不堪。此时,除了仅剩的一点用来照明的木炭外,我已经一无所有了,但这些许的光与热,至少还让我感知到我还活着。

“傍晚时分,木炭也燃尽了,屋子里只剩下已经冷却的灰烬和无穷无尽的绝望。我的内心悲怆不已,在寒冷和病痛的折磨下瑟瑟发抖。我准备把入口的小窗锁上,然后躺在床上,等待死神的降临。然而,就在这时,我看见那只小猫蹲在窗台上。我很诧异它竟然会在这样恶劣的天气跑过来,或许它的主人又虐待它了,所以它只得逃到我这里来。于是我便把小窗打开,但它却立刻跳到了外面,一眨眼便没了影,此时,我发现一大块完好的肉竟然躺在窗台上。

“这块肉应该是它从主人家一片狼藉却应有尽有的厨房里偷来的吧?它是专门为我偷的吗?这点不得而知。我只知道,我是出于对宗教的信仰才接受这份馈赠的;我只知道,我其实就像当初那只被迫躲在床底下的小猫一样，怀着对道德泯灭的人类的恐惧，充满疑惑地张开手，伸向那触手可及的怜悯和关爱——这样的情怀将世间一切生灵都团结在了一起，尽管有时我们的良知会被蒙蔽，会感知不到它的存在。”

椅 子

去年九月的一天傍晚，我走在罗马的人民路上。这条路正处于整修期，所以被凿得坑坑洼洼的。朦胧的黄昏时分，整座城市都被昏黄的光线笼罩着。漫步在这条路上，给人一种行走在悠长泥泞的峡谷中的错觉，并且走到某个地方时，就无法继续前进，却也不能走回头路——必须依靠对环境清醒而长远的判断，才不会走到死亡的边缘。

走着走着，我来到了一条被凿得又长又深的沟壑前，旁边那狭长的人行道上一片狼藉，杂乱无章地耸立着许多高低不一的青灰色石堆，活像撒丁岛特有的石头堆砌成的平顶圆锥状建筑。眼前的场景竟让我觉得有些熟悉，似乎在梦境中出现过很多次。我踮着脚尖，小心翼翼地行走在这条人行道上，突然前方出现了一个大障碍，我不得不停下脚步——一长排崭新的椅子靠在一栋廉价公寓的墙壁上。这些椅子都很结实，造型也十分别致：白色的凳脚虽然很矮，但却粗壮得如柱子一般；若干长木条并排搭成椅背，显得颇为坚固厚实。这样的椅子看起来很有分量，如果光是一张椅子的话，尚可以挪出些许空隙然后走过去。然而，眼下这一长排椅子如悬挂在悬崖之上，纹丝不动，阵势壮观，它们像是惬意地在这个地方乘凉似的。对于无意间闯入此地的路人来说，不知是一种宽容还是一种嘲讽。

此时我已走得筋疲力尽，看到这排椅子顿时心生恼火。我想，还是停留在原地，静待命运的安排吧，因为我相信，在生活中某些令人绝望的时刻，命运还是会展现出它比较仁慈的一面的。前面路边的一家小店铺依然毫不畏惧地把各式各样的旅游纪念品陈列在门口，女店主从里面走出来，看到我后她便用那略显呆滞的目光打量了我一番，这令我感到更加茫然无措。这是个上了年纪的女人，和那些只有在大城市的公共社区里才能见到的凶悍老女人一样，个子较高，身材肥硕，大腹便便，嘴角还微微冒出点胡须。她的头发还染成了红色，和衣服的颜色一个样儿。我不禁浮想联翩，她的祖先会不会是罗马斗兽场上的公老虎和母狮子，它们受过专门训练，用最凶残的方式来攻击基督徒。

她向我点头致意，大概猜到我需要帮助，便用对店员讲话的口吻对我说：

“您有什么需要吗？”

“我想通过这条道儿。”我用温和谦卑的语气回答道。

“过呀，过来呀！”她表现出一副批准的样子，但却连一张椅子都没挪动一下。不一会儿，她看我始终踯躅不前，便换了一种口气接着说道，“您需要这些餐椅吗？它们可是质量上乘，不信您看（她边说边抬起一张椅子，往地上一砸），这些椅子可耐用了，而且坐上去也很舒服，您试试。”

说罢，她做了个示范，自己先坐了上去，然后怡然自得地对我说躺在这张椅子上也非常舒适，试图说服我也过去坐坐。于是我决定尝试一下，当我坐上去后，我顿时感觉到某种不可思议、无与伦比的舒适感，甚至比我的牙医那儿的天鹅绒旋转扶椅更让人惬意。尽管前方路面上依然满是摇摇欲坠的石头堆，旁边的沟壑依然深似悬崖，周遭的黄色房子犹如悬空建在山崩后的废墟堆上，但此刻坐在这张椅子上，眼前的景象仿佛一下子变得截然不同似的，呈现出令人心旷神怡的崭新面貌。我想，也许这正如人们在路途中，沿路的风景随着车厢飞快地前行，不断地从眼前飞逝而过，而正当他们头昏目眩时，火车突然因为机械故障而停了下来，车窗外的风景也一下子停滞住了——在充满神秘气息的背景下，它犹如被安静定格在天空中的画卷。

此刻，旅途的疲惫和艰辛似乎烟消云散了，人们的心情也变得欢快明朗起来。我不禁对此心怀感激，突然萌生了要买下这张椅子的念头，然后把我阳台上那张毫无特色的柳条扶手椅换掉。这样或许可以使原本平淡无奇的视野变得美妙绝伦。于是，我决定向店主问问价钱。

“这把椅子多少钱？”

“你要多少？十几把？”老太太面露和蔼之色，殷勤地问道。

然而，一听到我只要一把，她的神态和语调立刻变了个样，继而又用之前那种不屑的眼神瞥了我一眼。

“买一把的话要四十里拉。”

“您这是故意吓我吗？我买一把柳条扶手椅才花了四十里拉！”

话音刚落，那女人便一跃而起，如同引爆的炸弹一样。为了抑制住内心的恐惧，我也不得不站起身来。

“你是哪个年代买的椅子啦？半个世纪前？或者还是在你的幻想世界里买的？你明天带一百张柳条椅给我，我马上付钱全部买下，按每张一百里拉给你现金！”

她一边说着，一边还怒气冲冲地做出数钱砸在我身上的动作。而我感到，哪怕她再多说一个字，就一个字，我都要失去理智了，恐怕我会带着这些所有的椅子一起跳进旁边的深沟里。我也是有自尊的！在一些类似的情况下，当我正准备默默退缩时，我的好胜心却开始发作了。

此时那个女人又叫住了我，我想，是时候维护我的尊严了，可这时，我突然又再次被笼罩在了恐惧的阴影下。我一动不动，也没有转身，像只等着被抓的乌龟一样，只要还没断气，就可以被轻轻巧巧地逮住，成为他人的猎物。

那个老女人跨过一张张椅子来到我身旁，她肥大的肚皮几乎贴到了我的背上。

“听着，太太，”我彬彬有礼地对她说，在自尊心的驱使下，我竭力保持自己的风度，“我给您三十五里拉，您认为如何？”

她说至少要三十七里拉。我想了一下，还是付钱买下了，然后我递给她一张名片，上面写着我的住址，我要求把椅子运到这个地方。

但是那个女人却告诉我她店里没有送货员，我必须自己把椅子拖回家。

说到这儿，这趟意想不到的冒险之旅竟然真的开始了。

这时，一个男孩爬上了人行道上的石块堆，他赤裸着上半身，皮肤黝黑，浑身邋遢，仿佛是埋在地底下的幽灵突然从沟壑里钻了出来似的。

他听见了我们的谈话，因此，没等我开口，他便了解了整件事情的原委，并且主动提出帮我把椅子运回家。但是我得告诉他去我家应该怎么走，因为他不认识路。

女店主建议我先和这个男孩把价格协商好，看来她和他应该是早就认识的。

“我们这样计费吧，”他坐在石子堆上说道，显出一副居高临下的姿态，“起步价一里拉，之后每走一百步算十分钱。”

“那我岂不是花了两倍的价钱才买了一把这样的椅子？”我表

示不满。

那个女人又提出给我两里拉作为运费补贴，其中一里拉先支付给那个男孩，当作起步费，也就是他从石子堆上跳下来的那一步的费用。

“您一路上可得盯紧他，”那个女人提醒我道，“否则他一个不高兴，兴许在路上就把椅子给砸了。”

价格谈好后，那位男孩踩着深沟的边缘，动作敏捷地走到了我面前，用发号施令般的语气对我说：

“我们走！”

我们就这样出发了。一开始，他在我前面走得很快，我几乎跟不上他，尤其在这片被凿得面目全非的地带，一条条小径纵横交错，如同迷宫一般。不过，走完一段下坡路后，路况有所好转。这时，那个男孩碰到了他的一个朋友，他俩就站在路边聊得热火朝天，旁若无人，还对这张椅子开了许多鄙俗的玩笑。我走到他们面前，打断了他们的谈话，叫男孩随我继续赶路。接下来的路途中，我还试图好声好气地同他攀谈：

“你叫什么名字？上学了吗？你父亲是做什么的？”

然而，我问出去的话就好像扔给了那张椅子似的，那个男孩根本就懒得搭理我，他看起来心里很是不安分，边走边回头，时不时气呼呼地瞪我一眼，露出挑衅的眼神，并且不断地发出刺耳的口哨声，为了使声音的音调更高、持续时间更长，他还故意把嘴抿得很紧。

显然，他是在埋怨和报复我，这样的口哨声像是强盗、恶棍在作恶前发出的警告讯息，但似乎又带有一丝讽刺之意，仿佛在嘲笑那些听不懂它含义的人。

于是，当男孩的同伴带着一群捣蛋鬼赶上我们时，我也就不感到意外了。他们外表看起来都差不多，像是来自同一个吉卜赛大家族，一跑过来便以迅雷不及掩耳之势将我、男孩和那张椅子围住，一面互相扔小石子，一面嘴里叽叽喳喳说个不停。我被他们重重包围住，身陷其中，却又无法逃脱，耳边的噪音和混乱的场面着实令我头痛欲裂，不堪忍受。

“好高的旋转塔！干掉它！”他们叫嚷道。

男孩也已蓄势待发。他弓着背，手里死死地抓住椅背上的长木条，使椅子腿抬起，就如一只发怒的公牛一样疯狂地冲向围在四周的那群野孩子。

“现在我允许你们登上旋转塔看看星星。”

连路过这里的行人几乎都要抓狂了，他们纷纷咒骂起来，绕道而行。这时，在男孩的这群同伴中，一个特别凶悍、肆无忌惮的小瘸子趁男孩不注意，突然从他背后猛地抓住那把椅子，迫使男孩停止攻击。

“让我坐在椅子上！”他狂吼一声，“我生来就是个瘸子，这个宝座就是专为我而设的！”

于是男孩改变了策略，他把椅子放在地上，一只手仍然抓住椅背上的木条，急速转动手里的椅子，嘴里喊道：

“打中谁，谁就自认倒霉吧，哈哈！”

要不是我及时躲开，我很可能会被砸中。这群小疯子聚拢在一起，不停地狂奔乱跳，你推我搡，争先恐后地抢夺那把椅子，犹如一群刚从地狱里钻出来的魔鬼似的。

我实在忍无可忍了，大吼道：

“你们这群小鬼给我听好了，要再不停下来的话我就要报警了！”

“尽管去报警吧！”小瘸子大声说道，他和他的同伴们依然围着那把椅子不放，好似一群甲虫，你挨着我，我挨着你，他们形成了统一战线，联合起来对抗我。

慢慢地，他们也折腾得有些疲倦了，终于开始往前走了。可这麻烦事儿却还没完全结束，现在这些家伙一下子变成了亲密无间的好哥们了，他们一路上都在兴致勃勃地谈天说地，走一小段路就停下来。

到了某条路的拐弯处，“队伍”就渐渐开始解散了，剩下的人越来越少。其中一部分人提议在原地停留几分钟，等那个男孩干完活回来。

而替我搬椅子的男孩现在更没心思干活了，他不停地抱怨说他累了，说椅子太重了，走几步就问我是不是还要走很远。

过了一会儿，我们走到了一条荒僻的小路上，这里离我家已经很近了，此时天也快黑了。这条路也被凿得坑坑洼洼，路面上到处都是石块、碎片，一不小心可能就会被绊倒。

“这是您家大门吗？您跟我说过，您家的大门在一片小树林下面，是这扇吧？”男孩在途中某个昏暗的地方停下脚步，站在一扇铁栅栏门前一连问了好几遍。

“对，就是这扇。”我还没说话，他就自己回答了自己。

接下来，无论我费多少口舌，他都不愿意继续走下去了，他甚至宁愿不要剩下那部分的报酬。当然几分钟时间早就过去了，他也不可能再回去找他的伙伴们了。一眨眼工夫，他已溜得无影无踪。

现在我该怎么办？在困难面前，我通常选择泰然处之。现在眼前出现了一堆需要解决的问题，我想最好还是先放下这些麻烦事儿，小憩一会吧。于是，在那扇紧闭的铁栅栏旁边，我坐在我的椅子上，就像坐在屋外乘凉的门卫一样，身后的别墅被一座幽寂的小花园包围着，在这万籁俱寂的夜晚，周围的一切也都沉入了甜美的梦乡。而此时我感到这把椅子坐起来更加舒服了，它让我感受到了平凡事物的美好。

尽管悬挂在树梢的明月殷勤地邀我留下，但我终究还是不会待在这个地方过夜的，可同时我却没有足够的力气把我的椅子搬回去。于是，我只得把它挪到一棵杨树下，把它靠在墙壁上，任它听天由命了。

继续走了一段路后，我看见了一对情侣。女人靠在墙壁上，一面哭哭啼啼，一面痛斥着那个男人，而那个男人嘴里也骂骂咧咧个不停。细看一下后我认出了他，他是个相当年轻的工人，最近正在我家做工。我听他们吵了一会，觉得似乎是男人因为某件事情而吃醋。不过我可顾不上这些，我心里盘算着也许这两个人可以帮我把椅子运回家。

“晚上好！”我对那个年轻的男人说，他认出我后也向我很有礼貌地打了招呼，“你们可以帮我一个忙吗？”

我向他们诉说了我的遭遇，并且请求那个工人，如果愿意的话，帮我把椅子运回家。

女人听后，眼角还挂着亮闪闪的泪水的她不禁笑了起来，心情也顿时开朗了些。她身材高挑，长得十分标致，一头棕色的长发披在肩上，嘴上好像涂过口红，难怪她会惹得年轻的工人为她吃醋。

我走在他们前面带路，希望可以尽量缩短打扰他们的时间。椅子最终被完好无损地搬到了家里，这让我着实遭了不少罪，为了惩罚它，我将它安置在厨房中间最引人注意的位置。然后，我准备给年轻的工人支付一点运费，可被他拒绝了，不仅如此，他还向我连声道谢。

“太太，您不知道，您救了我一命呢，刚才我们差点同归于尽了。您以为吃醋的是我吗？其实是她，她手里藏着一把刀，刀尖已经微微露出来了。她和我一样是个裁缝，一旦干活干累了，她就会蛮不讲理地又吵又闹。后来我们在一片树荫下找到了您的椅子后，她累极了，便在上面坐了一会儿，没过多久，我们便和好了。”

友谊

一对朋友来到这家小酒馆，里面几乎已经客满了。其实人数倒不多，只不过这家店实在太小了。它同时还是一家乳酪店，室内的陈设简单朴素，营造出清新宜人的氛围：大理石台面的小桌子，橄榄绿色的椅子，乳白色的柜台旁站着一位温文尔雅的老板娘，虽然她头发花白，但是额头上的一撮刘海却使她看上去年轻多了。

天花板上，一盏蒙着红色防虫薄纱的吊灯吐出幽幽的灯光，照射在客人们的脸庞上，映衬出他们怡然自得的神情，并且也为庄严肃穆的酒神圣坛营造了静谧的氛围。

这里的客人表现得矜持不苟，似乎是害怕自己举止不当会破坏这里的氛围。没有人吸烟，没有人带女人来这谈情说爱，他们大多五六十岁，与自己的朋友结伴而来。朦胧的灯光下，一股酒味儿隐隐散发出来，只要你伸出灵敏的鼻子微微嗅一下，然后看看那些圆滚滚的肚皮鼓鼓囊囊得把腰带都撑到紧绷，你就知道这里有多少厉害的酒徒了。

然而却没有人会在这里酒后失态，大家都不计价钱地买最纯正的好酒，并且也都深谙喝酒的艺术，因为他们中大多数是商人，白天经营生意，奔波忙碌，而夜晚，他们就静静地坐在这里，看着外面经过的一波又一波喝得烂醉如泥的浪荡青年——他们一边踉踉跄跄地走在路上，一边嘴里肆意吼叫或是大声唱歌，就像一边弹奏着手风琴一边吟唱着悲伤情歌的妓女一样。

若第一次带朋友来到这个小酒馆，站在敞开的玻璃大门前朝里面环视一圈，就会发现这个地方聚满了喝酒好手。他们很注意自己的一言一行，也从不大肆宣扬这个地方，似乎是不想让别人知道他们是这儿的常客，更不会不怀好意地恭维老板娘，以免她一气之下往这极其纯正的真扎诺酒里掺水，要知道，这种酒在别处可得花上两倍的价钱才能买到。

"进来吧，坐在门右边的那个角落里。"带朋友来的那个人走到挨着柜台的小桌子旁坐下后低声说道，然后朝老板娘转过身，微笑地向她招手，示意她过来。于是，老板娘便捧着一壶红酒走下柜台，酒壶的口子微微向外翘，就好像一位美丽迷人的少女那性感的嘴唇一样。

"尼娜夫人，"他说道，"这是我的朋友，他第一次到这里来，他虽然是从外地来的，但也算得上是罗马人啦。你知道吗，他今天卖出不少油，来救济海啸造成的灾荒。我的朋友，别害羞，快过来。"

他的同伴看起来似乎沉浸在了自己的遐思中，他被那个独自坐在玻璃门后的客人所吸引了，正目不转睛地盯着那个人看，透明的玻璃门仿佛是一扇屏风，把他静静地隔绝在自己的小角落中。

那位客人和他一样是个上了年纪的男人，看上去十分壮实，穿着一整套黑色的衣服，脸上的胡子刮得很干净，脸颊被小桌上的玻璃杯和里面的红酒反射出的光染得微红。

他时不时地握住瓶颈，举起酒瓶，就好像握着一位貌美女子的手一样，用一种优雅的姿势稍稍倾斜酒瓶，往酒杯里倒酒。他从不把酒倒满，总是只倒一半，然后举起酒杯，贴紧嘴唇，咂上一口。他十分享受这个仪式化的过程,庄严得犹如神甫做弥撒。

没人会注意到他,除了这位新来的客人。当他的朋友用膝盖撞了撞他时,他不得不回过神来。朋友轻声催促他道:

“嘿,大块头,快喝酒吧,你再这样盯着别人看,别人会被你吓跑的。”

他没有回答,随即默默地开始喝酒,然而刚喝下去的酒总是卡在喉咙口咯咯作响,就好像打嗝一样。一杯、两杯、三杯酒下肚后,他也朝老板娘打了个手势,然后她便过来把酒壶填满。

不知酒壶被注满了多少次,也不知他们又一起喝了多少杯酒。这两个朋友就这样坐在一起,你一杯,我一杯,一边喝,一边轮流去买酒,也不计较花了多少钱,只管喝个痛快。快乐悄悄地来到这俩伙伴之间,张开双臂,把他们紧紧地围在一起。

大块头感到情绪特别高涨,他不时地握住朋友的手,竭力避免眼泪溢出眼眶,防止泪水落入杯中。

“我要谢谢你,啊,谢谢你,”他喃喃道,“我们一直都是好朋友,现在我们更是好兄弟。我的房子是你的,甚至连我的床都是你的。”

“呃,你的床上还睡着你的妻子呢。”

“没关系。我的妻子是个虔诚的教徒,而我自己也是信教的。”他已经有些醉了,讲话也开始语无伦次了。他不知不觉抬高嗓门,越说越激动:“我是基督教徒,是……天主教徒,一个虔诚的教徒,全心全意地信奉伟大的圣母玛利亚,崇拜我们的教皇,支持他所做的一切。如果有一天教皇愿意走出教堂,和老百姓在一起,把他的祝福带给人民大众,我肯定第一个支持他。”

周围有两个人转过身来听他说话,这令坐在他旁边的朋友感到有些不好意思,他的朋友朝周围围观的熟人眨眨眼,好像是希望他们原谅这个外地人的胡言乱语。然而，有一个坐在一旁的矮个子却忍不住说道：

“在这里赐福的可是尼娜夫人，她赐予我们享受如此美妙时刻的机会，我想她自己也因此而感到幸福吧。”

“她是共产主义者吗？”旁边立刻有人激烈地反驳道。

“这里既没有共产主义者也没有法西斯党徒，只有一群为了健康和故乡荣耀而举杯的意大利人。”

人群中传出噗嗤一声冷笑，引起了这对朋友的注意。他们循声一看，竟然是坐在玻璃门后的那个黑衣男人发出的，而那个外地朋友，也就是之前一直盯着他看的那位，顿时感到那声冷笑仿佛在他的血液里流淌并使他的血管剧烈颤动着。忽然，他转过身去邀请旁边那桌的矮个子坐到自己这桌来，然后又朝老板娘打了个手势，好像早已和她形成了默契似的，示意她来添酒。酒壶再次被添满，接着他便开始絮絮叨叨地讲他的家长里短，还热情邀请矮个子去他的故乡。

“在我的故乡那儿，我的家庭算不上是最有名、最好客的。我的祖母现在还活着呢，没错，就是我的亲祖母，我的朋友可以作证，不过我倒不是想拿这点来显示我年轻。我的祖母已经一百零五岁了，但她视力好得甚至还可以穿针，记起事情来也一点都不含糊。她能记得我出生的时候，家里被偷走一头猪，那已经是整整六十二年前的事情了，到现在她还在找那个小偷呢！因为我们家的人都是虔诚的教徒，所以我们永远都不会忘记所遭受过的不幸。我可以毫不夸张地说，我的老祖母现在仍然身体硬朗，行动自如。当初在我离开家乡之前，她对我说：‘去见见你父亲吧，待会我也去看他，这样他就可以含笑而逝了。’”

“那个黑衣男人大概再坐一小会儿就得走了。”大块头的朋友冷笑一声说道，看着大块头和他的新朋友在他面前聊得起劲，他顿时面露不悦。然而，大块头仍然滔滔不绝，并且还不断地抬高嗓门，好像故意要让谁听见似的。他只得再用膝盖撞大块头一下，示意他的朋友不要再讲下去了。

“这里的人都不会说太多话，害怕会因此而品尝不出这美酒的甘醇滋味儿。”

“更何况这里还有人暗暗留意着别人说话，然后在自个儿肚里做文章呢。”矮个子不紧不慢地说道，同时用眼角的余光瞟了下坐在玻璃门背后那位戴眼镜的黑衣男人。

说罢，矮个子朋友站起身准备朝那个“眼镜”走去，然而这时，他放在桌子下面的腿被人拍了一下，提醒他不要惹事，对那个神秘人物保持缄默，于是他只得就此作罢。

最后酒馆里其他人都走光了，只剩下这对一同来的老朋友，他们互相搀扶着走出了酒馆。夜半时分，月光如水，流淌在冷清的道路上，路面泛着淡淡的银光。他们走着走着，又不知不觉地争执起来，打破了深夜原有的寂静。

“一出现另外一个人，你就立刻背叛了我。你不是答应我的条件了吗，你答应我不要当面盯着他看，不要跟其他人谈及他。我已经告诉过你只有我知道这个秘密，而且我也只透露给了你。你自己想想看，我有没有说过这样的话？”

“没错你是跟我说过，但是小矮子说他也知道。”

“他知道？胡扯吧！知道真相的只有我，你，他自己和上帝。那个黑衣男人经常光临那家酒馆，大概每周一两次，有人以为他是德国人，有人说他是个教授，甚至还有人认为他是警官。”

“德国人？警官？”大块头一脸不高兴地大声嚷嚷着，然后他停下脚步，弯下腰，仿佛是在质问他的影子似的，“他到底是谁？

你不是在拿我寻开心吧?”

“你不愿意相信我的话那就随你的便吧,但是大块头,我告诉你,那个人就是教皇,我敢百分百地保证,他几乎每晚都会暗自跑出来。真不知道你现在究竟是哪根神经有问题,你给我滚远点!”

说着说着他便推了一下大块头的肩膀,就像对待不听话的孩子一样。地面上,两个黑色影子摇摆不定,宛如剧烈晃动在狂风中的树枝。大块头的影子从口袋里掏出一块大得像报纸一样的手帕,贴到自己的脸上。这时,这有趣的一幕又重演了一遍:他的朋友和朋友的影子也同时从口袋里掏出手帕。这两对人和影子在沉默中同时哭泣。

最初的吻

乔治·普列达踮着脚尖、笔直地站在乡间杂草丛生的公路边缘已经约莫一刻钟的时间了，他正在等待他的小情人——修路工的女儿娜妮娅。

他们相识没多久便成了情人，到现在也只有二十多天。娜妮娅每天下午两点左右都要经过这条公路到河边去给那些修路工打水，乔治则每天就在这个点儿守在路边，一边等她，一边出神地望着钻入灌木丛中午休的羊群。

当娜妮娅的身影一出现在这条荒凉而苍白的道路尽头时，乔治立马就从他踮着脚向远处眺望的地方走下来，来到路边树下的阴影里。这时娜妮娅也会朝这儿走，她胸前还抱着一个长形的雕花双耳陶罐，很像埃特鲁斯时期的文物。一路上她都小心翼翼地四处张望着，心里像揣着一只小兔般忐忑不安。

这是因为，要是她的爸爸发现她和乔治谈恋爱的话，肯定会把她狠狠揍一顿的。好在通常这会儿加维努·法尔德达大叔不是在屋里小憩，就是在道班房旁边的小块田里耕种，不过也不能太掉以轻心。

两个年轻人见面后便深情地注视着对方，互诉衷肠，但丝毫没有肉体上的接触，连指尖都不曾碰一下。几分钟后，娜妮娅便继续心事重重地走在那条路上，乔治则将自己埋进树丛里，用力呼吸着，心如刀绞。

在这片远离人烟的凄清之地，他形单影只，被孤独严严实实地包围住。毋庸置疑，拥有像娜妮娅这样的情人，是件多么值得骄傲和幸福的事情，但他的幸福却无法更加圆满。

首先一大障碍就是加维努大叔，让他把娜妮娅嫁给乔治这样的穷酸小子，那是想都不要想的事情；然后还有太多太多足以令他窒息的痛苦。够了，乔治，在这些压迫着他的残酷的现实面前，只要娜妮娅能够给他一个吻，他就可以继续呼吸下去，存活下去了。然而，哪怕连这点小小的愿望都是可望而不可及的，因为这个年轻的女孩根本没有半点想要吻他的欲望，而他甚至连娜妮娅的裙摆都不敢碰。就在那天，乔治本来决定要抱住她，并且对她说："如果和情人都不接吻的话，那你还愿意吻谁呢？"

可那天，娜妮娅却没有来。

乔治还是一如往常地守在那条公路边，腰板挺得直直的，目光总是凝聚在一个方向，他心里除了期盼以外，更多的是忧虑和牵挂。他手中握着的竹竿在铺满尘埃的地面上投射出细长的影子，这细长的线条旁边还定格着两个人影。

乔治是比蒂人，今年十九岁，大家都喊他"小杂种"。

他身边站着一位年迈的努奥罗牧羊人，和乔治一起看守着道班房附近那成群的绵羊和成片的牧场，这里的一切都属于当地一位富有的地主。

乔治自认为自己长得还算帅气，虽然他很瘦，但个子却很高，手臂和胸膛上鼓起结实有力的肌肉，长着乌黑浓密的卷发，他的轮廓好似比蒂和奥鲁涅特有的希腊式人物的雕塑，倒是有几分迷人之处。然而，由于年复一年遭受太阳的曝晒以及寒风的侵蚀，他的皮肤早已变得黝黑如炭、糙如树皮了。他薄薄的两片嘴唇勾勒出优美的线条，一咧开嘴，便露出光亮如釉的牙齿，可这些都掩饰不了他那双乌黑的眼睛里流淌出浑浊、忧郁的目光。

乔治从小就生长在努奥罗，说话时带着浓浓的努奥罗腔，已经完全被同化为本地口音了，然而他的穿着却还保留着他的家乡特色，从上到下一身黑色，腿上穿着紧身的手织粗毛呢裤子，衣衫褴褛，邋邋遢遢。

自从他在道班房那儿遇见了加维努大叔的女儿并且爱上她后，“小杂种”便开始经常洗脸洗手了，努力试图保持自己干净整洁的形象，即便如此，他的皮肤仍然黑不溜秋，而他头上戴的那顶帽子和脚上穿的那双笨重的鞋子，始终散发着牧民的气息，同时又带有一些放荡小痞子的意味。

过了很长时间，娜妮娅始终没有出现。年轻的牧羊人等得心绪不宁，他的灵魂一刻都无法平静下来，随着竹竿投在冰冷的草地上的影子一点一点变长，他的愁思也一点一点增加。

他此刻孤零零地伫立在清冷广阔、空无一人的乡野间，身板挺得很直，眼睛眯成一条线，目光汇聚到公路尽头处。

四月的正午时分，阳光明媚，和风送暖，茫茫平野被郁郁葱葱的橡树林所覆盖，林中阒无人声，静谧美好。艳丽的蔷薇，清新的杨梅树，妖娆的野蒺藜，各种色彩交相辉映，点缀其中；新生的树叶释放出蓬勃的朝气，犹如澄碧的天空一般光彩照人。近处的视野完全被填满，而模糊的视野尽头又被连绵起伏的山脉所阻断。道班房的顶棚上，半截烟囱兀起，不紧不慢地吐出袅袅白烟，一圈一圈向上升腾，然后渐渐消散在广袤的天空中。牧民们住的小茅屋隐藏在茂密的树林深处，轮廓被完全遮盖住，几乎瞧不见影儿。

蜿蜒盘旋的道路穿入林中，好似经过烈日的曝晒后干涸的河床。没有羊群的啃噬，道路两旁野草得以兀自疯长，高度足以没膝。

娜妮娅还是没有来，她今天是不会来了。可乔治对她的吻的渴望是那么强烈，不管他的小情人愿不愿意，他都无法抑制自己的欲望。原本，他的眼神闪烁着不同寻常的光芒，而现在，他的目光失去了原有的神采，变得越来越黯淡，眼眶里噙满了泪水。啊，我的圣乔治，也许是出了什么事了吧！也许娜妮娅病了，也许是加维努大叔觉察到了什么，不再让她去打水了，也许……乔治决定不再坐以待毙，他思索着应该找个什么借口去道班房瞧个究竟。这时，他耳边忽然传来马蹄疾驰的声音，抬起头来，看见两位相貌英俊的绅士，骑在马上头也不回地从他身边飞奔而过，身后尘埃扬起，犹如腾起蒙蒙雾气。

他经常看到这两个人从这条路上经过，但从来没有仔细注意过他们。他顺着公路边缘下行，往道班房走去。然而，走到半路他却猛然惊呆了，不由得停住了脚步。那深深印刻在他记忆中的长形雕花双耳陶罐映入他的眼帘，他心里立刻悸动起来，但这种兴奋很快就消失了。原来，抱着罐子、从白茫茫的道路尽头走来的并不是娜妮娅，不是那个披着破旧的黄色披肩、仿佛太阳下的一团火焰的娜妮娅，而是娜妮娅的妹妹罗莎。

“为什么今天是你来打水？”他冲着罗莎愤怒地大声吼道。

罗莎没有回答他，这个生性顽劣的小女孩一眼就认出了他，便开始大声嚷嚷，想要更加激怒他：

“小杂种，小杂种，
你娘私奔没了影，
你爹活活被气死，
没人要的小杂种。”

不过乔治根本没在意她说的这些，他走近这个小丫头，用略微温和的语气重复了一遍他刚刚的问题。

当他靠近罗莎时，罗莎不禁害怕起来，害怕乔治会打她，便笑眯眯地回答道："因为娜妮娅正在干活。"

"她在干什么活？"

"招待老板和工程师呀，难道你没在这条路上见过他们？"

"啊，是那两个有钱人吗？他们经常到这来？"

"没错！有时候来得勤一点，有时候来得少一点。这跟你有什么关系？"

那两个男人引起乔治一阵嫉妒和恼怒，就是因为他们的出现，他才见不到娜妮娅。于是，他跟着罗莎往河边走，想进一步打听那两个人的情况。他踩着公路的边缘，指着牧场上的那群羊对罗莎说：

"你想要一只小羊羔吗，浑身雪白得像狗牙一样的小羊羔？"

罗莎心想，她刚刚用那首将努奥罗、坎皮达诺和奥齐耶利的三种方言混杂在一起的歌谣嘲弄了他一番，现在他说这话肯定不怀好意，一定是为了报复她。可乔治则一心盘算着如何从她嘴里套出更多关于那两个男人的情况，因而又满脸严肃地向她重复了他刚刚讲的话。

那位公司老板是努奥罗人，而长满金色络腮胡子的工程师则是内陆人。

罗莎很久之前就认识了那位工程师。每次工程师来到道班房，都会送给娜妮娅一笔钱。娜妮娅把其中一部分给了父亲，把另一部分偷偷藏在自己的小钱袋里，塞在床褥底下。罗莎则什么都捞不到。

"那个人叫什么名字？"乔治问道，他的脸色顿时变得很难看。

“大家都叫他威廉姆先生……”

“他们还在那过夜？”

“是的。”

话刚说完，乔治便失魂落魄地转身离开了，把罗莎丢在原地。

“喂，小杂种，”罗莎在他身后冲他喊道，“别忘了我的小羊羔，我的小羊羔……”

然而，乔治却一声不吭、头也不回地一直往前走，然后迅速扎入树丛中，消失得无影无踪。那两个男人令他妒火中烧，不能自已。

回到羊圈后，他心情依然糟糕透顶，和另一位牧羊人弗里斯卡大叔吵了一架，吵着吵着就大打出手了。他俩打完架后，乔治冲到了林子里。瑰丽的晚霞将小树林染成了一片深红色，乔治躲在里面疯狂地宣泄着他内心的苦痛和愤怒。他对着树就是一通拳打脚踢，又把芬芳馥郁的玫瑰折断，砸到地上，然后踩烂。除了发泄，接下来的一整晚他都不知道还能做些什么。

天黑以后，他来到道班房附近，像游荡的幽灵似的在屋子周围徘徊了许久，却不敢走进去。但也只有在夜晚，他才敢靠近这个地方。

四月的夜晚，万籁俱寂，空气格外凉爽。道班房的门窗都紧闭着，屋顶上突起的烟囱冒出一缕缕细长的轻烟，慢慢飘上夜空，然后逐渐消散在空气里。工程师的房间在一楼，顺着他的窗口向屋里望去，里面光线很暗，反倒使外面的马路显得更亮些。

乔治蹑手蹑脚地凑到窗户跟前，透过窗户玻璃，他看见了罗莎口中的那位金色胡子的工程师，可能正在准备睡觉，他在房里脱下了西装上衣。

他个子高高瘦瘦，头发是金黄色的，两只眼睛挨在一起，小得几乎看不出是什么颜色,看起来颇为滑稽,不过这倒反而使他长得更讨喜一些。

乔治恶狠狠地看着他,恨不得用眼神把他杀死。这时,他突然看见娜妮娅走进了房间,那一瞬间,他浑身猛然一阵颤抖,随后下意识地弓着背向后一闪,生怕被娜妮娅看见。

娜妮娅清瘦的身影透出一种忧郁的气质。这个十五岁少女的脸上总是写满了沉重和悲伤,仿佛在无声地诉说着自己不幸的际遇。她面容清秀,然而脸上却黯淡无光,毫无血色,一头浓密的金色卷发也失去了光泽,沉甸甸地压在她的小脑袋上,使得这个早熟少女的容颜看起来更加憔悴。在她母亲去世后的三四年里,她不得不接过母亲的活,料理道班房大大小小的杂务。

她每天从早忙到晚,几乎一刻都无法停歇,罗莎又基本上帮不了什么忙。而在最近这三个礼拜,她总是魂不守舍,干活时也常常心不在焉,而且已经好久都没有去河边打水了。她时而欣喜若狂,时而痛哭流涕。加维努大叔发现了女儿身上的异样之处,但他什么都没说,也猜不透个中原因。

乔治站在外面的马路上,目不转睛地往窗户里看。他感到有些失落,浑身不停地颤抖,但是当娜妮娅再次出现在他眼前,见到这个让自己日思夜想甚至甘愿为之去死的少女时,他心里又不禁泛起阵阵涟漪。

娜妮娅穿着奥齐耶利本土风格的衣服(她的父亲加维努大叔就是个土生土长的奥齐耶利人),但她又总是像坎皮达诺人一样身上披着一块披肩,上身裹着一件陈旧得有些变形的锦缎束身衣,胸前系了一排红色的结,将其收紧,两只袖子的腕扣也松开着。

她那深色印花棉布的衬裙和罩衣看起来也非常朴素,纤细的脖子上戴着一条小巧玲珑的珊瑚礁项链，除此以外身上就再也没有其他饰物了。她赤着脚走进工程师的房间，手里捧着一壶酒。

乔治看见他的情人面带微笑地款款走近那位英俊的先生，她的眼神和笑容流露出爱慕之意。她以十分优雅的姿态将酒壶轻轻放在桌子一边，然后站在工程师的身旁。他们开始交谈起来，乔治站在外面的马路上，什么也听不见。尽管如此，他的意识已经被愤怒和嫉妒所吞噬，内心被痛苦所蹂躏。毫无疑问，娜妮娅背叛了他，她爱的就是那些衣冠楚楚、相貌堂堂的有钱人。

刹那间，他感到浑身的血液都涌上脑门，太阳穴上疼痛蚀骨，犹如被重锤敲击着。如果此时手上有把枪的话，他肯定会对准那扇窗猛开几枪，杀死那个使他生不如死的男人。

他已经近乎疯狂状态，整个人蜷缩起来，颤抖得愈加厉害。这时候的他已经彻底失去理智了，一心只想把里面的情况看个清楚，于是他又蹬腿往后跳了一步。

他们谈笑了一会后，工程师用他的双手，用那双像女人一样修长、雪白、细嫩的手，捧住了娜妮娅的小脑袋，在她脸上到处亲吻着。然后，他又把她拥入怀中，紧紧地抱了很久，娜妮娅则倚在他的怀里，面露微笑，眼里却噙满泪水。伤心欲绝的乔治躲在窗外情不自禁地抽泣起来，房里的工程师听到了异样的声响后，猛然推开娜妮娅，跑到了窗边。乔治见状，脑子霎时清醒了些，他立刻退回到墙边，紧贴着墙壁，以防被他看见。过了一会儿，从窗户里投射到马路上的一缕灯光消失了，他探出头一看，发现窗户被锁上了。

乔治顿时又义愤填膺起来，但同时恐惧又笼罩在他的心头，他恨不得去敲开加维努大叔的门，然后对他说：

“你去看看发生了什么，你去看看！”

但是他没有这么做，脑子里反倒突然冒出杀死工程师的念头，这个想法使他略微平静下来了。当他走在离开的路上时，悲伤让他无法自拔，他的嘴里不停地发出嘶哑的呜咽声，好像脖子被掐住了似的。

天微微亮时，乔治抄起弗里斯卡大叔的猎枪，埋伏在一个灌木林里。这里离道班房步行只需要一刻钟，他准备守在这里，等到工程师出现时，就对准他开枪。昨天晚上，罗莎曾经对他说过，这两个男人第二天还要出发去另一个道班房，他们肯定会经过这个地方的，所以他只要在这里候着……扭曲的心理使他的脸上露出凶狠决绝的表情，让他那双目光阴郁的眼睛看起来比平时更加浑浊。四月清凉的黎明时分，在这座小乡村里，晨光乍泄，幽香弥漫，如梦似幻。东方的天际慢慢浮起金光，视野边缘的小树林浸没在旭日的光芒中，模糊成了一片黄绿色。草丛里，闪闪发亮的露珠间，虫儿在欢快地歌唱。然而，面对眼前如此充满诗情画意的田园风光，乔治却无心欣赏。

灌木丛贴着公路的一侧，他从里面俯视下去，不远处有一座桥，桥的下面，一股清澈的溪水正在汩汩流淌，滋润着又高又密的芦苇丛，催醒了即将绽放的常春花。

他看得出了神，仿佛一下子回到了频繁萦绕在他脑海中的梦境里：他坐在桥上，放声高歌，树丛中发出沙沙的摩挲声，以此来召唤从远处款款走来的娜妮娅，每晚来河边饮水的羊群中传出叮叮当当的铃铛声，好似在为他伴奏。在乔治眼中，这条河流无比神圣，因为整个道班房都靠它来供水。

这位年轻牧羊人的灵魂不知不觉触碰到了记忆中最柔软的部分，毕竟这一切并不仅仅是一场梦。那一刻他的内心动摇了，有了想要离开这里的念头。可是当他一想到残酷的现实时，仿佛再次遭到当头一棒，这种矛盾和痛苦又使他无法离开。

然而，那两个男人始终没有出现。他仔细盯着下面来来往往的人，生怕一不小心认错了人开错了枪，这使他倍感煎熬，每过一分钟都像过了一个世纪一样，显得格外漫长。

终于，他看到他们了！此时太阳已经悄悄爬上树梢，乔治一眼认出了他们骑的马，并且听见了令他恨得牙痒痒的情敌的说话声。在枝叶交错的灌木丛中，他怒目圆睁，凶狠的目光死死地定格在工程师的身上。他把工程师从上到下打量了一番，比昨晚在窗口看得还要更加清楚仔细。他嘴角边肌肉微微抽搐了一下，露出了一丝狰狞的笑容。经过那个炼狱般的夜晚，撕心裂肺的痛苦和万念俱灰的绝望，使他那两片轮廓优美的薄薄的嘴唇变得惨白干裂。

啊，那位先生如此风度翩翩，而他，乔治·普列达又算得上是哪根葱呢。在别人眼里他就是个“小杂种”，衣衫褴褛，皮肤漆黑，而那位先生金发碧眼，玉树临风，举手投足都透出不凡的气质，哪能和他相提并论！娇小妩媚的娜妮娅，自然会倾心于他。可既然她爱慕那样的男人，为什么又说喜欢他，想嫁给他，又为什么要让他魂牵梦萦呢？

正当乔治想要杀死那个男人的关头，他内心痛楚难抑，泫然欲泣。他看见两位先生并排前行，而娜妮娅，那个被他当作圣母一样爱慕的姑娘，此刻正靠在工程师的怀里。于是，乔治举起了弗里斯卡大叔那把锈迹斑斑的猎枪。

工程师渐渐向前，慢慢逼近乔治的枪口，但他丝毫没有意识到这迫在眉睫的危机。他扬起头，手里托着一顶田园风格的白色帽子，一边骑着马，一边和他的同伴谈笑风生，头转向乔治躲藏的那片灌木丛。太阳的整个脑袋都露了出来，掺了点玫瑰红的金色阳光笼罩着一条望不见尽头的公路，也笼罩着慢悠悠地前行在这条路上的人。

乔治最终放下了手里那杆枪，让他的情敌安然无恙地离开了。

他望见工程师的眼睛和微笑后，心就被彻底扰乱了。那一瞬间，他脑子里涌出了一个奇怪的想法，让他终究还是下不了手。

下午两点，乔治靠着他的长长的竹竿出神——那是一根属于牧羊人的权杖。他笔直地伫立在长满杂草和雏菊的道路边沿，亦如在往常同样的时间里，等待着娜妮娅的到来。早上他换了一件有些泛黄的白衬衫，带了一包干酪和鲜奶酪、一点牛奶前往努奥罗。一夜未眠后，他的面色苍白如纸，身体显得更加消瘦。悲伤久久凝结在他的脸上、他的心里，一刻都不曾消散。似乎是他的痛苦在召唤着娜妮娅，娜妮娅终于来了。她一走进道路边缘的树荫下，就对他说：

“你今天……怎么打扮得这么好看？”

这个年轻的女孩说话时带着一口纯朴的罗古洛方言，甜美的嗓音和苍凉的语调使她更加迷人。

乔治没有回答，他凝视着她的脸，阴郁的目光恨不得刺穿她的灵魂。

“哪里有你美……”过了一会儿，他回答道，语气里带着宣泄不尽的悲愤，然后他粗鲁地夺过她手里的双耳陶罐，重重地放到地上，“娜娜，我们今天得好好地谈谈……”

她一下露出了惊惧的神色，战战兢兢地看着他。她肩上硕大的黄色碎花披肩犹如一件斗篷盖住她瘦小的身躯，显得格外美丽动人。乔治不禁如痴如醉地注视着她，心里也渐渐平静下来。她的气质就如库尔式挂毯上画着的圣女的气质一样，这在十五世纪是广受青睐的绘画主题。乔治望着她，脑海里浮现出画里那些棕色皮肤的美丽女孩，一时竟有些不知所措。

“坐下，”他一边说道，一边强行把她拉到一块石头边，让她坐下，“我们来谈谈。”

“不能待在这里，我不能……”她颤颤巍巍地说道，“我爸爸……”

“你父亲离这远着呢，没有人会过来的。再说，就算别人看到我们又怎么样？有什么不好的？难道我们就不能互相认识，不能成为朋友？”

“我的上帝，上帝啊，我做不到……”

事实上，娜妮娅心里非常乐意紧挨着乔治坐在他旁边，尽管她同时也害怕得不敢动。

“你今天是怎么了？”她用颤抖的声音问道，“出什么事了？你似乎生气了，是因为我昨天没有来吗？可是昨天公司老板和工程师来了，我必须得留在道班房招待他们，很多活全都是我一个人在干。”

他默不作声，看着娜妮娅脸色变得更加苍白，他再次陷入痛苦的思绪中。但只要一想到那个工程师，他就不由自主地愤怒起来。

平时他总是喜欢偷偷地看着娜妮娅那张漂亮的脸蛋，而现在，他看到了她污秽不堪的灵魂。没有什么好怀疑的，没有，就是娜妮娅背叛了他，她成了工程师的情人。

“你到底怎么了？”她又问了一遍。

“我怎么了？”乔治大声吼道，抓住她的肩膀，发疯似的摇晃着，“我怎么了你应该比我更清楚！”

“我什么都不知道！你疯了吗？”

“是的，我是疯了。娜妮娅，听着，虽然你只是个小姑娘，但你的内心却比我恶毒得多。拜托你不要再拿我取乐子了，不要再继续这样下去了！你把我当成头脑简单的小孩子，但是我告诉你，我不是，不是！虽然我是一个可怜的穷光蛋，但是你也不能玩弄我，否则我会让你得不偿失！娜妮娅，你听见了吗？娜妮娅！”

娜妮娅看着他，目瞪口呆，面对乔治暴怒的咆哮，她不知道该如何回答。

“你为什么不回答？”乔治又大吼了一声。

“请你说话轻点儿，”女孩倏地站起身，做出准备倾听的姿势，说道，“如果被我父亲听到了……”

“这和我有什么关系？反正被人看到和你在一起对我不会有丝毫影响。”

“究竟是怎么一回事，有人跟你说什么了吗？”她近乎绝望地问道。

“没有，没有任何人跟我说过什么，是我自己亲眼看见的，就在昨天晚上，亲眼所见！我亲爱的，为什么你们要把窗户开着？今天早上你差点就要亲眼目睹你那位英俊的工程师命丧黄泉了，可最后我还是没有下手杀他，因为当时我脑子里冒出了一个很可笑的想法。当我看见他笑的样子，我竟然觉得他跟你很像，我甚至，甚至还像神经病一样，心里想，说不定他是你的父亲。现在看来我真是可笑透顶。哪里是你的父亲！你的父亲是加维努大叔，那个面目可憎的家伙，而你，而你是……”乔治停顿了下，咽下了差点迸出口的脏话，说道，“你是那位工程师的情人。”

娜妮娅露出了令人捉摸不透的表情，她的心，她的那颗小心脏剧烈地跳动着，仿佛身上陈旧的锦缎束身衣都快要被撑破了，大颗大颗亮晶晶的泪珠从她的眼里夺眶而出。她没有试图辩驳，甚至连话都没有说。她对乔治感到恐惧万分,害怕他会伤害自己。这种本能的恐惧使她满脑子都萦绕着逃离的念头,她冷不丁转身拔腿就跑,拼命狂奔。乔治反应过来,立刻在后面追她,费了好大的劲儿才追上她。

"娜妮娅,"他一把抓住她的胳膊,喊住她,看着她惊恐的样子,乔治忍不住笑了,"其实我并不相信你是那样的人,你为什么要跑?难道你怕我会杀了你吗?"她不知道该怎么办,只能在嘴角勉强挤出一丝微笑,她的头巾松开了,从头上掉了下来,阳光抚摸着她一头浓密的金发。

看到娜妮娅脸上露出了笑容,两只蓝色的眼睛澄澈如水,此时的乔治发出了又惊又喜的感叹:"这蓝中带绿的眼睛,与工程师的眼睛惊人地相似啊!"

"娜妮娅,原谅我,"他对她说道,几乎喜极而泣,"你过来,你过来,我们和好吧!我对着上帝、对着圣母玛利亚发誓,我绝对不会把这件事告诉任何人,我以后也不会再向你提一个字,绝对、绝对不会。你过来拿着你的陶罐,来啊,来啊……"

他把娜妮娅搂在怀里,然后把她带到树荫底下。娜妮娅已经近乎呆滞,她脸色惨白,面无表情。

乔治又说道:"真让人难以置信,谁又能想到……你的母亲……"

这时,娜妮娅站起身,脸涨得通红,眼里的泪水几乎快要溢出来了,她愤怒地大声说道:"我的母亲早就死了!请你尊重她,她是一个圣洁的女人!工程师拥抱我、亲吻我,就是因为我是他的情人。乔治·普列达,你杀死我吧,这些都跟我的母亲无关!"

她跌倒在地,放声大哭起来。说完那些话后,她仿佛整个人都垮了,她感到她失去了一切。她失去了对乔治·普列达的爱,她的第一个情人，这个让十五岁的她倾尽所有感情去爱的人，她失去了原有的美好的梦想和憧憬，她的自尊也被彻底击碎了，还差点害自己和工程师性命不保。但这一切又有什么关系？她母亲的往事，她犯下的过错，瞒过了所有人，尤其是加维努·法尔德达，他至今仍会时时哀悼过世的妻子，怀念和她在一起的往事。正是她的死，使她得到了救赎。

可现在乔治·普列达却知道了这个秘密。

他一言不发地望着这个伏倒在草地里的少女，她正在不停地啜泣。午后的乡野，如同沉睡的美人，凄清空阔，一片阒静，只剩下娜妮娅那充满绝望、如婴孩般的哭声，久久回荡着。

在娜妮娅面前，乔治感到无地自容。此刻除了逃避，他不知道还能怎么办，可出于某种本能，他又不得不停留在原地，一步也动不了。他想起他们曾经一起许下的诺言，想起许多个夜晚萦绕在他脑海中的醉人的梦境——在飘满常春花和夹竹桃花香的河岸边，羊群正在桥下饮水，坐在桥上的他思索着三年后他也许就有能力迎娶娜妮娅了……想着想着，他不由自主地弯下了腰。

“请让我一个人留在这儿吧……”她喃喃道。

然而乔治轻轻扶起她，像拾起一根羽毛似的，把她揽进自己的怀里，轻轻地吻她的脸，直到让她的内心平静下来，让她的脸上露出笑容。